la collection de poche des éditions Zulma

Mai en automne

En clinicienne des passions humaines, Chantal Creusot (1947-2009) se penche sur les mystères de l'état amoureux et de ses revers. Saisissant et nostalgique, proche de Jane Austen, *Mai en automne* ravive tout un monde oublié qui se remet à palpiter. Cet unique roman écrit à la fleur de l'âge, dans la prémonition de ses dernières années, est le livre d'une vie, l'inoubliable testament romanesque d'une femme de son siècle.

« Chantal Creusot n'écrira pas de second livre. Comme ses personnages, elle est née, elle a vécu. Elle nous laisse un roman magnifique. »

SYLVIE TESTUD
Le Monde des Livres

« Notre existence, parfois, est un gouffre dans lequel nous nous sentons tomber. Puis nous prenons un roman comme *Mai en automne*, de Chantal Creusot, et, tout d'un coup, nous avons un bastingage auquel nous accrocher. Les personnages sont solidement campés dans la terre, les phrases tracées d'une main ferme. Nous tenant à cette rampe, nous contemplons, émerveillés, un immense panorama – ou plutôt un panoroman ! »

Elle

« Captivant. »

Le Nouvel Observateur

« Une œuvre unique et bouleversante. »

Télérama

CHANTAL CREUSOT

MAI EN AUTOMNE

Roman

ZULMA
18, rue du Dragon
Paris VIe

Couverture : David Pearson.
Illustration © Lara Harwood.

Si vous désirez en savoir davantage sur
Zulma ou sur *Mai en automne*,
n'hésitez pas à nous écrire
ou à consulter notre site.
www.zulma.fr

I

Au début des années cinquante, sur les côtes du Cotentin, vivaient à la lisière d'un bois, dans une sombre maison délabrée, une femme et son enfant. Jamais personne ne leur rendait visite. La mère, jeune et déjà fanée, se déplaçait, vaquait à ses tâches avec lenteur et, quelle que fût son occupation, semblait toujours rôder au lieu d'imprimer à sa démarche la sobriété des gestes utiles. Son épaisse chevelure à l'abandon, qui autrefois donnait de l'éclat à un visage trop neutre à force de délicatesse, n'accusait plus que des traits émaciés. On ne l'avait jamais vue s'inquiéter de quiconque, s'attarder à une conversation, et ce détachement, ajouté à la négligence de son allure, suscitait de longue date la méfiance des villageois.

Fille unique de parents âgés et moroses, elle n'avait jamais quitté sa maison natale, et pourtant son enfance lui était lointaine comme ces rêves nocturnes que notre conscience hésite à s'approprier. Le temps s'étendait immobile autour d'elle et rien ne la marqua. L'école la laissa indifférente et elle ignora que l'on pouvait s'y couvrir de fierté ou de honte. L'absence de frères et sœurs accentua-t-elle son manque d'émulation ? Toujours est-il qu'elle ne noua aucune camaraderie et ne disputa jamais à personne sa place dans un cœur.

À quatorze ans, Marie avait été embauchée dans une ferme du village proche de son hameau. Sa maîtresse ne se plaignait pas de ses services car, en dépit de ses distractions, elle apportait une efficacité d'automate à l'exécution des travaux, ménagers pour la plupart. On ne la réclamait aux champs que dans les moments de grande presse ; mais elle était aussi chargée de nourrir les animaux. Refusant de dormir à la ferme, elle réintégrait chaque soir sa demeure et ce signe de prédilection étonnait chez une jeune fille qui, par ailleurs, ne manifestait aucun désir, hormis aller, sans crier gare, vagabonder une heure ou deux par-ci par-là.

Quelques années étaient passées. Elle devenait jolie mais ses silences persistants, son regard embrumé éloignèrent les garçons.

À la fin de l'été 1939, la guerre survint et les hommes partirent. Quand ils revinrent en ordre dispersé, des militaires allemands occupaient la région. Ceux-ci ne frayèrent pas avec les paysans, lesquels s'appliquaient surtout à préserver leur vie d'autrefois.

Parmi ces étrangers en uniforme, un jeune homme s'aventurait parfois dans la campagne. Il remarqua certain jour une promeneuse solitaire et lui adressa la parole en français. Marie répondit craintivement. Ils marchaient côte à côte, tournés l'un vers l'autre. Ses appréhensions dissipées, elle lui apprit que sa mère venait de mourir. Son père, elle l'avait perdu lorsqu'elle était petite fille.

— La fermière dit que je suis trop vieille pour l'orphelinat.

Elle se tut et contempla l'horizon. Le soldat ne sut plus que dire.

L'étranger la rejoignait presque chaque jour à l'orée d'un petit bois. Elle ne paraissait pas surprise de leurs rencontres, cependant lorsqu'il se risquait à la questionner, elle le regardait avec perplexité. Il la désirait mais hésitait sur la conduite à tenir.

Un jour, dans un sentier, il cueillit une fleur et la lui offrit. Elle le remercia d'une voix incertaine, la respira d'un geste gauche puis, oublieuse, la fit glisser sur sa joue avec une lenteur appliquée. Il se rembrunit. Le narguait-elle ? Mais non, perdue dans ses songes, elle l'ignorait. Le soleil s'était levé après une matinée pluvieuse et prêtait un éclat irisé à la verdure. Le soldat prit la jeune fille par la main et l'entraîna vers le bois où le feuillage s'égouttait en un murmure délicat. Marie ne se défendit pas. Vaniteux, il eût été désappointé de l'avoir obtenue sans éveiller en elle le moindre écho, mais les temps n'étaient pas à la vanité. Il ne la revit plus, emportant de cette aventure un sentiment confus de honte.

Les événements n'autorisaient plus les loisirs : les Alliés avaient débarqué. Auparavant, il s'agissait surtout pour les villageois de disputer leurs biens à l'ennemi. Ils le firent d'ailleurs avec une ruse opiniâtre qui pouvait se donner pour de l'héroïsme. Maintenant, il fallait affronter les tirs, les éclats d'obus, les bombes, ou se terrer dans un coin.

Un soir, une explosion détruisit en partie la maison d'une femme enceinte. Sa chemise arrachée par la déflagration, celle-ci s'enfuit, nue, à travers champs. Une course éperdue la mena devant la demeure de la jeune fille. Elle lui demanda asile. Marie l'écouta en silence puis la fit pénétrer dans une cuisine à la lueur d'une chandelle expirante. La femme, affolée, regardait alentour, insoucieuse de sa nudité. Inquiète, elle palpa son ventre. Elle sentit l'enfant remuer, s'apaisa et posa les yeux sur son hôtesse. Sans prononcer un mot, Marie avança deux chaises près de l'âtre éteint et alla décrocher de la patère une blouse usagée de coton noir piqué de pois blancs qu'elle tendit à la visiteuse.

La présence d'une femme dévêtue, surgie du vacarme et alourdie par la grossesse, lui rappela des propos d'écoliers sur la manière dont se font les enfants et le souvenir du soldat la troubla. La femme revêtit la blouse et elles s'assirent côte à côte, les pieds sur le rebord de la cheminée. Le bruit s'éloignait. Bien que la nuit tiède ne le nécessitât pas, une flambée de bois sec les réconforterait. Marie se leva, prit une boîte sur une étagère, en sortit une allumette qu'elle gratta sur le monceau de brindilles. Elle ajouta une bûche et contempla les élancements serpentins.

La visiteuse nocturne avait recouvré ses esprits. Voilà une heure à peine, elle attendait la mort, une bombe explosait sur la maison, alors elle s'était enfuie, obnubilée par l'unique pensée de sauver l'enfant. Elle se tourna vers son hôtesse qui ne semblait pas la voir. Décontenancée par cet accueil insolite, elle soliloqua, s'exhortant, invoquant le destin, et déclara enfin que, foi de Solange, l'enfant rescapé naîtrait sous une bonne étoile.

Marie, légèrement inclinée, s'absorbait dans l'observation de l'âtre. Lorsque les flammes commencèrent à décliner, elle leva vers celle qui s'était prénommée Solange un visage défait, coloré par la fragile clarté.

— Vous avez peut-être soif, voulez-vous une tasse de tisane ? Ensuite, nous irons nous coucher, on m'attend demain matin de bonne heure à la ferme.

— Non merci, je n'ai besoin de rien… Je devrais rentrer, les voisins ont dû remarquer que la maison a été touchée, ils vont s'inquiéter et que va penser mon époux s'il revient ?

Rattrapée par la grisaille des jours passés, Solange éprouva le besoin de se confier :

— Mes beaux-parents ont mis la maison à notre

disposition. Ils voulaient que nous vivions à la campagne. Maintenant, je vais persuader Simon d'aller habiter en ville. Je n'aime pas la compagnie des paysans quand il n'est pas là…

Solange s'interrompit net, craignant d'avoir offensé son hôtesse, mais cette dernière n'avait pas cillé et attisait les braises avec la même lenteur dont chacun de ses gestes était empreint. Alors, elle évoqua l'Occupation, le débarquement, l'incertitude de l'avenir. Elle essaya d'imaginer, dévastés, les endroits qu'elle aimait. Que resterait-il des jours d'autrefois ?

Elle sursauta, interloquée. Le regard sombre, la jeune fille fredonnait un air ancien. Son indifférence l'intrigua. Une voisine lui avait signalé sa bizarrerie, à l'épicerie du village, mais rien alors n'avait retenu sa curiosité. Elle regrettait maintenant de n'avoir pas prêté une oreille plus attentive aux commérages.

Tandis que Marie servait la tisane, Solange examina les lieux : une habitation semblable à toutes les maisons indigentes du pays, cimentée au sol et chichement éclairée. Marie se munit d'une lampe à pétrole. Suivie de la visiteuse, elle se dirigea vers l'escalier obscur qui aboutissait à un couloir desservant deux chambres mansardées, la sienne et celle de ses parents. Elle invita la femme enceinte dans la pièce inoccupée et lui désigna, d'un mouvement du menton, le lit recouvert d'un tissu de cretonne élimé et d'un édredon volumineux. Puis elle déposa sur la table de chevet la lampe aux reflets vacillants.

Au moment de prendre congé de son invitée, Marie s'immobilisa. Elle n'avait jamais hébergé personne et ne se rappelait pas le nom de la nouvelle venue au pays. Son regard s'attardait et elle demanda timidement :

— Comment vous appelez-vous ?

— Solange Lamaury… je veux dire : Laribière ! C'est drôle, on oublie parfois qu'on est mariée. Et vous-même ?

La jeune fille tressaillit. Elle prononça son nom avec méfiance.

— Marie… Marie Granville. Eh bien, bonne nuit, je vous réveillerai demain à l'aube.

— Bonne nuit et merci. Vous êtes très gentille… Si tout le monde pouvait être aussi calme que vous…

Solange ressentit avec gêne son manque d'à-propos. La jeune fille hésita sur le seuil de la porte et finit par sortir en hochant la tête.

Lorsque Solange Laribière se retrouva seule, l'angoisse crispa sa poitrine. Sa vie avait trop changé et dormir, abandonnée, dans cette demeure étrangère, accentua le sentiment d'exil qui l'habitait depuis les premiers temps de son mariage. Elle ouvrit la fenêtre afin de chasser l'odeur de moisi, et son regard se noya un instant dans les ténèbres qui enveloppaient le petit bois. Elle repoussa l'édredon, ôta juste ses chaussures et s'allongea en poussant un soupir de soulagement. Les yeux grand ouverts, elle s'avisa que le tumulte avait cessé et prêta l'oreille aux chuchotements de la nuit. Une main sur son ventre, elle sombra alors dans les mille souvenirs avortés d'un rêve.

Marie avait rejoint sa chambre à la clarté de la lune. La présence sous son toit d'une inconnue lui semblait de mauvais augure et l'empêcha longtemps de trouver le repos. Cependant, les premières lueurs de l'aube l'éveillèrent. Elle se dirigea à tâtons vers une petite table, souleva le broc d'eau et versa son contenu dans la cuvette. Après s'être lavée avec soin, elle revêtit les habits posés sur la chaise de chevet.

Elle marqua une pause avant de frapper à la porte.

— Il est temps de vous lever, madame.

Solange lui répondit, d'une voix ensommeillée, à travers la cloison.

La jeune fille descendit à la cuisine, ralluma le foyer, sortit deux bols et découpa des tartines. Elle invita la femme enceinte qui venait d'entrer, en la saluant du bout des lèvres, à partager son petit déjeuner. Celle-ci n'avait jamais pu s'accoutumer aux laitages frais dont elle associait la saveur à l'odeur des étables. Elle accepta néanmoins l'offre de son hôtesse.

— On n'entend plus rien, ils sont allés se battre ailleurs.

Marie semblait avoir parlé pour elle-même.

Solange parvint, non sans mal, à avaler une dernière bouchée de pain beurré. Elle jugea opportun de dire que c'en était fini des occupants, que le pays serait bientôt libéré, mais n'obtenant pas de réponse, elle se disposa à prendre congé.

Ce matin, le visage de la jeune fille était plus expressif, et Solange chercha une phrase cordiale :

— Je n'oublierai jamais votre accueil. Il faudra que je vous rapporte la blouse, je crois que vous êtes ici tous les soirs.

— Ce n'est pas la peine de vous déranger, j'en ai d'autres. Maintenant, il faut que je vous quitte, au revoir madame.

À la barrière, elles s'examinèrent brièvement, puis l'une tourna les talons et l'autre contempla un moment la silhouette fragile, la démarche incertaine de cette bien étrange fille de ferme.

Par la suite, elles allaient se rencontrer de loin en loin, au hasard des chemins, mais s'ignoreraient, comme si cette nuit n'avait jamais existé.

Solange parcourut sans empressement la distance qui la séparait de sa demeure. Elle observait les champs désertés. Ils avaient un tel air d'abandon. Le petit jour accentuait les excavations blafardes qui creusaient la terre. Elle se sentait lasse, misérable, et s'étonnait d'être la même qui avait couru, la veille, à travers champs, portée par le sentiment de son invulnérabilité.

2

La ferme où se rendait Marie était située en contrebas du village. C'était une exploitation prospère, entièrement entretenue par des journaliers car le maître refusait de toucher aux travaux agricoles. La mère, une veuve de la Grande Guerre, qui ne connaissait rien du monde au-delà d'une trentaine de kilomètres, savait cependant régir le domaine avec une lésinerie qui contrebalançait les humeurs instables de son fils, lequel se réservait la gestion des comptes.

Camille Laloy n'avait pas connu son père. Il avait grandi sous la protection d'une mère impuissante devant ses caprices mais dont l'emprise ne s'était pas moins insinuée en lui. Elle peupla son imagination de bondieuseries qui le familiarisèrent avec les interlocuteurs célestes. À l'école, il apprit à discipliner son caractère et sa curiosité. Les textes lus en classe et les leçons de catéchisme à l'église, le jeudi matin, lui inspirèrent le désir d'en savoir davantage. Il exigea qu'on lui offrît une bible et quelques romans. C'était là toute une expédition, car la fermière n'allait en ville que le lundi, jour de marché, et n'était jamais entrée dans une librairie.

Ils attendirent la période des vacances scolaires. Un après-midi, elle s'habilla avec soin, se coiffa d'un chapeau de crêpe et vérifia que son fils portait ses souliers vernis. Elle fit avancer l'attelage et prévint le conducteur :

— Il faudra que tu t'arrêtes devant la librairie des Lamaury, dans la grand-rue, mon fils Camille y a à faire.

Le journalier hésita, réfléchissant à cet itinéraire inhabituel, puis fouetta les chevaux : on verrait bien sur place. Dès qu'ils furent descendus de voiture, la fermière s'empara de la main du jeune garçon qui accepta sa complicité sans rechigner. Le couple pénétra dans le magasin et se dirigea timidement vers le comptoir. Camille présenta à une vendeuse la liste des livres convoités. La jeune femme en prit connaissance, secoua la tête, puis expliqua que l'on pouvait passer commande pour la semaine suivante, à condition de verser des arrhes. La fermière les régla et Camille s'en fut, satisfait.

Sa vie changea. Il ne jouait plus et passait son temps libre à lire dans une pièce exiguë, aménagée en bibliothèque. Sur les conseils de son institutrice, il se gava de littérature française et étrangère.

Cependant, vers quinze ans, il se lassa des romans et leur préféra les études historiques et religieuses… Camille parlait toujours avec componction des auteurs, ces êtres mystérieux, agrandis et dissimulés par leurs ouvrages. Les historiens auraient eu sa faveur si les hommes d'Église ne l'avaient rappelé à l'ordre. Une poigne d'airain lui désignait le chemin des curiosités légitimes et le contraignait à courber l'échine.

Camille renonça à préparer le baccalauréat dans un lycée qui l'eût trop éloigné de la ferme. Il préféra demeurer auprès de sa mère qu'il ne se privait pas de tyranniser. Une distance s'était creusée entre lui et ses camarades dont l'insouciance le déconcertait ; le malaise qu'il éprouvait en compagnie des filles l'isola davantage. Il ne supportait plus son entourage que pour le sermonner, et la bibliothèque devint son seul refuge. Sa mère, dépassée, le laissa mener sa vie à sa guise.

Il étudia dans un séminaire à proximité du village mais refusa de prononcer ses vœux, effrayé à l'idée d'affronter une existence nouvelle. D'ailleurs la fermière ne voyait pas d'inconvénient à le garder à la maison bien qu'elle ne s'illusionnât plus sur ses aptitudes à la vie paysanne.

L'humeur de Camille s'altéra. Il voulut imposer ses manies culinaires et pouvait entrer en fureur si l'on servait un mets qui lui déplaisait. Il ne trouvait pas de mots assez sentis pour formuler sa colère, aussi s'enflait-elle en un crescendo égosillé. Il puisait dans un vocabulaire un tantinet porté sur l'anathème, puis quittait la pièce à grand fracas, revenait lorsque les autres avaient fait place nette, s'installait en maugréant et piochait rageusement dans le plat réchauffé par Marie… On n'insista pas, la mère veilla à ce que tout le monde mangeât selon les goûts du fils.

Au village, on se moquait des lubies du jeune fermier. Cependant, il n'était pas mauvais bougre et ne surveillait jamais le travail du personnel. Seule la présence de sa mère suffisait à raviver en lui une exigence insatisfaite : tout le monde pâtissait alors de ses allures de maître.

Démobilisé en juin 1940, il ne gardait de la drôle de guerre que le souvenir d'une longue attente traversée de brutalités homicides. De retour au pays, Camille, heureux de pouvoir renouer avec ses habitudes, accepta l'occupation étrangère et les exactions. Tandis que sa mère, contrainte de ruser afin de soustraire à l'ennemi les produits de la ferme, s'irritait de sa sérénité, lui ne voyait là qu'un de ces épisodes historiques dont ses livres abondaient et attendait sans impatience la suite des événements.

3

Simon était né et avait grandi dans une ville située à quelques kilomètres du village. Avocat réputé dans la région, son père consacrait ses journées aux affaires et ses soirées à la culture. Les concerts, la lecture, les représentations théâtrales meublaient ses loisirs et, hormis les moments où la présence de sa famille se révélait indispensable, Jacques Laribière vivait parmi les siens en célibataire, jugeant que cette vie en valait bien une autre. Madeleine, son épouse, ne savait que faire de son temps. Les travaux ménagers lui étaient épargnés, et comme elle ne goûtait ni les arts, ni la littérature et encore moins les mondanités, il ne lui restait presque rien en partage. Madeleine ne se plaignait d'ailleurs pas. Son tour d'esprit la disposait à sympathiser avec le voisinage ; au parc, elle abordait volontiers les promeneuses. Les gens de son milieu déploraient ses manières familières ; les autres lui en étaient plutôt reconnaissants. Elle ne nourrissait de pensées malveillantes à l'égard de personne et n'imaginait pas que son comportement pût en susciter.

Les Laribière étaient mariés depuis deux ans lorsque naquit leur fils ; moins de temps avait suffi pour que chacun vécût dans son coin. Ils cohabitaient toutefois en bonne intelligence et Jacques comprenait qu'il n'avait pas été trompé sur l'heureux caractère de son épouse.

Un enfant né dans ces conditions n'est pas malvenu, il n'est que superflu.

Simon, toujours en peine, était devenu irritable. La mère espérait bien que cela finirait par s'arranger. Le père pour sa part désertait de plus en plus la table familiale. Un jour, néanmoins, ce qu'il vit le troubla. Il était entré dans le salon afin de remettre une lettre. Madeleine était allongée sur le tapis et Simon, qui devait compter quatre ans, piétinait son ventre, silencieux et obstiné. La mère se laissait faire en souriant et Jacques Laribière eut la certitude que ses sourires étaient sa façon de ne jamais rien partager. Il parla et l'enfant cessa net pour scruter l'intrus.

Madeleine se releva, réajusta sa robe, remit de l'ordre dans ses cheveux.

— Il est impossible ! dit-elle. Vivement qu'il aille à l'école. Je ne peux plus l'emmener au square ; hier, une dame pourtant gentille m'a dit qu'il fallait lui apprendre qu'une pelle ça sert à ramasser le sable et non à assommer.

Elle prit la lettre et s'égaya : il s'agissait d'une cousine, partie aux colonies. Peut-être pourraient-ils lui rendre visite aux vacances prochaines. Son mari s'esquiva sans donner d'avis. Revenu à son bureau, il ne put se remettre au travail. Sa pensée s'attardait sur l'étrange impression ressentie au salon devant cette femme marquée par la solitude des songes et des déserts, et dont la fadeur, l'indigence intellectuelle, dissimulaient peut-être une ténacité plus solide que les raisons pour lesquelles les hommes méditent de vivre et parfois de mourir. De son fauteuil, il regardait les éclats du soleil se briser contre la vitre, essayant d'oublier ce qu'il venait de voir. Il se secoua et considéra les feuillets éparpillés sur son bureau, alluma une cigarette, en tira quelques bouffées avant de se remettre au travail.

C'est à La Rochelle, en villégiature, qu'il avait connu Madeleine. Nul n'émettra d'objection à sa demande en mariage : les fiancés étaient charmants et les revenus ne manquaient pas de part et d'autre. Natif d'une famille protestante du Cotentin, Jacques Laribière avait rempli ses fonctions militaires dans le civil en pleine Guerre mondiale, à cause d'une vue déficiente. Honteux de cette situation, il s'était jeté dans les études juridiques, s'efforçant d'oublier les nouvelles du front. Le pays était sorti exsangue mais victorieux de quatre années de cauchemar et ses parents s'apprêtaient à lui financer l'établissement d'un cabinet d'avocat. C'est à ce moment qu'il l'avait rencontrée. Les premiers mois, sa futilité l'avait ravi, tant elle acquiesçait à son rêve d'une féminité qui échappât aux disgrâces de l'humanité. Sa mère, dont le front se plissait et les mains noueuses s'agitaient à la moindre explication, l'avait détourné des raisonneuses. Elle lui répétait, repue d'importance : « Il faut aimer les autres pour eux-mêmes. » Et lui s'irritait de ne pouvoir aimer Madeleine ni pour lui ni pour elle – laquelle d'ailleurs n'en attendait pas davantage.

La vie scolaire délivra leur enfant de sa compagnie exclusive. Il en conçut d'abord du désarroi mais l'apprentissage de la discipline apaisa peu à peu son esprit. Simon s'éloigna alors, sans regret, du monde abyssal des premières années. L'avocat, indifférent en matière de pratique religieuse, laissa à son épouse le soin de conduire son fils au temple. Ils y allaient à leurs heures car l'édifice était assez éloigné. Madeleine s'y employa de bonne grâce car pour elle tout était occasion d'écouter, de regarder, de se divertir. Le jeune Simon, épris de gravité, se plaisait à la célébration du culte et s'agaçait de l'humeur joviale de son accompagnatrice alors qu'il s'efforçait de graver en lui les paroles du pasteur.

Aux beaux jours, ils séjournaient dans la maison du village. L'enfant y languissait dans le désœuvrement… Un après-midi, tandis qu'il errait d'une pièce à l'autre, à la recherche d'une distraction, peut-être d'un secret, il pénétra dans la chambre inhabitée. Ses yeux se posèrent sur une poupée qui le contemplait du haut d'une armoire. Son épaisse chevelure de lin encadrait un visage auquel la fixité du regard donnait l'air halluciné. Troublé, il retint son souffle de crainte d'éveiller cette vie pétrifiée.

Soudainement résolu, il approcha une chaise, s'y hissa et s'en empara avec des gestes précautionneux. Il l'allongea sur le lit et souleva sa robe. Impuissante, la poupée continuait de le considérer intensément et il la crut offusquée. Simon, subjugué, ne bougeait plus.

Il sursauta, déjà fautif, quand il entendit la voix rieuse de sa mère :

— Que fais-tu donc ?… Ce sont les filles qui jouent à la poupée.

— Je ne joue pas, je la regarde.

Il hésita avant de s'écrier :

— Donne-la-moi, je la veux !

— Mais, grands dieux ! Pour quoi faire ?

Davantage que la requête, le ton avait déconcerté Madeleine. Il crut bon d'ajouter :

— Je ne l'abîmerai pas, je la regarderai, c'est tout.

Il insistait du regard et sa mère qui connaissait son obstination lui céda la poupée.

4

Dans les années trente, aux approches de l'adolescence, Simon, moins sauvage, noua de nombreuses camaraderies. Il restait cependant hérissé de pudeur et préservait son intimité de toute intrusion, même amicale.

Il vécut quelques passions muettes pour des écolières croisées à la sortie du lycée, contemplées un instant et aimées une saison. Blondes ou brunes, elles semblaient appartenir à une société secrète et il lui aurait fallu, pour les circonvenir, recourir à des ruses de sioux.

Il fut heureux de quitter le toit familial afin de poursuivre des études de droit. Il loua une chambre dans un quartier assez retiré où il aimait flâner après les cours... Une prostituée, jeune et jolie, rôdait autour de la faculté fréquentée par des étudiants aisés, pigeons faciles à plumer. Elle jeta son dévolu sur Simon et lui emboîta le pas, une fin d'après-midi d'automne, lui promettant mille délices. Il ne se déroba pas. La séance fut pénible. Il crut bien ne jamais parvenir à ses fins mais la fille se montra gentille et patiente. Quand elle le quitta, elle lui déposa un baiser sur les lèvres et le rassura.

— Ne t'en fais pas, avec le temps, on prend du galon.

Par la suite, il connut quelques femmes mariées à l'affût. Il avait pris de l'assurance, sinon du galon, mais ses liaisons ne duraient pas. Il craignait d'être amené à trop connaître une femme, et ses maîtresses le laissaient s'éloigner, dépitées et cependant soulagées.

La guerre éclata. Simon fut mobilisé. Quand il revint, désemparé par la défaite de son pays, il demeura de longs mois, inquiet du monde et de lui-même. Révolté par l'occupation étrangère, il répondit à l'appel du général de Gaulle et se lia avec un groupe de résistants. Parmi eux, une jeune fille originaire de la même ville que lui attira sa sympathie. Il s'intéressa à ce compagnon de route dont le sang-froid l'impressionnait.

Lors d'une réception chez ses parents, il conversa longuement avec l'épouse du procureur, l'homme dont on prétendait qu'il faisait trembler les murs du prétoire lorsqu'il réclamait une tête. Simon n'aimait pas le mari mais trouvait la femme attirante, une presque quadragénaire aux traits délicats. Ils convinrent d'un rendez-vous et se revirent régulièrement dans sa chambre d'étudiant. Hélène Darban s'accrochait avec désinvolture. Son corps las et ses lèvres aux commissures marquées plaisaient au jeune homme. De surcroît, elle possédait un esprit vif qui le divertissait.

Il continuait cependant d'entretenir des relations amicales avec Michelle, la jeune résistante. Une fin d'après-midi de printemps, alors qu'ils s'attardaient sur la plage, tous deux s'assirent sur des rochers près de l'eau. Elle se tenait droite, il ne s'abandonnait pas davantage. De longues minutes s'écoulèrent. Michelle finit par ironiser :

— Le spectacle de la mer ne vous séduit visiblement pas.

Amusé, il marqua une pause avant de répondre :

— C'est exact, j'appartiens à cette catégorie de gens qui prétendent aimer la nature et ne savent plus quoi faire dès qu'elle s'offre à eux. Elle ne se laisse pas attraper, innombrables sont les choses qui ne se laissent pas attraper.

Il avait prononcé pensivement ces derniers mots et Michelle ne se tenant plus de curiosité lui demanda sans ambages :

— Vous n'obtenez donc pas ce que vous voulez ?

Il esquissa un sourire.

— Vous croyez peut-être que je vais me confesser entre deux brises marines ?

Elle s'empourpra. Il l'avait remise à sa place, pourquoi en effet aurait-il eu des complicités avec elle ?

Simon regrettait déjà de l'avoir rudoyée.

— C'est plutôt que je ne sais pas ce que je veux vraiment… Vous, c'est différent, vous attendez entre autres choses que la vie soit l'accomplissement d'une idée.

Michelle acquiesça. Pour elle, seules les idées étaient transparentes et possédaient la vertu de dissiper son angoisse. Était-ce une faute ou plus simplement une dérision ?

Il la regarda avec douceur.

— Je ne suis pas du tout comme vous. Aucun accomplissement d'un idéal ne m'attend au bout du chemin.

— Pourquoi faites-vous de la résistance alors ?

— L'idéologie nazie m'est particulièrement odieuse et, plus bêtement, j'ai des problèmes de territoire…

Il la scruta un instant :

— Vous, vous êtes communiste. Cette position est pour moi intenable, non que j'aie des privilèges à défendre mais, en revanche, j'aurais le sentiment de jouer si je faisais cause commune avec le communisme, la révolution ; alors j'adhère à la société telle qu'elle était avant guerre, évidemment sans illusion aucune.

Il hésita avant d'ajouter :

— Je ne crois pas en l'avenir et j'imagine parfois que mes raisons de vivre sont oubliées quelque part… Je suis certainement très conformiste.

Le mot heurta Michelle qui pensa : « C'est vrai que vous êtes conformiste, mais si peu banal. Peut-être, d'ailleurs, que la banalité n'est qu'une invention de ceux qui veulent se distinguer. »

Simon, perdu dans ses songes, se taisait. La jeune fille n'osait plus le regarder et s'abandonnait intérieurement : « Je vous aime, comment pouvez-vous l'ignorer… Pour vous je serais moins sévère, je dénouerais mes cheveux, je rirais. Arrachez-moi à mon austérité, ma blancheur, ma faute. Je ne veux plus être votre camarade. Je sais que je suis belle, je veux devenir précieuse comme ces jeunes filles insouciantes qui tournoient si gracieusement quand elles dansent. »

Il remarqua que la mélancolie assombrissait ses traits. Il la trouva superbe et en éprouva du remords.

— C'est drôle que nous nous entendions si bien. En général, je n'ai pas d'amitié pour les femmes.

— Seriez-vous misogyne ?

— Je n'en suis pas là, mais je garde mes distances. La conversation, la communication, je ne suis pas certain que ce soit l'essentiel avec les femmes… Vous êtes pourtant la preuve du contraire.

Elle prit le risque de lui poser la question qui lui tenait tant à cœur.

— Vous n'avez donc jamais été amoureux ?

Il ne se déroba pas.

— Je n'ai jamais été amoureux que de filles croisées dans la rue et je crois que le silence faisait tout. Des histoires sans conséquence, des chimères dont il ne reste rien, même pas un souvenir ému. Vous voyez, c'est plutôt mal parti pour la communication.

— Peut-être un jour serez-vous amoureux et uni ?

Simon commençait de regretter son aveu. Étrange chez les femmes cette facilité à ramener tout ou presque à l'amour.

— C'est possible, mais je ne suis pas sûr de devoir m'en réjouir.

Il examina la jeune fille avec une réelle bienveillance.

Sa compagnie lui inspirait confiance, cependant il ne pouvait se défendre d'un sentiment d'irritation devant le moralisme discret qui teintait chacun de ses propos.

— Vous voulez absolument que les choses aillent mal par mauvaise volonté ; c'est de l'optimisme crispé, la sympathie n'est pas première… Je vais m'amuser à vous choquer, mais les femmes laides me gênent, je me sens diminué à leur contact, parler avec elles m'est pénible. Peut-on imaginer injustice plus grande ?

Michelle entrevit un monde irrémédiablement cruel que la voix de Simon dissipa aussitôt.

— Ma mère ne semble pas tenir à des idées. C'est une femme bizarre, nous étions très unis lorsque j'étais enfant et puis elle s'est éloignée en douceur quand j'ai grandi, à la manière des chattes qui se détournent de leurs chatons quand elles comprennent qu'ils n'ont plus besoin d'elles. Être pillées doit les combler… Je la crois un peu idiote bien qu'il m'arrive quelquefois d'en douter. Elle forme avec mon père un couple bizarre ; lui est plutôt intelligent et il n'a jamais cherché à m'en remontrer ; d'ailleurs, chez nous, personne ne songe à en remontrer à personne, trois chats sous le même toit.

Il sourit à Michelle qui ne disait plus rien de crainte de le voir se replier sur lui-même.

— Vous ne me parlez jamais de vous. Si nous n'habitions pas la même ville, je vous imaginerais sans famille. C'est surprenant : les femmes sont davantage ancrées d'ordinaire.

— Détrompez-vous, je suis très proche de ma famille, je m'entends surtout très bien avec ma sœur. Nous ne nous ressemblons pas mais nous sommes très liées. Solange n'a aucun projet mais elle me semble parfaitement heureuse, non, pas « parfaitement », « follement » convient mieux. Elle n'a pas de projet mais possède l'illusion vitale, ce don m'étonne, si peu de gens en sont pourvus. Elle rayonne.

Simon en doutait. Il connaissait Solange de vue et elle ne lui paraissait en rien remarquable. Un souvenir lui revint. Deux ans plus tôt, par exception, il avait accompagné sa mère au jardin public. L'armistice venait d'être signé et il ruminait des pensées moroses. À ses côtés, dans l'allée principale, sa mère s'extasiait devant chaque bosquet. Lui, patient, regardait alentour. Au loin, une jeune fille était apparue et il avait cru reconnaître un visage du passé, une tête abondamment bouclée, un air impatient. La silhouette s'était précisée, tenant le milieu de l'allée. Une démarche immodeste. Désappointé, il avait identifié Solange Lamaury. Parvenue à sa hauteur, elle l'avait considéré sans ciller. Il s'était détourné délibérément tandis qu'elle saluait sa mère et passait son chemin. Madeleine avait commenté avec enjouement :

— Au parc, il se trouve toujours une dame pour me critiquer mademoiselle Lamaury mais moi, elle me plaît bien, elle porte de jolies robes et paraît toujours très contente, même quand il pleut, c'est bon signe… Je vais te dire, cette jeune fille, elle a un pied sur terre et un autre sur la lune.

Il avait examiné Solange qui s'éloignait puis, repris par ses préoccupations, l'avait chassée de son esprit.

Le temps fraîchissait. Ils s'attardaient sur la plage désertée. Michelle, rêveuse, triturait le sable du bout des doigts. Ce fut sans curiosité véritable qu'il demanda :

— Elle a le projet de se marier, j'imagine ?

— Évidemment, et cela m'inquiète. Je ne peux me la représenter qu'entourée de soupirants. L'ingratitude des tâches ménagères, l'éducation des enfants, ce n'est pas fait pour elle. Quant à la consolation de l'adultère, vous savez ce que cela signifie en province, en province et ailleurs. Il y a en elle une sorte d'innocence sévère, c'est cela que je crains... Et puis je la vois et je me dis qu'elle est bénie des dieux et que rien ne la brisera.

Simon ne comprenait pas pourquoi elle lui parlait tant de cette sœur dont il ne s'était jamais soucié. Il s'apprêtait à quitter les lieux lorsqu'elle sortit de son sac une photographie et la lui tendit. Il la regarda distraitement, la posa sur le rocher, hésita, la reprit et la contempla, cette fois, de longues secondes.

Accroupie dans l'herbe, Solange, de profil, tenait un chat à qui elle désignait un objet invisible sur la pellicule. Incrédule, la bête écarquillait les yeux et la jeune fille riait de son étonnement. Une bretelle glissait le long du bras gracile et le mouvement des étoffes dénudait un genou rond. L'éclat translucide de son visage offert le fascina. Sa décision fut instantanée : « Je l'épouserai », se promit-il. Il s'efforça de dissimuler son émotion tandis que Michelle, sans faire de commentaire, rangeait la photographie.

5

Sur le seuil de la porte, la veuve Laloy examinait le paysage dégradé et hochait la tête, incrédule. La fermière aimait la nature à la manière d'une mère inquiète de la santé des siens, et la désolation d'une branche arrachée, d'une barrière éclatée, aggrava l'expression de son visage. Elle se laissait engourdir par la tristesse quand elle vit surgir, au détour du chemin, la silhouette de sa servante. Elle se ressaisit aussitôt en maîtresse du logis. L'angoisse des dernières heures tourna à la colère envers Marie et son allure. En voilà une qui ne se tourmentait pas, tout comme son fils Camille, des idiots qui ignorent le danger et continueraient à remuer on ne sait quoi dans leur tête même si la fin du monde menaçait.

Mais sa colère ne dura pas. Marie était à l'heure. Marie était toujours exacte. On avait répété à la fermière qu'elle se promenait en compagnie d'un soldat allemand. La pauvre savait-elle avec qui il est convenable ou non d'être aimable ?

— Eh bien, quelle nuit ! On se voyait déjà tous morts. Camille, lui, est resté à lire dans la cuisine, à croire qu'il connaissait les intentions du ciel. Il s'est tout de même demandé comment ça se passait pour toi.

Marie s'était arrêtée devant la charpente massive de la fermière et attendait que celle-ci s'écartât de la porte pour la laisser entrer. La maîtresse se sentait d'humeur communicative mais sa servante ne desserrait pas les dents, n'esquissait pas un sourire. « Ça doit être vrai, ce qu'on dit, qu'elle est toquée », conclut-elle, mi-amusée mi-désappointée.

— Tu pourrais au moins dire bonjour, on ne t'a donc rien appris chez toi ?

Marie tressaillit. Elle n'aimait pas que l'on fît allusion à ses parents.

— Je suis très polie… Cette nuit, une dame nue a frappé à ma porte, je lui ai offert une blouse et un lit. Elle m'a remerciée…

— Une dame nue !… Tu ne parles pas souvent mais quand ça t'arrive, tu ne manques pas d'idées, ma fille ! Pas étonnant que Camille prenne toujours ta défense, il est aussi insensé que toi, d'une façon différente…

Elle scruta néanmoins Marie qui, peut-être, ne fabulait pas. Comme elle était de nouveau muette, la fermière n'insista pas et la servante put enfin avoir accès à la maison.

Marie travaillait à la ferme depuis déjà six ans et la répétition quotidienne des tâches s'était inscrite dans ses mains au point que l'usage de sa raison était devenu superflu.

Elle s'occupait du linge et allait au lavoir quand elle savait qu'elle n'y rencontrerait pas les villageoises. Elle s'appliquait particulièrement lors du repassage et aimait voir le lissé des vêtements surgir des plis désordonnés. Il fallait juste veiller à ne pas brûler les étoffes. La fermière lui avait appris à mesurer le temps nécessaire pour chauffer les fers sur la plaque en fonte de la cuisinière à charbon. Elle préparait aussi les repas et se plaisait à voir les pommes de terre arriver sur la table, toutes crottées, et ressortir de ses mains, beiges et polies comme les coquilles des œufs. Alors, la fermière la félicitait de ne rien gaspiller sans même oublier le moindre point noir.

La première fois que Marie eut à éplucher ce légume, ce fut la consternation à la ferme. Elle piocha dans le sac un gros tas dont elle emplit son tablier replié avant de le déverser sur la table. Une fois à l'ouvrage, peu à peu, un léger bercement s'empara d'elle. Seul existait le plaisir que lui procurait la métamorphose des boules informes en objets réguliers et clairs. Le monceau achevé, elle se leva et remplit de nouveau son tablier. Elle recommença plusieurs fois l'opération. Les pommes de terre finirent par glisser hors de la table encombrée… Lorsque la fermière entra dans la cuisine, elle poussa un cri de détresse. Les gens accoururent. Marie posa son couteau et leva sur la compagnie un regard de somnambule. La maîtresse recouvra aussitôt ses esprits.

— Qu'est-ce qui te prend, tu crois qu'on a invité le village ? Tu imagines peut-être que les patates épluchées se conservent !

Elle se tut sur ces mots, profondément abasourdie. Les autres aussi se taisaient en examinant la nouvelle servante. Marie ne paraissait pas fautive mais elle contemplait les pommes de terre éparpillées sur le sol avec une expression indicible de surprise et de timidité.

Tout bien considéré, les dégâts n'étant pas si graves, la fermière l'enjoignit d'aller distribuer le trop-plein aux cochons… et l'incident fut clos. L'idée ne l'effleura même pas de congédier la jeune fille. Celle-ci avait surtout besoin de sa protection et de ses conseils et elle ne se priva pas pour l'en accabler. Elle s'inquiéta aussi de savoir s'il était prudent de lui laisser la responsabilité de l'épluchage des légumes et finit par opter pour un compromis : elle la lui laisserait, mais sous sa tutelle. Marie sut néanmoins trouver la juste mesure dans ses bonheurs ménagers et la fermière n'eut plus jamais à la réfréner.

Ce matin-là, occupée à la préparation d'un pot-au-feu, la servante s'agitait avec des gestes fébriles autour de l'âtre. Le souvenir de la visiteuse nocturne la hantait. Elle évoquait le fracas des explosions, la femme au ventre déformé. Aussitôt resurgissait l'image du soldat. Elle ne l'avait pas revu depuis le jour où il l'avait entraînée vers le bois. Déjà plusieurs semaines s'étaient écoulées. Elle se rappelait la nervosité du garçon, ses mystérieux émois. Il avait insisté avec tant de douceur… Étourdie, sans comprendre, elle avait longtemps erré avant de réintégrer la ferme.

Une nuit avait suffi à lui apporter l'oubli. Elle ne s'étonnait pas de ne plus le rencontrer. Il ne lui manquait pas. Et Marie vagabondait, de nouveau solitaire. Elle flânait sans mémoire dans les champs, silhouette incertaine sous le ciel trop grand. Son regard effleurait l'horizon, les frondaisons lointaines, puis s'attachait à la terre. Elle ne savait pas voir, mais aimait à sentir la présence confuse du monde.

Marie, indécise, négligeait de surveiller la cuisson du pot-au-feu. Elle s'affala sur un banc et se mit à chantonner. Souvent, au milieu d'un silence, d'une conversation, elle se réfugiait en elle-même et s'abandonnait en fredonnant aux murmures d'un cœur mélancolique.

La fermière fit irruption dans la pièce et, constatant l'air désolé de Marie, s'emporta :

— Tout le monde au village est heureux, on ne les verra plus, et toi, t'es là, toute triste, à croire que tu les regrettes, allez, remue-toi, je vais coudre dans ma chambre.

La servante s'empara du torchon humide qui traînait sur la table, puis s'affaira autour du foyer. Il lui fallut peu de temps pour retrouver la paix que lui procurait l'accomplissement des gestes quotidiens.

En bleu de chauffe, les souliers maculés de plâtre, le fils Domont s'immobilisa dans l'encadrement de la porte. Il attendit que Marie l'aperçût pour avancer. Elle hocha la tête et appela sa patronne. La fermière accourut à pas bruyants, accueillit de bonne humeur son voisin et le questionna sans tarder sur les dernières nouvelles.

— Les Américains s'installent un peu partout, on va les avoir au village, plus de traces des autres. Quant aux collaborateurs et ces salopes qui couchaient avec les boches, ils peuvent se cacher, on ne leur fera pas de cadeau.

La fermière l'interrompit net.

— Il faudrait peut-être que je pense à installer une chambre ou deux, nous pourrions bien avoir de la visite.

Elle s'activait déjà en pensée, tandis que Marie, sourde aux propos échangés, disposait le couvert, veillant à contenter chacun dans ses habitudes.

6

Solange avait grandi à l'ombre de sa sœur aînée. Elle n'en avait pas conçu de rancune, mais un intime sentiment de dépossession.

Propriétaire d'une librairie, sa mère retirait à ses moments perdus un volume d'une étagère pour le lire aux fillettes. Les contes d'Andersen émurent singulièrement Solange : la sirène nostalgique ou le martyre de la petite fille aux allumettes la poursuivaient dans de longues rêveries. Mais elle se reconnaissait davantage dans le vilain petit canard et se racontait qu'elle aussi recélait un beau plumage qui, un jour, s'imposerait à l'amour de tous.

Le dimanche, aux beaux jours, les deux sœurs flanquées de leurs parents allaient s'ébattre sur la plage. Aucune exhortation, supplique ou raillerie ne purent amener la cadette à s'aventurer dans les flots.

— Mais enfin pourquoi ne veux-tu pas te baigner ?

— J'ai peur des requins, ironisait Solange.

Michelle s'esclaffait.

— Les requins, s'il y en a, ne s'approchent pas du rivage.

— Qu'en sais-tu ?

— C'est comme ça.

Solange haussait les épaules, soudainement réfléchie.

— Je me méfie. Après tout, il n'y a pas de loi pour les en empêcher.

L'aînée levait les yeux au ciel avant de se précipiter dans la mer. Pâtés de sable, courses effrénées, parties de ballon, elles se démenaient tout l'après-midi puis rentraient exténuées pour une calme soirée autour de la table.

De l'avis général, Solange devint très séduisante. Le vilain petit canard avait cédé la place à un bel oiseau orgueilleux, et si autrefois son malaise était tempéré par l'espoir de posséder un jour un beau plumage, aujourd'hui ses joies de jeune fille étaient minées par la présence de la bestiole toujours enfouie en elle.

Elle préféra, au terme d'études secondaires précaires, aider à la librairie. Les soupirants tournaient autour des rayons, l'air préoccupé, mais le cygne s'entendait à les dépister et se complaisait, de surcroît, à les dénombrer et à s'en moquer.

Michelle était grande, blonde et blanche. Elle se tenait très droite, les cheveux tressés en diadème. Elle ne semblait pas s'intéresser aux garçons qui en retour, intimidés par sa stature hautaine et le bleu sans ombre de ses yeux, la négligeaient.

Elle avait été tentée de s'inscrire en philosophie mais le désir de servir ses semblables l'avait aiguillée vers des études médicales. La drôle de guerre puis l'invasion allemande la bouleversèrent et elle ne fréquenta que les étudiants qui partageaient ses convictions. Affiliée à un groupe clandestin, elle y reconnut avec joie Simon Laribière qui se tint longtemps sur la réserve avant de rechercher sa compagnie.

En famille chaque fin de semaine, elle renouait avec sa sœur, qui, volubile et heureuse de la revoir, lui racontait ses conquêtes. En ce temps-là, les filles se mariaient vierges après avoir accordé quelques baisers à la ronde, dans l'attente de l'épouseur. Solange pratiquait assidûment le flirt, attentive aux émois qu'elle suscitait. Le charme de son visage tenait au flou gracieux de ses traits, à la délicatesse de ses expressions. Le regard d'ambre, la chevelure mordorée évoquaient le feuillage d'automne et la secrète lassitude qui ronge déjà la nature si rayonnante cependant que l'on ne sait plus si elle est promesse ou nostalgie. Elle-même ressentait la fragilité de sa joliesse et se persuadait que ses admirateurs étaient victimes d'une illusion qui finirait par se dissiper. Consciente de sa féminité mais ignorante de la réalité qu'elle recouvrait, Solange connut les affres de l'incertitude. Elle se cherchait et ne rencontrait que des images peu aptes à composer une figure. Alors, elle s'efforçait de se remodeler mentalement, oublieuse de ses failles. Un moi mythique ordonnait chacune des manifestations de son être, mais le charme menaçait de se briser dès qu'elle se trouvait confrontée à une réalité trop forte. Encore nubile, elle mit un soin maniaque à se parer et son visage devenait grave lorsqu'elle se fardait. La coquette ne supportait pas de se voir à l'improviste dans un miroir. Elle aurait souhaité que la beauté ne fût pas uniquement un don mais le résultat d'un travail de sorte à mieux se l'approprier. Comme un croyant s'étonne du peu de cas que l'on peut faire de son salut, l'insouciance de sa sœur dans ce domaine l'étonnait. Jamais Solange n'avait été amoureuse. Le fils de l'avocat l'intriguait mais l'intimidait trop pour entreprendre quoi que ce fût. Elle rêvait à lui dans l'ennui des après-midi et se demandait sur laquelle il jetterait son dévolu. Une fille à coup sûr différente d'elle.

Le souvenir d'un épisode, vieux de quelques années, l'emplissait de confusion. Simon, qui avait déjà l'air d'un jeune homme, ne la regardait jamais, alors que leurs parents réciproques se saluaient. Un jour, dans la rue, dépitée, elle s'était approchée de lui, les joues gonflées pour elle ne savait trop quelle fin. Il ne cilla pas et passa son chemin sans daigner lui prêter attention. La fillette, humiliée, se jura qu'on ne l'y prendrait plus. Et de fait, comment pourrait-il, après un tel enfantillage, s'intéresser à elle... Mais les garçons ne manquaient pas et elle vivait dans l'effervescence. Envieuses de ses succès, les demoiselles de son entourage la critiquaient rudement. Solange, protégée par l'affection de sa sœur, ne se souciait pas de leurs médisances.

À l'école, elle s'était liée avec Marianne Vuillard, la fille du patron de la clinique. Celle-ci poursuivait des études de droit et ne rentrait chez elle que le week-end. Elle se présentait alors à la librairie et les deux amies convenaient d'un rendez-vous, sous le regard désapprobateur de madame Lamaury. On racontait que Marianne s'offrait au premier venu, pour la honte de ses parents. Ces rumeurs n'étaient pas pour déplaire à Solange, enchantée d'échapper aux mises en garde maternelles : « Si tu sors trop et que par-dessus le marché les gens te voient avec cette fille, tu peux être sûre que tu ne trouveras jamais de mari. »

Marianne vivait depuis toujours enfermée dans un cauchemar. Détestant le couple formé par ses parents, elle s'employait à détruire l'idée de foyer et, plus intimement, à souiller l'acte dont elle était née. Enfant, elle avait rôdé dans les ténèbres autour de leur chambre. À quinze ans, elle avait fait des avances aux lycéens, lesquels s'étaient exécutés sans demander d'explications. Douée, elle accumulait les prix scolaires, seul le défi pourtant la contraignait à travailler d'arrache-pied. Les garçons, les études, la lecture, rien n'épuisa la passion que lui inspirait son père et, hormis sa hantise, tout lui semblait frivolité.

Les Vuillard édifiés par des voisins interrogèrent Marianne qui reconnut les faits. Son père sévit, alla jusqu'à la séquestrer dans sa chambre. Elle en fut heureuse mais la mère gâcha tout en implorant sa grâce. Sitôt lâchée, la fille récidiva. Il décida de l'envoyer en pension. « J'y mettrai le feu », menaça-t-elle. La mère, de nouveau, le supplia de n'en rien faire. Il n'insista pas et, désormais, traita sa fille en étrangère.

Le jour où elle obtint son baccalauréat, madame Vuillard se mit en tête de fêter sa réussite. Marianne s'était rendue ce matin-là au lycée voir les résultats en compagnie de Solange. L'une était reçue haut la main et l'autre de justesse. Les bachelières se promenèrent bras dessus, bras dessous, se laissèrent aborder par des inconnus puis retournèrent chez elles. Lucile Vuillard prévint son époux et passa des commandes. Marianne changea de robe, se poudra légèrement et attendit. Elle n'avait pas vu son père depuis une semaine et pressentait qu'un drame éclaterait sous peu.

De la fenêtre, elle le vit descendre de voiture, l'air soucieux. Son cœur battait la chamade quand elle le rejoignit dans le vestibule. Il la félicita sans effusion tandis que Lucile, sortie de la cuisine, s'agitait autour d'eux, s'efforçant de détendre l'atmosphère.

Sur la nappe blanche finement brodée, la maîtresse de maison avait disposé deux candélabres en argent dont les flammes rosissaient le teint laiteux de la jeune fille. La lumière du jour rendait insolite cet éclairage aux chandelles. Du jardin, le chant des oiseaux semblait les narguer. Lucile commentait les plats avec un enjouement feint. Pierre Vuillard ne se déridait pas. Marianne striait sa serviette de ses ongles effilés. Sa bouche se plissa d'amertume. À bout de nerfs, elle se tourna vers sa mère :

— Mais tu n'as donc pas encore compris que la situation est incurable !

Lucile retint sa respiration et posa son couteau. Les regards du père et de la fille se croisèrent.

— File dans ta chambre.

Elle se leva et alla à pas mesurés vers la porte. Il la suivait des yeux. Avant de passer le seuil, Marianne se retourna, ses lèvres s'entrouvrirent. Il se redressa.

— Fous le camp !

Alors d'un geste fugace, elle ôta sa culotte et la lui envoya au visage, devant sa mère stupéfaite. Il s'en saisit pour la rejeter sur un candélabre. Ses traits se crispèrent alors qu'il considérait l'étoffe enflammée juste au-dessus de son assiette.

Au bord des larmes, Marianne s'enfuit dans sa chambre. Elle défit sa robe et demeura en jupon, les pieds nus. Elle évoluait en rond et se récitait, à mi-voix, les mots du poète : « À qui la faute ? Chaque fois que j'y pense une nouvelle faute m'apparaît qui mange les autres, mais toujours il y a faute. »

Elle prit deux cigarettes dans un paquet de contrebande qu'un jeune trafiquant lui avait offert, et les alluma. Elle aspirait la fumée de l'une et de l'autre en disant « une pour lui, une pour moi », et se remémora la première fois où elle avait accompli cette incantation devenue rite au fil du temps. Elle continuait de tourner en rond lorsqu'elle entendit des pas dans le couloir. Elle glissa la clé dans la serrure et s'enferma à double tour.

7

Depuis quelques années, les deux sœurs ne partageaient plus la même chambre. Solange s'était octroyé une pièce sous les combles qu'elle avait elle-même aménagée. Le carrelage rouge brun, recouvert d'une descente de lit en peau de mouton, contrastait avec les murs nus, crépis à la chaux. Une commode en merisier, pleine à craquer de lingerie fine, et une penderie occupaient le côté gauche. Sous la fenêtre, une coiffeuse et un tabouret complétaient joliment le décor.

Lorsque la jeune fille se réveillait, elle apercevait, encore ensommeillée, une lithographie de Monet représentant un coin de jardin. Sous les couleurs tendres et lumineuses, le bonheur la guettait.

Solange, qui aimait les fards et les colifichets jusqu'à la superstition, les laissait volontiers traîner sur la table et la chaise de chevet, le rebord de la croisée, le parquet même.

Rentrée un soir à l'improviste, Michelle alla embrasser sa sœur déjà au lit. Elle examina, mal à l'aise, ce fouillis bariolé au milieu duquel agonisait une plante verte.

— Je ne te confierai pas mes poissons rouges, tu les laisserais mourir.

— Tu sais bien que je n'ai pas la tête à ces choses… plaida la cadette, intimidée par le regard de son aînée.

Ce jour-là, Solange, assise sur le lit, se confectionnait une toilette estivale qu'elle taillait dans une robe qui avait appartenu à sa grand-mère. Adorant les parures, elle avait appris à coudre, découper, tricoter, et ses trouvailles dépitaient ses rivales moins inspirées. Elle s'entendait à dénicher dans les greniers les tissus, rares en cette période de restrictions, et les métamorphosait en toilettes de contes de fées. Enfant, elle avait longuement rêvé à la robe couleur du temps. Devenue jeune fille, elle ne désespérait pas de la ressusciter et chaque étoffe recelait les promesses d'un enchantement.

Plusieurs heures durant, elle cousit, absorbée par son ouvrage. Soudain, elle se souvint de son rendez-vous avec Marianne et bondit, les fils encore accrochés à sa jupe, pour attraper son sac à main.

Dans la rue, elle recouvra ses esprits. Elle marchait à grands pas et se déporta quelque peu à la vue de jeunes officiers allemands : Michelle lui avait fait la leçon. Elle descendit une des ruelles qui menaient aux confins de la ville puis tourna à droite. Un haut mur de pierres grises entourait une villa ouverte sur une allée ombragée. Solange remarqua que les persiennes du premier étage étaient closes. Dans le fond du jardin, madame Vuillard se reposait sur une chaise longue adossée à un orme. Marianne, habillée d'un vieux short, vint à sa rencontre. Un bouton manquait à son corsage. Elles remontèrent une pelouse aux parterres soignés, multicolores, et se réfugièrent sous le kiosque. Solange était toujours intimidée par la belle étendue de la propriété. Elle ne connaissait de comparable que celle des Laribière.

— Tu es là pour la durée des vacances ?

— C'est possible, bien que cela n'arrange pas forcément mes parents. Il ne me supporte plus.

— Ma sœur revient dans quelques jours, Simon Laribière aussi, je suppose, ils sont très camarades.

Solange ne manquait jamais une occasion de mentionner le nom du jeune homme.

— Ne me parle pas de ce type, il est bon pour Michelle, un puritain comme elle. Figure-toi que je l'ai croisé il y a une quinzaine de jours dans une rue déserte, il filait certainement à la faculté. On ne se rencontre pas souvent car je ne suis qu'en première année. Il n'est pas mal, un peu raide, mais cela ne signifie rien.

Le cœur de Solange s'était arrêté de battre tandis qu'une expression de défi amusé attisait le regard de Marianne.

— On a marché un peu, il restait sur ses gardes, alors au moment de nous quitter, je lui ai fait des avances, un truc en général infaillible.

Elle put juger de son effet sur Solange qui resta sans voix quelques secondes avant de répondre :

— Dis donc, tu n'y vas pas avec le dos de la cuillère !

— Eh bien, figure-toi que cet enflé a paru un instant décontenancé puis il m'a envoyée sur les roses en me disant : « Va retrouver tes compagnons de jeux, petite fille, je n'ai pas de temps à perdre. » J'en ris encore… Tout de même, je me demande avec quoi il se mouche celui-là, sûrement pas avec ta sœur. Ils doivent passer leur temps à parler politique.

— Évidemment. Je ne crois pas que Michelle soit amoureuse de Simon, elle ne me parle jamais de lui.

Elle se tut un instant puis, mine de rien, ajouta :

— Une amie m'a raconté qu'il couchait avec Hélène Darban.

— C'est possible.

Marianne eut une moue méprisante.

— Le genre de femme qui s'enthousiasme chaque fois qu'elle couche avec un homme, je n'aime pas les femelles qui se laissent abîmer par les mecs.

— Que veux-tu dire ?

— Eh bien, elle accumule les aventures, c'est-à-dire

les déceptions, et se cogne toujours la tête contre le même mur… Femme à la merci du premier orgasme.

Marianne n'était pas sûre de ne pas exagérer mais elle détestait Hélène Darban et se plaisait à l'avilir. Quant à Solange, elle n'avait d'opinion ni sur Hélène, ni sur l'orgasme, aussi abandonnèrent-elles ce sujet épineux. Elles s'assirent dans l'herbe au soleil et devisèrent de tout et de rien. En début de soirée, Pierre Vuillard traversa l'allée et les salua de loin. Solange fut sur pied en une seconde :

— Il faut que je me dépêche de rentrer, maman va encore me passer un savon.

Marianne la raccompagna à la grille. Elle aimait ces conversations à bâtons rompus avec son amie et la quittait toujours avec regret.

Un matin, Simon se présenta à la librairie. Solange rangeait les rayonnages en feuilletant par intermittence un volume au gré de sa fantaisie. Le jeune homme ne l'aborda pas. Il ne voulait pas se hasarder à quelque bavardage importun. Ses intentions dissimulées derrière le déchiffrage des titres, il attendait qu'elle se rendît disponible. Troublée par sa présence, car d'ordinaire il s'approvisionnait ailleurs, Solange hésita avant de lui demander :

— Vous cherchez un livre précis ?

Sa voix aux intonations basses le déconcerta. Elle contrastait avec son aspect gracile ; il lui revint que sa sœur parlait avec des inflexions douces qui étonnaient chez une jeune fille aussi décidée.

— Non merci, je ne fais que regarder.

Il acheta quelques magazines qu'il ne lirait pas. Solange passa derrière la caisse. Elle ramassa la monnaie avec embarras et il remarqua la gravité soudaine de son expression. Il partit, laissant la jeune fille désemparée. Elle croyait savoir qu'il était porteur d'un message et se tourmentait pour Michelle dont elle soupçonnait les activités clandestines. Le soir même, elle prit un air innocent pour lui dire que le fils de l'avocat était venu au magasin.

— Il a tourné un moment autour des rayons, préoccupé, et m'a regardée bizarrement lorsque je lui ai demandé ce qu'il désirait. Il a pris au hasard quelques journaux... Je ne sais pas pourquoi mais j'ai tout de suite pensé à toi.

Michelle pâlit et revit Simon qui, sur la plage, contemplait la photographie.

— Quelle drôle d'idée ! répliqua-t-elle sèchement. Je ne vois vraiment pas pourquoi tu as pensé à moi.

Solange demeura dans le doute. Elle ne pouvait se défaire de l'idée que le jeune homme reviendrait.

8

Une semaine avant sa visite à la librairie, l'esprit hanté par la pensée de la jeune fille, Simon se trouvait dans sa chambre d'étudiant avec l'épouse du procureur.

Allongée, nue, Hélène le regardait aller et venir.

— Nous ne nous sommes pas vus depuis longtemps et vous...

Il cessa de marcher, lui sourit sans la voir. Le visage de la femme changea, ses lèvres s'entrouvrirent et elle murmura :

— Simon, violez-moi.

Le jeune homme parut sortir d'un rêve.

— Est-ce bien nécessaire ?

Du reste, elle se tenait mal, une jambe écartée. Il la méprisa. Hélène reprit une position plus décente et ironisa :

— Vous manquez de fantaisie. En général, les hommes que j'ai connus adoraient jouer à me violer.

Il la considéra avec curiosité.

— Je ne porterai pas de jugement sur vos fréquentations. Pardonnez-moi mon manque d'ardeur mais je ne suis pas d'humeur à outrager qui que ce soit.

Elle leva les yeux au ciel. Simon se déshabilla et rejoignit la femme qui le repoussa doucement.

— Vous faites l'amour du bout des lèvres. Et du sexe.

— Si je ne vous conviens pas, je peux me retirer.

Hélène ne répondit pas ; son regard glissa le long du corps étendu tristement à ses côtés. Elle chuchota :

— J'aime ton sexe quand il est ainsi, vulnérable.

Il l'interrompit d'une pression de la main.

— Sois gentille, ne me joue pas le scénario du maternage, tout à l'heure le viol, maintenant le berceau, je ne te suis plus.

La femme haussa les épaules de découragement.

— Qu'avez-vous, je ne vous reconnais pas, nous nous entendions bien autrefois.

Il lui caressa le bras. Son imagination vagabondait. L'image de la jeune fille en jupon, les pieds nus, maculés de terre, lui souriait, promise. Il s'approchait mais elle se dérobait, soudainement hostile. Furieux, il la prenait par les cheveux et la précipitait contre le mur. Solange, ensanglantée, s'effondrait, découvrant des cuisses laiteuses, une culotte enfantine.

Simon enlace Hélène qui s'agrippe à lui. Les cris de la vierge se mêlent aux gémissements de l'épouse du procureur. La jeune fille agonise et son sexe n'est plus qu'une plaie vive.

Les corps s'immobilisent. Hélène retient un instant Simon qui, gêné, se reprend tandis qu'elle s'écarte enfin. Un long silence accentue leur embarras. La femme fait un effort et se moque.

— Vous n'êtes pas aussi insensible aux excès que vous ne l'affectiez.

— Ai-je prétendu le contraire ? Vous m'avez incité par vos suggestions à jouer les violeurs d'opérette alors que je suis d'ordinaire attentif à ne pas me prendre pour ce que je ne suis pas.

— Les autres n'ont pas tant de scrupules, ils adorent se prendre pour ce qu'ils ne sont pas. Ou pour ce qu'ils ne croient pas être… Il est vrai que vous n'êtes pas encore diminué par la conjugalité. Pourquoi croyez-vous que les bordels regorgent d'hommes mariés, sinon pour cet excès, cette sorte d'intégrité du fantasme qu'ils connaissent si rarement avec la mère de leurs enfants…

Il sourit et se leva. Tout de même, de quel droit essayait-elle de le percer à jour ? Hélène le regardait s'habiller. Pour gagner du temps, elle lui demanda :

— Vous ne m'aimez pas, n'est-ce pas ?

Il considéra celle qui lui avait servi à en violer une autre et un éclair passa devant ses yeux. Le désir de les punir toutes se réveillait en lui. Une colère anonyme, écho d'un âge ancien, jaillit des profondeurs de son être. Il lui jeta :

— Non. Vous avez eu trop d'amants !

Elle émit un sifflement narquois et se redressa. Pour le coup, elle n'avait plus envie de plaisanter.

— Enfin, nous y voilà.

Simon aurait voulu rattraper cette insulte faite à une femme qu'il aimait beaucoup. Paralysé par sa propre muflerie, il laissa, en galant homme, sa partenaire le houspiller.

Hélène, qui avait retrouvé sa forme, se revêtit en hâte.

— Alors, voilà ce que tu pensais depuis le début de notre liaison : j'ai eu trop d'amants. Il est vrai que tu ne te trompes pas. Tu crois, peut-être à juste titre, qu'un homme, ce n'est pas pareil, et tu te laisses engueuler par pure courtoisie, en attendant de pouvoir te tailler avec toutes tes plumes.

Elle s'interrompit et le scruta. Elle avait vraiment l'air désolé par ce qu'elle voyait.

— Continue, dit-il. En général les femmes ne s'expriment pas devant moi, je ne suis pas très engageant.

— Dommage, je t'aimais bien, j'appréciais ta discrétion et mille autres choses, maintenant tu me déplais, ou c'est tout comme. Tu sais, je n'ignorais pas ton aventure avec Brigitte Meillan. Elle disait de toi : « Il est prétentieux, il prend des airs supérieurs, même au lit, ce n'est pourtant pas un titan. » Bizarrement, ça m'a donné des idées. Ton père me tourne autour, mais c'est toi que je voulais.

Simon s'efforçait de demeurer impassible. Mais Hélène ne lâchait pas prise. Sa colère était tombée et elle parlait sans acrimonie. Elle avait besoin d'y voir clair.

— Possible que tu aies une pucelle dans le cœur. Je la plains d'avance. Un jour, tu te réveilleras et alors… Tu n'as aucune des qualités requises pour faire un compagnon acceptable.

— Comment le sais-tu, Cassandre ?

— Tu me plaisais alors je t'observais. Tu ne veux surtout pas nous connaître et comme tu ne fais rien pour vivre en bonne intelligence avec les gens et que tu te fiches certainement du foyer, de la paternité, tu seras vite sans recours…

Hélène se tut et haussa les épaules. Assise sur le fauteuil, elle sortit de son sac un paquet de cigarettes.

— Tu en veux une ? Je me les procure à prix d'or, je deviendrais folle sans elles.

— Non, merci.

— J'avais oublié que tu n'as pas de vice.

Elle aspirait la fumée, la tête inclinée en arrière, et la rejetait par les narines en plissant les yeux. Simon la contemplait et voyait Solange. Il s'abandonna.

— Je l'ai imaginée ensanglantée et j'étais heureux… Cela me serait égal de mourir.

Elle tressaillit à peine.

— Je ne croyais pas si bien dire tout à l'heure, tu commences bien ton idylle.

Il la regarda avec une sorte d'espoir.

— Crois-tu que les hommes ne se sentent pas en danger devant vous ?

— Je sais, chacun traite l'autre comme s'il avait des pouvoirs… Elle te semble donc si prestigieuse ?

— Je sais seulement qu'elle est mon destin.

Hélène ne broncha pas. Elle eut un pincement au cœur en songeant à Pierre Vuillard. Elle avait cru autrefois qu'il était son destin.

— Tu as un fils, quel âge a-t-il ?

— Quatorze ans, répondit-elle, surprise : c'était la première fois que Simon manifestait de la curiosité à son égard.

— Comment est-il avec toi ?

Toujours étonnée mais néanmoins bien disposée, elle lui parla avec franchise.

— Il commence à se douter que je suis infidèle à son père. Il le déteste mais m'aime davantage qu'il ne le déteste.

Elle décroisa les jambes et se leva.

— Et toi, comment étais-tu avec ta mère ?

— C'est très loin, j'ai tout laissé derrière moi mais

cela ne m'a pas allégé.

Hélène se coiffa d'un chapeau de crin qui dissimulait en partie son visage. Elle était de nouveau madame Darban, une femme qu'il avait presque aimée et qu'il appelait, dans leurs moments d'intimité, « sa chère favorite ».

— Tu es belle.

Son éclat l'éblouissait et il voulut la serrer contre lui pour étouffer les mille regrets qui l'assaillaient devant cette histoire qui prenait fin sans avoir jamais vraiment commencé. Mais une sorte de pudeur le retint. Hélène semblait déjà ailleurs.

— Il faut que je parte, on m'attend. Nous ne nous verrons plus. On ne pourrait que répéter les mêmes choses ; et puis on s'est expliqués. De surcroît, tu es amoureux.

Elle le considéra longuement.

— Je t'aime bien en dépit de ton arrogance, tu seras un beau souvenir, cela rend généreux.

Il prit ses mains et les baisa avec ferveur.

— Me pardonneras-tu ?

Elle parut hésiter, eut un sourire, lèvres closes. Il la vit ouvrir la porte et partir sans se retourner.

9

Quelques jours après le passage de Simon à la librairie, Solange fut chargée d'une commission par sa mère. La jeune fille expédia la besogne et quand elle se retrouva disponible dans des rues inconnues, un léger désappointement la gagna. Sous les nuages, la chaleur torride donnait un air maussade aux immeubles, aux trottoirs, aux piétons et Solange se demandait ce qu'elle allait faire de cet après-midi tant attendu. Elle parcourut les artères principales, s'imposa la visite d'une église romane et ne sut plus que décider. Sa démarche perdit de son assurance. L'angoisse l'engourdissait, mais elle ne voulait pas renoncer si tôt. Le souvenir de Simon traversa alors son esprit et elle espéra, contre toute attente, le rencontrer.

C'était une grande ville, à la population bigarrée. Des passants la dévisagèrent, intrigués par cette promeneuse qui errait, chapeautée et gantée. Un vendeur de journaux à la criée la complimenta puis, sans doute pris de remords quand elle l'eut dépassé, lui lança une grivoiserie. Elle pressa le pas et enfila un boulevard bordé d'arbres. Deux garçons d'une vingtaine d'années venaient en sens inverse. Ils remarquèrent Solange qui, intimidée, reprit conscience de son maintien. Ils la prirent aussitôt en chasse avec désinvolture. Offensée, elle détesta leur accent faubourien et pressa le pas. Ils insistèrent, chacun refusant de battre en retraite aux yeux de l'autre. Ils s'encourageaient mutuellement et, goguenards, tentaient vaille que vaille leur chance. Solange, excédée, les pria de la laisser tranquille. Son regard s'attarda sur le brun qui ne disait plus rien tandis que le petit blond revenait à la charge.

— Venez avec nous, on vous invite au café.

Elle leva les yeux au ciel, fière de ses mains soignées et esquissa un sourire délicatement appuyé.

— Mais enfin, puisque je vous dis que je n'ai pas envie !

Elle évita de regarder le brun, réservant sa moue dédaigneuse à l'autre rustre. Les épaules voûtées par l'air accablant, elle tourna les talons, l'œil sur l'asphalte qui suait. Elle aperçut un couple morose à la terrasse d'un café. Elle ne prit pas la peine de réfléchir, revint sur ses pas et fit face au garçon qui lui plaisait.

— D'accord, entrons tous les deux ici.

Solange rougit de son audace tandis que les traits de l'élu exprimaient l'incrédulité. Sa voix manquait d'assurance lorsqu'il dit à son camarade :

— Bon, on se voit lundi.

— D'accord, salut, à lundi.

Le perdant de la course cligna de l'œil et s'éloigna, visiblement estomaqué. Elle choisit une table située dans la pénombre. Assis en vis-à-vis, l'un et l'autre se taisaient. Elle posa un coude sur la table et taquina de l'index une boucle de ses cheveux. L'autre l'observait, l'air un peu méfiant. Le serveur vint prendre la commande. La jeune fille, nerveuse, tapotait la table.

— Eh bien, vous me harcelez, j'accepte de vous suivre et vous ne dites plus rien.

— Je serais bien curieux de savoir pourquoi tu as fait ça.

Prise au dépourvu par le tutoiement, elle posa sa voix :

— Fait quoi ?

— M'aborder de cette manière, humilier mon copain, ce n'est pas ton genre, ça se voit tout de suite.

— Et vous, pourquoi insister si vous saviez que ce n'est pas mon genre ?

— Quand on sait qu'il n'y a rien à faire, on joue, ça remplace.

Les événements prenaient un tour inattendu et elle ne sut que répliquer. Elle but une gorgée de son ersatz de café et, dégoûtée, reposa la tasse. Le garçon suivait des yeux ses gestes légers. Il insista, mais cette fois, il y avait de la douceur dans sa voix.

— Pourquoi tu as fait ça ?

Elle soupira.

— Mettons que j'ai décidé que ce serait mon genre, pour une fois… Je l'ai fait, cela devrait te suffire.

— C'est vrai, cela devrait me suffire. Comment t'appelles-tu ?

— Solange, et comme tu vas certainement me demander ce que je fais dans la vie, je te réponds tout de suite, je ne fais rien, j'attends.

Elle lui jeta un regard de défi.

— Viens t'asseoir à côté de moi, j'ai envie que tu m'embrasses.

Il pressa la main de la jeune fille et murmura :

— Je n'ai pas envie de t'embrasser, tu es trop capricieuse... Tu ne passes tout de même pas ta vie à attendre ?

— Bien, tu veux en savoir davantage sur mon compte ? Eh bien, je vends des revues dans la librairie de mes parents... D'ailleurs cela ne va pas durer longtemps car je suis fiancée.

Solange, interloquée par la spontanéité de son mensonge, s'interrompit net puis ajouta :

— Je profite de mes derniers instants de liberté.

— C'est ton fiancé qui serait content s'il t'entendait.

Elle éclata de rire, décidée à mener le jeu jusqu'au bout.

— Écoute, j'ai vraiment envie que tu m'embrasses, c'est tout de même pour cela que tu m'as suivie.

— Oui et non, au début tu me plaisais, maintenant c'est terminé, je n'aime pas ton manège.

Il se leva.

— Finis tranquillement ton café... Si on se rencontre par hasard un jour que tu seras au bras de ton fiancé, ne te crois pas obligée de me reconnaître, je comprendrai... Tu es très jolie, mais tu le sais un peu trop.

L'inconnu parut vouloir se pénétrer de ses traits puis lui tourna le dos brusquement. Il s'arrêta un instant devant le comptoir pour régler l'addition puis disparut.

Cela se passa si vite que Solange en resta tout éberluée. « Qu'est-ce qui m'a pris, j'ai l'air fin, ce n'est pas Michelle qui ferait un truc pareil, quant à Marianne, elle obtiendrait ce qu'elle voudrait, n'empêche qu'avec Simon… J'aurais parié que ce type crevait d'envie de m'embrasser… Il a dû me prendre pour une allumeuse… Bah ! il ne s'est pas vraiment trompé. »

Elle attendit le train, assise sur un banc du quai, les yeux perdus dans le vague. C'est avec soulagement qu'elle vit la micheline entrer en gare.

Le souvenir de cet épisode la tourmenta plusieurs jours, effaçant de sa pensée le fils de l'avocat. Mais un soir, celui-ci reprit complètement possession de son esprit. Allongée sur son lit, elle se demandait s'il reviendrait à la librairie. Était-ce vrai qu'il couchait avec la Darban qui, paraît-il, fumait tout le temps ? Elle rêva sur l'expression « faire l'amour ». Elle s'imaginait nue, le corps abandonné, dans les bras de Simon. « Je veux être sa maîtresse », se murmurait-elle alors que le sommeil alourdissait ses paupières.

Cependant Solange n'espérait plus sa visite. Assise sur un escabeau, absorbée par la lecture d'un magazine, le sentiment d'une présence lui fit lever les yeux. Il se tenait à quelques mètres d'elle. Elle ne l'avait pas entendu entrer. L'appréhension la rendit muette. Simon était revenu sans préméditer sa conduite, contre son émotion, avec cette bravoure de désespérance. Il s'approcha.

10

On était au cœur de l'été et ils se retrouvaient chaque jour. Solange aima d'emblée à la passion celui qui lui avait battu froid si longtemps et ne chercha d'ailleurs pas à élucider ce revirement. Rien, ni les contretemps, ni les restrictions, ni les brimades de l'Occupation, ne pouvait entamer son bonheur et Simon, surpris par tant d'inconscience, n'en était pas moins amoureux.

Il n'avait jamais embrassé que les femmes avec qui il couchait, mais intimidé, il hésitait à faire de Solange sa maîtresse. Il décida pourtant de l'emmener dans la maison du village et s'arrangea pour utiliser la voiture de son père et les bons d'essence que celui-ci obtenait de l'occupant.

Stationné à la sortie de la ville, il la vit venir et elle lui parut plus belle que jamais. Elle monta à ses côtés. Ils se regardèrent, émus. Il n'osait la toucher. Il rejoignit la route menant vers le littoral, roula pendant une dizaine de minutes puis se gara derrière le jardin, dans un chemin de traverse. Il avait oublié la clé et fut contraint de briser un carreau. Elle vit un présage dans le fracas de la vitre ; son cœur battit à tout rompre lorsqu'il l'entraîna. Craintive, elle examina la chambre ; son regard se posa sur le haut de l'armoire. Simon, embarrassé, s'empara de la poupée oubliée depuis des années et alla la jeter par la fenêtre, sur les débris de verre. Il revint à elle, l'enlaça et contempla son visage. Le souvenir du garçon rencontré dans la rue traversa de son ombre l'esprit de Solange. Elle se serra plus fort contre Simon.

Il baisa longuement ses lèvres. Rieuse, elle s'écarta et se dévêtit avec des gestes vifs. Décontenancé par cette initiative, il la regarda faire. Elle avait gardé sa culotte de cotonnade blanche. Son minuscule soutien-gorge découvrait un mamelon rose. Il se souvint de la prostituée de la faculté et l'image de Solange se brouilla. Simon s'abattit sur le corps lisse et tiède qu'il étreignit, fouillant sa bouche, pétrissant ses hanches. Elle saigna.

Il but son sang, la caressa, admira ses traits lumineux. Égarés de bonheur, dans les bras l'un de l'autre, ils s'abandonnèrent jusqu'au crépuscule.

Au moment de quitter Solange, devant le seuil de sa maison, il se demanda ce qui le retenait de l'enlever. Il avait ressenti en elle le désir de lui appartenir sans partage et ce don le bouleversait. Ce fut un jour décisif pour lui qui n'avait jamais éprouvé auprès des femmes que le sentiment de les avoir effleurées. Un mystère se dissipait sans même qu'il l'eût cherché. Alors, il crut toucher au secret perdu et rêva un temps d'y engloutir sa vie.

Ses parents ne l'autorisant pas à sortir chaque soir, la jeune fille feignait de se coucher, attendait que les lumières fussent éteintes pour se rhabiller puis se dirigeait à tâtons dans les ténèbres. Elle traversait le jardin et Simon, qui la guettait, la soulevait par-dessus le grillage et l'emmenait vers la campagne par les ruelles désertes. Elle le suivait, confiante, docile. Ils s'allongeaient et faisaient l'amour, protégés par leur solitude. Simon la reconduisait tard dans la nuit et ne la quittait qu'après lui avoir fait jurer de revenir le lendemain.

Au début, il ne connut de son amour que la joie, mais très vite les affres de la jalousie la brouillèrent. Le regard des hommes s'attardait sur la jeune fille et lorsque des garçons la saluaient, il la soupçonnait d'avoir eu affaire à eux. Il la savait coquette, peu farouche, il l'imagina volage et craignit de la perdre. Son comportement changea. La ferveur des commencements céda aux impatiences de la possession. Il voulut créer entre eux un lien physique qui eût rendu impossible le désir de se libérer et ne doutait pas qu'une femme ainsi prise ne pût se reprendre sans déchoir. Mais il souhaitait aussi une certaine réserve dans leurs étreintes, détestant cette transe anonyme qui rend les partenaires étrangers l'un à l'autre.

Le jeune homme prit ses distances avec Michelle qui ne comprit que trop bien le sens de sa froideur. Il ne la rencontrait plus qu'au sein du réseau. La Résistance entrait dans une phase active et l'on requérait souvent ses services. Il vivait ses engagements différemment. Autrefois, il cherchait en eux sa force ; aujourd'hui, il leur apportait son énergie toute neuve. Ainsi tout allait pour le mieux : il était permis d'espérer la victoire des Alliés.

De retour d'une de ses escapades, Solange eut la surprise de voir sa sœur qui l'attendait debout dans sa chambre. Silencieuses, elles s'assirent face à face, en tailleur, et échangèrent un long regard. L'aînée avait dénoué sa chevelure et son épaisse toison dorée dissimulait ses épaules aux contours marqués. « C'est vrai qu'elle ressemble à une princesse viking », constata la cadette.

— Cette fois, tu passes la mesure... Il pourrait t'arriver un ennui.

— Comment t'en es-tu rendu compte ?

Michelle rougit.

— Je dois avoir le sommeil léger...

— Ne t'inquiète pas pour moi, je n'ai jamais été aussi heureuse de vivre.

Elle ajouta d'un air de défi :

— Je suis prête à payer le prix.

Michelle examina la robe chiffonnée de sa sœur et pensa : quel prix y aurait-il à payer si elle tombe enceinte, Simon l'épouserait, alors pourquoi m'en ferais-je ?

Les traits de Solange se durcirent.

— Écoute, tu sais comme nous sommes différentes et jusqu'ici cela ne nous avait jamais séparées. Toi, tu vis pour les autres, la justice, et que sais-je encore… Moi, je ne vis qu'à l'intérieur de mes pauvres limites et si je les oubliais seulement une heure, je crois bien que je ne me retrouverais jamais. J'aime ce garçon et mes limites depuis qu'il m'aime, peu importe la suite.

Elle se leva pour se rasseoir sur le rebord du lit. Elle vivait dans la fièvre depuis des semaines et chacune de ses pensées se ressentait de cette exaltation.

— Ne crois pas que je sois une écervelée. Le bonheur pour moi, c'est comme voyager sur un bateau de plaisance, on peut très bien faire une belle croisière à condition de ne pas tenir compte de ce qu'il y a dessous. Tu vois, je n'ai pas oublié les requins.

— Dans ton cas cela se terminera par un mariage. Ou par une rupture. Et comment la prendras-tu ? Après tout, tu n'appartiens pas au monde de la bohème.

— Il est trop tard pour que je me pose la question, ne raisonne pas toujours.

Michelle eut honte d'elle. Au fond, la jalousie seule la rendait sermonneuse. Aucune des deux n'avait prononcé le nom de Simon mais ni l'une ni l'autre n'était dupe. Après un moment, comme sa sœur ne disait plus rien, elle lui déposa un baiser sur le front et sortit. La cadette pleura longtemps avant de s'endormir.

Le lendemain, Simon lui apprit qu'il ne pourrait pas la voir pendant plusieurs jours. Elle n'osa pas le questionner mais en fut très contrariée. Le matin suivant, on sut qu'un train allemand avait déraillé. Il y eut des représailles. Le jeune homme revint très abattu. Il la revit et son amour le posséda de nouveau totalement. Elle était sa vitalité, il le savait et ne s'en défendait pas. Il l'emmena dans les sentiers. C'était une belle nuit et la jeune fille délivrée de son inquiétude exultait. Il s'émerveillait de sa grâce jamais prise en défaut.

— Tu es mordorée, tes yeux, ta chevelure, ta peau, je ne me lasse pas de te regarder.

Lors du sabotage de la voie ferrée, il avait redouté la mort, l'inadmissible séparation. Alors, retournant la logique, il lui avoua :

— Si je ne devais plus te voir, je me tuerais.

C'était la première fois qu'il prononçait des paroles définitives et elle en fut bouleversée. Elle lui baisa les mains. Ému par son expression enfantine, il s'indigna de sa façon de la traiter lorsqu'il doutait d'elle. « Elle sait être heureuse, pourquoi y verrais-je de la légèreté ? Elle sait s'abandonner au bonheur, moi si je ne l'empoigne pas, il m'échappe. »

Elle se pencha vers lui.

— À quoi penses-tu ?

— À nous deux, à nos différences. Je t'envie d'être comme tu es.

— Quelles différences ? dit-elle en s'animant soudain.

— Ta confiance.

— Depuis que je te connais, c'est comme si je n'avais plus de moi, tu sais : ce truc encombrant.

Simon n'ignorait pas la chose, il fut néanmoins surpris de l'entendre parler ainsi.

— Le monde est devenu transparent, poursuivit-elle. Quand j'étais enfant, au catéchisme, le curé évoquait les miracles et je ne comprenais pas ce qu'il y a de tellement extraordinaire dans le fait de transformer une façon d'être en une autre puisque tout demeurait au même niveau… Lazare ressuscité ne m'épatait pas, il allait seulement retrouver le monde dans l'état où il l'avait laissé. Dans ces conditions, cela valait-il la peine d'être immortel ?

Elle se tut, le temps de laisser errer sa pensée dans le peu qu'on lui avait appris sur l'au-delà, et reprit, de nouveau très enjouée.

— Mais depuis que je te connais, je sais ce qu'est un miracle.

Elle se confiait dans la griserie des retrouvailles. Simon l'écoutait avec attention. Il ne s'était jamais montré curieux des relations qu'elle entretenait avec elle-même. Était-elle plus complexe qu'il ne l'avait imaginé ? L'idée qu'elle pût être intelligente le déconcerta.

Elle se tut, confuse d'avoir trop parlé, et il ne chercha pas à en savoir davantage. Ils s'endormirent bercés par la brise nocturne. L'aube les réveilla, enlacés, et il la ramena en hâte avant que ses parents ne s'avisent de son absence.

Alors que son Simon brûlait sur les charbons d'une joie inquiète, elle éprouvait l'ivresse des élus dans la lumière d'un monde rendu à l'innocence. La conversation avec sa sœur ne la tourmentait plus. Elle n'imaginait pas véritablement que Simon pût la quitter. Le plaisir qu'elle lui donnait était unique. Elle le savait par intuition, absolument. Quant à elle, son plaisir était qu'il eût du plaisir.

Les soupirants désertèrent la librairie. Solange ne désirait plus leur tenir la dragée haute. La lecture des magazines ne la divertissait guère davantage. Les yeux cernés, elle rôdait, réprimant des bâillements, de la boutique au jardin. Sa mère, soucieuse, la suivait du regard. La jeune fille, qui se cabrait à la moindre question, s'animait de nouveau en fin d'après-midi. Son visage alors se métamorphosait.

Simon reprit ses cours à l'université. L'hiver fut impitoyable. Le froid ajouté aux restrictions alimentaires assombrissait les physionomies. La déroute allemande à

Stalingrad réjouit cependant les cœurs, mais l'occupation s'intensifia. Des soldats montaient la garde sur la côte : Albion s'obstinait.

Ils ne se voyaient plus qu'en fin de semaine. Ces séparations exacerbèrent leur passion. Elle l'attendait dans l'ascèse, habillée d'une jupe terne et d'un chandail usagé, n'ayant plus à se parer pour le hasard. Ses jolies toilettes commençaient à montrer la corde et elle voulait préserver ce qui en restait pour ses rendez-vous d'amour. La libraire se tourmentait à la voir traîner, vêtue sans soin, les cheveux dissimulés sous un chignon ingrat comme si la lumière pouvait les user. Décidément, sa fille ne tournait pas rond. Des garçons tentèrent une fois encore leur chance puis ne revinrent plus. À peine les avait-elle reconnus. Ce qui est toujours mauvais signe. Sa mère raisonnait : « Voyons, si elle avait un chagrin, elle ne deviendrait pas subitement éclatante, et si elle était heureuse, elle n'aurait pas cet air misérable. » Il est vrai que lorsque la bizarrerie s'en mêle, rien n'arrête les conjectures.

Abandonnés au ressassement amoureux, Simon et Solange se racontaient, inlassables, leur bonheur. Cependant leurs rencontres ne pouvaient plus suffire. Lorsqu'il la retrouvait, il la questionnait sur la manière dont elle avait passé ces jours loin de lui et ses réponses évasives ne l'apaisaient pas.

L'été revint. Simon quitta l'université, un diplôme d'avocat en poche. Il travaillerait pour commencer dans le cabinet paternel.

Les soirées étaient douces. Ils retournèrent au village, dans le petit bois, près d'une maison habitée par une jeune fille solitaire.

— Enfant, j'avais remarqué une gamine qu'on appelait Marie, elle m'intriguait car elle ne jouait jamais avec personne, je crois que j'étais un peu amoureux d'elle. Un jour, je l'ai vue appuyée contre un muret, plus apathique que jamais, les yeux perdus, je suis allé chercher la poupée de ma mère et me suis approché d'elle pour la lui offrir. Elle a écarquillé les yeux et s'est mise à trembler de tous ses membres, je m'en suis retourné penaud, n'y comprenant rien…

Simon éclate de rire au souvenir de sa déconfiture et ajoute en baissant la voix :

— Il m'aura fallu des années pour m'adresser de nouveau à une fille.

Au creux de la nuit, Solange le contemple, émerveillée. Il l'enserre puis s'éloigne, égaré par son plaisir. Elle n'est plus sûre qu'il la reconnaisse mais aime sa folie. Simon est hanté par ce mystère indéfiniment dérobé qu'il voudrait atteindre afin d'en jouir sans limite. Elle s'agrippe à lui. Il s'arrache d'elle puis repose un moment sur son corps, l'étreignant toujours. La jeune fille songe au nouveau-né que l'on dépose sur le ventre de sa mère et écoute, captive, la voix qui monte du fond des âges, énigmatique incantation pour une révélation encore à naître.

— Tu es humide comme une grotte, chaude comme un foyer, intime comme un nid, je ne pourrais plus vivre sans toi.

Elle se presse davantage contre lui.

— Dis-moi que tu m'appartiens, si tu me quittais, je te reprendrais, je te violerais ; je t'emporterais au fond d'un bois, je t'attacherais par les cheveux et si tu pleurais, je mêlerais mon sperme à tes larmes.

Elle devine l'enjeu et, non sans orgueil, se démet en faveur de celui qu'elle aime. De nouveau, il fouille son ventre, idole engourdie offerte au regain de son désir.

— Je ne suis bien qu'en toi, jure-moi qu'aucun autre ne te connaîtra. Avant toi, aucune femme ne m'a rendu heureux.

Elle est la limite de cet homme, son trésor enfoui, sa terre férocement explorée. Toujours, il s'arrache à elle quand elle voudrait le retenir. Il la soulève doucement et la brise ébouriffe sa chevelure. De ses bras, il la protège de la fraîcheur. Elle redevient sa petite fille. Ils rejoignent le chemin de traverse, enlacés. Solange trébuche. Le talon de sa chaussure s'est dévissé. Simon la retient et replace le talon tant bien que mal, puis baise son pied, s'émeut de la délicatesse de sa jambe. Les hommes ne sont-ils pas étonnants ? Ils vous mettent à sac puis s'attendrissent sur votre fragilité.

Ces deux-là n'ont plus d'avenir : ils possèdent tout, connaissant dans les bras l'un de l'autre le goût de leur vie, l'antique nostalgie qui pour eux enfin s'incarne. Solange s'est assoupie. Ses traits se crispent et elle murmure des mots inaudibles, entrecoupés de gémissements. Il contemple son corps frêle, ses hanches à peine arrondies. Des traces de sperme maculent son ventre. Il écarte une boucle qui dissimule sa joue et ce geste l'éveille. Elle lui sourit tristement.

— Il va falloir que tu me raccompagnes, maman ne se doute de rien. Imagine qu'elle ait un jour l'idée d'entrer dans ma chambre…

Il la presse contre lui mais elle semble ressasser des pensées moroses. Elle tourne vers lui son visage où vacille une lueur inquiète.

— Sais-tu que je n'ai jamais compris pourquoi tu t'es intéressé à moi après m'avoir si longtemps snobée…

— Je crois bien que tu m'as eu par surprise. Ta sœur m'a montré une photo de toi. Je croyais aimer les madones au regard reposé, toi tu as le regard avaleur.

— Avaleur !… C'est drôle que Michelle t'ait montré une photo. Qu'avait-elle d'extraordinaire ?

— Je ne sais pas, je n'ai pas très bien compris. Mais dès ce moment, je n'ai plus pensé qu'à toi.

Elle baisse les paupières et l'interroge :

— Tu as couché avec beaucoup de femmes ?

— Quatre ou cinq, et mes aventures ne duraient jamais longtemps, la dernière a été la plus longue. Pourquoi cette question ?

— Tu étais amoureux d'elles ?

— Non, j'aimais bien la dernière mais ce n'était pas de l'amour.

— Tu avais du plaisir ?

— Oui, bien sûr, répond-il du bout des lèvres.

— Et quelle est la différence avec moi ?

— J'ignore comment cela se passe pour les autres, mais pour moi, c'était assez simple, avec elles, il n'y avait ni avant ni après, surtout pas d'après. Elles me sortaient de la tête à peine quittées.

Les traits de Solange se détendent ; cependant elle revient à la charge :

— Et pendant que tu faisais l'amour, quelle était la différence ?

Simon cette fois s'emporte.

— Cela suffit, tu n'as pas le droit.

— Marianne m'a raconté son aventure ratée avec toi. Pourquoi l'as-tu refusée ? Tu as préféré cette vieille salope de Darban…

— D'abord ce n'est pas une vieille salope, elle est très belle et j'ai beaucoup d'amitié pour elle.

Solange ne répond pas mais son regard s'allume d'un éclat insolite. Au bout de quelques secondes d'un silence mystérieux, elle lui demande :

— Tu voudrais que je joue à la putain avec toi ?

Il essaie de mesurer ce qui se cache sous son jeu. La putain, le viol, décidément les femmes sont de sacrées instigatrices…

— C'est ta copine Marianne qui te donne ce genre de conseil ?

Il lui en veut un peu et décide de la punir.

— Quand je serai las de toi, tu pourras toujours tenter le coup.

Elle lève les yeux au ciel.

— Si tu le prends sur ce ton… Écoute, on passe un accord : je te pose toutes les questions qui me passent par la tête, mais seulement aujourd'hui.

— Soit, mais n'oublie rien, demain mes lèvres resteront closes…

Elle ne perd pas de temps.

— As-tu déjà été au bordel ?

— La première femme avec qui j'ai couché était une prostituée mais ce n'était pas au bordel. Elle tournait autour de la faculté et nous attrapait au lasso.

— Elle te plaisait ?

— Elle était très jolie mais je n'y voyais plus bien clair.

— Tu aurais pu tomber amoureux d'elle ?

— Je ne sais pas, tout ce que je sais, c'est que ça ne m'est pas arrivé.

Solange marque une pause. Une autre question lui tient à cœur.

— Tu m'aurais aimée si je n'avais pas été vierge ?

— Quand je suis tombé amoureux de toi, je n'ai pas imaginé un instant que tu ne l'étais pas, bien que certaines choses auraient pu m'en faire douter.

— Je regrette bien, cela t'aurait fait les pieds.

— Peut-être mais une chose est sûre, si j'apprenais que tu couches avec un autre homme, je ne te toucherais plus.

— Au moins tu es clair dans tes exigences, n'empêche que c'est une incitation à la rébellion.

Il la considéra longuement. Elle parlait plutôt bien pour une lectrice de magazines. Les femmes ont l'air de poupées qui sortent de leur boîte et puis… Mais pourquoi cette agressivité ?

— Aurais-tu l'intention de me tromper pour voir ce que cela donnerait ? C'est pourtant tout vu.

Solange se souvint du garçon rencontré dans la rue et fondit en larmes. Elle aurait voulu que Simon l'embrasse afin de tout effacer mais il était fou de rage. Le retour fut silencieux. Il la laissa comme d'habitude à quelques mètres de son domicile.

— Ne cherche pas à me revoir, lui lança-t-elle.

— Bien, mademoiselle…

Il la vit s'éloigner rapidement, attendit en vain qu'elle se retourne et fit demi-tour.

Simon s'exerça à la sévérité durant quelques jours. Qu'avait de plus cette fille en dehors de ce rien qui le tenait en laisse ? Quand il eut conclu qu'elle n'avait rien d'extraordinaire, il ne fut guère plus avancé puisque précisément demeurait ce « rien ».

Il pensa à se distraire les jours qui suivirent, fréquenta la ville universitaire où les occasions ne manquaient pas et connut la satisfaction de l'homme qui s'étant délivré d'une femme s'apprête à les posséder toutes. Mais il déchanta vite. Aucune de celles avec qui une aventure était envisageable ne lui plaisait. Même Josée, une ravissante étudiante qui lui sauta au cou. Il l'invita au café et pendant qu'elle lui donnait des nouvelles de connaissances communes, il essayait d'imaginer ses fesses. Mais le charme n'opéra pas. De surcroît, il s'irrita de ses manières émancipées. Solange n'était pas non plus une enfant de Marie mais elle avait la façon. Des images précises lui traversèrent l'esprit et il prit congé de la belle.

Sa colère tombée, il n'eut plus de recours contre l'abattement. Tout s'était passé si vite. Il la revit assoupie, troublée par ses songes. Au réveil, sa voix de petite fille malheureuse, sa fébrilité questionneuse. Ce raidissement contre lui... Il se remémora l'année écoulée, le souvenir déjà pâli de la photographie. Sa passion, ses angoisses, et elle, toujours adorable. Pourquoi cette révolte soudaine ? Il remonta au temps où elle lui était indifférente et à ce jour où, image du passé, elle était venue à sa rencontre dans l'allée du parc, son désappointement quand il avait vu qu'elle n'était pas celle qu'il espérait, et puis cet instant où il n'avait plus attendu qu'elle. L'éclat transparent de leur bonheur, le retrouverait-il jamais ? La peur archaïque de la dépossession l'empoigna si fort qu'il rêva, une nuit, qu'elle disparaissait du monde. Il se réveilla, éperdu. Aller la rechercher ? Non, il ne céderait pas... Elle lui avait avoué ne pouvoir se passer d'admirateurs : « Je n'ai jamais été amoureuse mais il m'en fallait toujours une ribambelle autour de moi. » Et si ce besoin la reprenait ? Cette scène de l'autre soir, n'était-ce pas une manière de se débarrasser de lui ? Il connaissait nombre de ses prétendants, des chiens qui attendaient leur tour. Le fils du notaire n'avait pas facilement lâché prise. Il serait enchanté de voir que la place était libre. Et elle ne se contenterait plus de chastes baisers. Cette pensée le rendait fou. Quelques jours plus tard, il retourna chez lui fermement résolu à reconquérir la jeune fille, de gré ou de force.

« Ne cherche pas à me revoir », lui avait lancé Solange en espérant qu'il n'en tienne aucun compte. Aussi fut-elle atterrée qu'il n'apparût pas le lendemain. Une amie lui apprit qu'il avait quitté la ville. Était-il décidé à la prendre au mot ? Peut-être allait-il découvrir qu'elle ne lui manque pas ? À cette pensée, son cœur cessa de battre. Elle aurait tant aimé que son amour fût plus fort que son orgueil.

Un matin, elle invoqua une migraine pour ne pas descendre à la librairie. Elle traîna dans sa chambre, les yeux gonflés. Pourquoi, mais pourquoi s'était-elle montrée si désagréable ? Elle ne comprenait plus ses raisons. Ouvrant au hasard *Anna Karénine*, justement sur le passage où le héros se détache de sa maîtresse, elle se rappela avoir imaginé comment Simon pourrait ne plus l'aimer. Dans l'après-midi, Marianne était passée la voir et lui avait déclaré avec son mordant habituel : « Qu'est-ce que tu attends avec ce type, qu'il ne reste plus de toi que le trognon ? » Elle avait violemment rougi et s'était soudain avisée qu'il ne parlait jamais de leur avenir. C'est dans cet état d'esprit qu'elle l'avait rejoint à la grille.

Solange s'empara d'une chaise, la plaça devant la glace de la coiffeuse, y grimpa et contempla le reflet de ses fesses dénudées avec une curiosité morose. Lasse de sa longue claustration, elle descendit au jardin, s'allongea dans le hamac et s'abandonna aux divagations : « Pour l'amour d'un prince, une sirène renonce à l'immortalité, d'elle ne demeure qu'un peu d'écume. » Le léger bercement l'apaisa. Mais sa mère surgit et la jeune fille sursauta comme une enfant prise en faute.

— Simon Laribière est venu te demander, je lui ai dit que tu étais malade.

Le cœur battant la chamade, elle répondit :

— S'il revient, tu lui diras la même chose.

— Pourquoi, il est très bien élevé, ce jeune homme ! bougonna madame Lamaury en tournant les talons.

Solange, affolée de bonheur, tira des plans. Pas question de se rendre sans coup férir.

L'avocat était parti en Sologne avec son épouse. Le cabinet fermé, Simon était plus libre de son temps. Il laissa passer quelques jours avant de téléphoner. C'est madame Lamaury qui décrocha. Sous le regard menaçant de sa fille, elle répondit que celle-ci était sortie…

Le lendemain, Solange descendit au magasin au moment où Hélène Darban y entrait. Elles se saluèrent d'un simple hochement de tête. La cliente se dirigea vers les nouvelles parutions. La jeune fille remarqua l'élégante silhouette, le nez aquilin. Simon l'avait prise nue dans ses bras. Il prétendait que ce n'était pas de l'amour mais comment faire la différence ? Solange était persuadée qu'il existait un instant, si éphémère soit-il, où cette différence devenait imperceptible. « Après tout, voulut-elle se rassurer, c'est tout de même pour moi qu'il l'a plaquée. » Hélène Darban ne paraissait pas pressée. La narguait-elle ? Simon la disait sympathique. C'était certainement vrai. L'épouse du procureur se retourna et lui sourit. Solange nota dans son regard une nuance de sagesse qui la glaça. Enfin décidée pour un roman policier, elle paya et sortit, sous l'œil perplexe de la jeune fille.

Après l'échec de son appel, Simon prit ses quartiers au café situé sur la place animée du marché. Il reconnut le fermier, Camille Laloy, et Marie, sa jeune servante. Aussi désemparée que le jour où il lui avait offert la poupée, elle se garait à chaque pas d'un danger éventuel. Son maître la couvait du regard. Simon suivit des yeux celle qu'il appelait la madone des champs. Il ne fut pas distrait longtemps car il aperçut une chevelure mordorée, une démarche impatiente. C'était elle, accompagnée du fils du notaire à qui elle souriait.

La patronne du bar vit Simon pâlir à l'apparition de mademoiselle Lamaury. Évidemment cette coquette agissait avec celui-là comme avec son grand niais de fils. Une dévergondée, comme la Marianne. Celle-ci, un jour, paraît que son père lui aurait fichu une sacrée raclée. Elle ne l'avait pas volée. Leur domestique lui avait raconté qu'elle s'était ramenée un soir dans un drôle d'état. Comme on dit, où il n'y a pas de bornes, il n'y a plus de limites. Il l'avait attrapée par les cheveux, foutue à poil, expédiée sous la douche. Les coups pleuvaient, la mère sanglotait : « Tu nous feras mourir de honte. » La garce était aux anges. « Fous le camp, on n'a pas besoin de toi » qu'elle lui aurait gueulé. Et leur domestique de déclarer : « Ce qu'elle veut la Marianne, c'est que son père la lui fiche quelque part. » Voilà que la patronne partit à rire derrière son comptoir. Tout de même, il y avait de quoi être dégoûté. Bien sûr, la Solange, ce n'était pas tout à fait la même chose. Elle se demandait aussi comment il se faisait que le jeune Laribière traîne dans son café, ce n'était pas son genre.

Simon s'était brusquement levé. Il jeta de la monnaie sur la table et sortit. La tête embrumée, il avançait au hasard des rues. Sa déambulation le mena aux abords de la ville. Il croisa Marianne qui lui fit des grimaces de connivence et lui demanda s'il était toujours exigeant sur le service. Il se contint pour ne pas gifler cette experte en singeries diverses et réintégra son domicile.

Le lendemain, Solange sortit avec le fils du notaire qui la ramena sur le coup de minuit. Elle était abattue, la soirée s'était étirée en longueur. Il l'ennuyait avec ses intentions honnêtes. Il la quitta sans même oser l'embrasser. Elle le regarda s'éloigner en soupirant. Simon surgit alors de l'ombre et elle ne put contenir sa joie.

— Viens avec moi.

— C'est impossible, mes parents doivent m'attendre.

— Qu'ils t'attendent, viens.

Il la prit par le bras. Elle mit sa main dans la sienne et ils marchèrent en silence. Lorsqu'ils eurent dépassé les dernières maisons, ils s'enfoncèrent dans un chemin. Le clair de lune accentuait le désert de la nuit. Il l'attira contre lui et baisa longuement ses lèvres. Leurs cœurs battaient comme la première fois. Il la contempla, égaré par l'éclat sombre de ses yeux. Sa robe portait une collerette de dentelle blanche.

— Tu es ma femme, ma seule femme.

— Pardonne-moi, murmura-t-elle en écho.

Il caressa ses hanches, mordit à sa gorge.

— Je veux te faire un enfant.

Solange gémit du bonheur de le tenir enfin captif.

II

De retour de vacances, Jacques Laribière s'était remis à ses dossiers. Satisfait d'échapper au tête-à-tête conjugal, l'avocat essayait d'oublier le malaise qui l'habitait lorsque ses activités ne le protégeaient plus. Quelques années auparavant, il avait eu une maîtresse, une veuve flanquée de trois gosses en bas âge. Elle était venue le consulter à propos d'une succession. Séduit par sa vivacité et ses manières directes, il avait fini par lui proposer un rendez-vous. Il la rencontrait les soirs où il était censé être en compagnie masculine. Elle lui faisait les honneurs de sa personne et il se crut désiré, peut-être aimé. Ce fut un baume pour cet époux impatient de redorer son blason. Mais, à l'usage, des détails éveillèrent ses soupçons. Elle lui abandonnait son corps, éprouvait même du plaisir. Il en était sûr, sa méfiance lui eût permis de déchiffrer une tricheuse, une bricoleuse. Cependant elle ne semblait pas faire grand cas de cette jouissance, comme ceux qui digèrent bien se soucient peu de leur estomac. Une fois le désir assouvi, elle passait à des satisfactions autrement plus intéressantes. Nichée dans le creux de son épaule, elle s'épanchait, racontait son triste mariage, son veuvage… Celle qui venait de mener à bien les manœuvres amoureuses s'alanguissait maintenant et s'appliquait à reconstruire sa vie par la parole. Il comprit vite qu'elle attendait de lui qu'il tînt la chandelle aux ébats de son âme inquiète. L'amant devait écouter docilement le récit d'un drame auquel il n'était pas convié. Désabusé, il espaça ses visites. Elle n'avait rien de spécial, ni très jolie, ni très intelligente. Fallait-il qu'il fût désemparé, pour que cette femme croulant sous son histoire eût pu lui inspirer un quelconque engouement. Il finit par rompre, se disant avec cynisme qu'elle pourrait ajouter une déception sentimentale de plus à son passif.

Son épouse, pour laquelle il ressentit un regain de désir, ignorait au moins les tourments de l'introspection. Il s'avisa qu'ils n'avaient pas fait l'amour depuis des mois. Elle ne semblait d'ailleurs pas s'en désoler et rayonnait d'une plénitude discrète qui l'intimida. « Au fond, je crois que je la dérangerais, elle n'a jamais été aussi belle que depuis que je ne la touche plus. » Madeleine semblait avoir réhabilité sa virginité avec un plaisir que le temps ne démentait pas. Il la regardait cuisiner des plats recherchés, tricoter avec gravité, exclu de cet affairement féminin.

Il s'en approche. Elle s'occupait à soigner un parterre

de roses. Elle se soulève, végétal parmi les végétaux, et sourit. Il s'éloigne. « Les fleurs, voilà tout ce qu'elle aime, un monde sans résistance. » Pensif, il se souvient de ce fait divers qui avait défrayé la chronique : un magistrat avait vidé le chargeur de sa carabine sur tous les membres de sa famille, puis s'était tourné vers une orchidée et avait tiré sur elle sa dernière balle. Il avait éprouvé alors un instant de volupté. L'homme ne témoigna pas de remords. Avant d'être exécuté, il avoua : « Si j'avais commencé par la fleur, les autres auraient été épargnés. Nous étions très heureux mais on se lasse de voir la terre tourner toujours dans le même sens... c'est bien dommage. » Cependant l'ironie du condamné était démentie par l'égarement de son regard.

Désormais, l'avocat s'en tint surtout aux maisons de rendez-vous, avec une assiduité qui finit par se lasser. Il acceptait en lui ce ralentissement de la vie, même si la solitude lui pesait. Pourtant, que faire ? Il n'appréciait guère l'odeur défraîchie de la conjugalité chez les femmes de son entourage. Son épouse, lorsqu'il se rapprochait d'elle, le refusait avec un entêtement souriant.

Un matin, à son bureau, alors qu'il venait de prendre congé d'un dernier client, il eut la surprise de voir son fils pousser la porte. Il l'invita à s'asseoir, curieux de savoir quel bon vent l'amenait. Le jeune homme s'installa dans le fauteuil et annonça, sans préambule :

— Voilà, je voudrais épouser Solange Lamaury.

Cette perspective ne dérangeait en rien le père. Il voulut néanmoins savoir :

— Pourquoi cette décision hâtive, aurais-tu mis cette demoiselle à mal ?

Simon esquissa un sourire.

— Non, elle n'est pas enceinte, mais je désire l'épouser maintenant, bien sûr le mariage sera civil puisqu'elle est catholique.

— Ses parents sont-ils d'accord ?

— Je ne crois pas que la religion soit pour eux un obstacle.

L'avocat n'avait rien à reprocher à la famille de la jeune fille. Quant à son ingénu de fils, il s'était naturellement trop vite enflammé.

— Es-tu sûr de toi au moins ?

Simon posa sur son père un regard froid. Celui-ci le considéra avec curiosité. Que lui restait-il de sa sauvagerie d'enfant ? Peu de choses sans doute, sinon quelques rêves tenus en laisse. Sa réserve ombrageuse intimidait et il réussissait brillamment à l'université : « Beau garçon, un peu tendu, ne jouit pas sans remords des biens de ce monde, doit faire l'amour avec des pincettes... de nous trois, c'est lui qui a l'air le plus protestant, à l'origine ça devait être pour m'embêter, une manière de me montrer l'exemple ; n'en parlons plus, qu'il fasse ce qu'il veut. »

Le père affermit sa voix.

— Bien, puisque tu sembles résolu et que le problème financier ne se pose pas, fais selon ton désir. Je ne crois pas que ta mère puisse concevoir la moindre objection... Comme tu le sais, elle vit dans un monde sans frontières.

Simon détourna les yeux.

— Viens avec cette jeune fille dimanche, je donne une réception, ta mère a dû déjà te le dire.

Le jeune homme marqua une pause avant de demander :

— As-tu invité des Allemands ?

L'avocat fronça les sourcils.

— Un seul... Ne sois pas si arrogant. Ces gens-là sont bien utiles, ne serait-ce que pour les bons d'essence. Je ne fais directement de tort à personne.

Simon ne voulut pas en entendre davantage et se retira.

Son père alla à la fenêtre. Il vit passer Marianne Vuillard et s'écarta vivement de l'embrasure. « Cette Solange, espérons qu'il saura la tenir… » Il se rendit dans le salon où madame Laribière tenait ses quartiers et lui apprit la nouvelle. Elle parut enchantée mais crut bon de s'inquiéter à l'idée d'un mariage civil.

— Ne vous tourmentez pas, ma chère petite sotte, seuls les mariages d'amour sont maudits.

Elle ne trouva rien à répondre à tant de sagesse.

Solange et Simon arrivèrent sur le tard, lui, un peu crispé, elle, parfaitement détendue. La mère s'avança et les deux femmes s'embrassèrent. Simon, réticent, se taisait tandis que son père, en retrait, considérait la scène. Les chuchotements, les éclats de rire, les propos claironnés les enveloppaient d'un brouhaha propice. L'avocat fut sensible au charme de la jeune fille. Elle se déplaçait avec un aplomb enfantin qui l'amusa. Grave, elle lui tendit la main la première et le dévisagea durant quelques secondes comme si elle tâchait de raccorder ce qu'elle voyait à ce qu'on avait pu lui en dire. Elle finit par sourire. « Délurée mais adorable ! Au fond, c'est elle qui m'agrée avant que je me mêle de lui donner mon consentement. »

Simon, très fier de sa fiancée, se déridait, prononçait les banalités d'usage. Solange lui donnait la réplique. L'avocat remarqua les intonations de sa voix, une voix qui semblait appartenir à une autre femme. La mère les guida vers le buffet.

Les regards du père et du fils se rencontrèrent, le

même souvenir leur vint alors, celui d'une femme au regard noyé, le ventre offert au piétinement. En chemin, Madeleine Laribière présenta à Solange un cousin, séducteur notoire qui parut charmé par la jeune fille. Simon, agacé, entraîna celle-ci vers la longue table couverte de victuailles. Lui ne toucha à rien, mais Solange peu encline aux grands principes, s'émerveillait de tant de choses à manger. Elle tendit une main impatiente vers une aile de poulet et commença de la déguster. Elle en aurait volontiers emporté d'autres pour Michelle. Simon, attendri, la laissait faire. Jamais il ne l'avait entendue se plaindre du rationnement dont elle devait bien souffrir, s'il en jugeait par sa manière de dévorer. Elle en oubliait qu'elle était amoureuse.

Le jeune homme reconnut Hélène et s'avança pour la saluer. Elle reçut gaiement celui qu'elle trouvait plus beau que jamais, puis se dirigea vers le maître de céans toujours empressé à son égard. Les Vuillard firent une entrée très remarquée. Depuis le fameux soir où des individus goguenards leur avaient ramené Marianne, c'était la guerre à la maison. Aujourd'hui, vêtue d'une jupe bleu marine plissée et d'un corsage blanc, celle-ci avait l'air de ce qu'elle était : une fille de bonne famille. Cela d'ailleurs ne l'empêcha pas d'esquisser de la main une malice à l'adresse de Simon. Solange alla embrasser son amie. L'avocat enregistra que Pierre Vuillard avait vieilli. Ses tempes avaient blanchi. Il accusait bien son âge. Il est vrai que sa fille lui donnait du fil à retordre. Le bruit courait que toute la jeune garde lui avait rendu les honneurs. Une jolie plante mais inaccessible. L'avocat se tourna vers l'épouse du procureur ; il lut de l'indifférence dans ses yeux.

Dans un coin, son fils menotta de ses doigts le poignet de sa fiancée qu'il attira discrètement vers lui.

Ces deux-là étaient heureux. Les traits creusés par le dépit, l'avocat songea à sa déception de jeune marié et au curieux sentiment de légèreté qui en avait résulté au fil des ans. « Je ne pèse plus rien, c'est cela, je ne pèse plus rien. » Il comprit, à voir les évolutions confiantes du couple, le malaise qui le taraudait depuis la visite de Simon au bureau. Un instant, il rêva au prestige que l'on possède au regard de qui nous aime d'amour et sut qu'il n'avait jamais été aimé.

Au milieu d'un cercle de complimenteurs, Hélène souffrait. C'est l'esprit ailleurs, bien gentiment, que Pierre Vuillard lui avait adressé la parole. Que peut-on contre le cours des choses ? Leur liaison remontait à des années et s'était effilochée dans l'amertume. Mais la fête battait son plein. Le champagne coulait à flots. L'avocat pensa que son puritain de fils devait blâmer ces réjouissances en ces temps de restriction, lui qui ne buvait que de l'eau et se nourrissait mal. Qu'il eût choisi Solange l'étonnait. D'une manière générale, imaginait-il, les femmes catholiques étaient spontanément moins vertueuses, plus souples que les protestantes.

Un officier allemand qui se tenait sur le seuil de la porte arracha Jacques Laribière à ses pensées. Il hésitait à entrer : on ne compte pas que des amis parmi les vaincus. L'avocat alla à sa rencontre et prit soin de lui. Simon entraîna Solange dans le fond du jardin. Des invités ne tardèrent pas à déserter, à commencer par les Darban et les Vuillard. L'hôte soupira ; il n'est pas facile de ménager la chèvre et le chou. L'étranger fut toutefois assez discret pour s'esquiver au bout d'une demi-heure.

Le spectacle des faces empourprées des convives attrista l'avocat. L'épouse du notaire, recueillie sur le sentiment de sa distinction et qui mesurait ses goûts délicats à l'aune de ses allergies, lui avoua avec coquetterie qu'elle détestait les laitages. Comme il n'avait pas l'air spécialement captivé, elle s'éloigna, froissée et froufroutante. Ces femmes-là, pensa l'avocat à travers un brouillard, n'étaient jamais aussi fières que lorsqu'elles transformaient leurs particularités en point d'honneur. Son neveu vint alors vers lui. En voilà un qui ne manquait pas de cran avec les femmes, il te les subjuguait en un tournemain, de pied en cape.

— La fiancée de Simon est charmante... dit-il en regardant par-dessus son épaule en direction du jardin.

Jacques Laribière se retourna d'un mouvement brusque. Ils revenaient à pas lents. Elle lui souriait en penchant un peu la tête. Deux fillettes les approchèrent puis s'immobilisèrent, intimidées. Solange s'empara du ballon que portait la plus grande, s'écarta et le jeta en l'air. Les deux sœurs s'élancèrent. Simon s'accota contre un arbre et observa la scène. La nuque renversée, la jeune fille projetait au hasard le ballon et les fillettes, soucieuses de bien faire, le lui renvoyaient. Les jupes tourbillonnaient. Solange devint le point de mire des trois hommes. Regrettant un peu son impulsion, elle se prêtait machinalement au jeu, tandis que ses partenaires se démenaient, fières de jouer avec une grande.

Pour la première fois, Simon la voyait évoluer parmi les autres. Elle et lui ne s'étaient jamais rencontrés qu'en tête à tête. Il fut frappé par le détachement de ses gestes, comme si la vie l'avait désertée. « Elle ne se perçoit jamais physiquement, ne sait pas nager, danse sans plaisir, n'est pas portée par le courant, fait l'amour comme elle fume : sans avaler la fumée. La seule chose qu'elle sache faire de son corps, c'est le parer comme une idole avec laquelle il faut compter. Une femme paralysée qui ne vit que par la volonté... » Impatient, il la prit par le bras et l'entraîna. Je ne l'attendais pas et elle est venue, songea-t-il encore sans souci de la déconvenue des enfants qui, bouche bée, les suivirent du regard. La nature embuée accentuait sa fraîcheur de jeune fille, fleur éclose de la terre humide. Le cousin l'observait avec insistance tandis que Simon rongeait son frein. Déjà enfants, il ne résultait de leurs relations que plaies et bosses.

Madeleine, curieuse de voir comme tout allait, rejoignit les fiancés. Elle conservait avec la quarantaine un teint de pêche et ses formes s'étaient arrondies sans compromettre la grâce de ses mouvements. Son époux l'accueillit sans joie. Qu'allait-elle encore lui sortir d'intelligent ? Quelle femme étrange ! D'où pouvait-elle bien tenir une telle sérénité ? Il eût aimé connaître sa corne d'abondance.

— Après la pluie le beau temps, c'est bien connu. J'avais déjà sorti un arrosoir quand j'ai senti les gouttes, alors j'ai tout rentré.

Simon voulait partir. Sa mère le prit par la main et proféra avec solennité :

— Mon fils, tu es beau.

Ces paroles sonnèrent comme une indécence. Il pâlit. Son père et le cousin sourirent en coin. Mais le rire de Solange dissipa la gêne et tout le monde s'esclaffa. La libraire et son mari étaient ravis. Quel beau parti pour leur cadette ! Michelle ne fut pas surprise. Elle s'émut davantage lorsque Simon s'adressa à elle.

Le mariage eut lieu à la fin de l'été. La jeune femme laissa à son époux le choix de leur vie. Il décida qu'elle l'attendrait dans la maison du village alors qu'il travaillerait dans le cabinet paternel. Le jardin était à l'abandon. Elle se plairait certainement à le faire refleurir… Mais avant, ils partirent deux semaines dans le Limousin où ils s'aimèrent nuit et jour, vaguement étonnés de leur liberté. Simon, un peu nerveux, faisait des projets. Bientôt, il s'installerait à son compte dans une autre ville, pourquoi pas Paris. Elle l'écoutait et tentait d'imaginer leur avenir.

L'aube la réveille. Elle se lève et se dirige à pas feutrés vers la porte. Un vaste champ s'étend derrière la maison. Solange le traverse, pieds nus, vêtue de sa longue chemise blanche. Elle a besoin de solitude pour comprendre son bonheur. « Je suis sa femme, sa femme pour toujours », se murmure-t-elle, incrédule.

Il la rejoint et l'entoure de ses bras.

— Tu vas prendre froid… C'est déjà l'automne, tu sais.

Elle rit. Enlacés, ils marchent dans l'herbe du matin.

12

Je reprends ce journal délaissé depuis des semaines. Solange m'a fait faux bond et je n'ai plus personne avec qui parler désormais. Je lui racontais quelques-unes de mes aventures. Souvent interloquée, elle n'était jamais vraiment scandalisée. Malheureusement, depuis que cet enflé de Simon lui fait l'amour, elle est toujours perdue dans un rêve. Il n'y a plus rien à tirer d'elle.

Écrire reste pour moi ce qu'il y a de plus efficace contre cet opiniâtre processus de désintégration qu'est la vie. Le soir, je ramasse les morceaux de l'existence et les recolle en noircissant du papier.

Depuis cette fameuse nuit, il ne me supporte plus. Maman m'a proposé de m'apprendre la couture, ce doit être de l'humour.

Je n'avais pas envie de suivre ces types qui m'ont invitée. Deux, c'est trop quand je suis fatiguée. Il m'est plus difficile de leur imposer ma volonté. Ils s'encouragent mutuellement. Je marchais au hasard quand ils m'ont abordée. Dans le coin, je commence à être connue. J'ai donc fait honneur à ma réputation. J'ai accepté, mais je m'ennuyais ferme. Le grand, plus malin que les autres, m'a fait remarquer que je n'avais pas de plaisir et a paru perplexe quand je lui ai rétorqué que le plaisir n'entrait pas dans mes plans. Et puis quoi encore ? J'avais marqué un point mais j'étais toujours mécontente, je voulais sauver la mise, alors une inspiration m'est venue. Je leur ai demandé de recommencer et de laisser des traces sur mes vêtements. Ils étaient d'accord mais ont tiqué quand, après, je leur ai dit : « Et maintenant, si vous avez quelque chose dans le ventre, ramenez-moi chez mon père, Pierre Vuillard, vous connaissez ? » Ils hésitaient, embarrassés à l'idée de se mettre à dos le patron de la clinique, mais je ne les lâchais pas des yeux, j'avais retrouvé mon énergie. Le fait est qu'ils se sont exécuté. Le retour fut bien morne dans la nuit noire. Cela me surprend toujours de voir les taureaux de corrida devenir aussi paisibles que des vaches dans les prés. Je leur ai adressé un « meuh meuh » désopilant. Le plus grand a regardé son copain et tourné l'index sur sa tempe mais ils ne sont pas revenus sur leur décision.

Devant la grille, j'ai remarqué que seul le bureau était allumé. Je me suis retournée vers les types qui commençaient à rire jaune et je leur ai demandé de sonner. Mon cœur battait quand il a descendu les marches du perron. On pouvait entendre le silence. Il avançait à grands pas dans l'allée principale et j'ai vu à son air qu'il savait. Mes entrailles se tordirent lorsqu'il introduisit la clé dans la serrure du portail. Les types s'en sont allés, immédiatement, sans un mot. Nous demeurâmes face à face. J'ai eu l'im-

pression que d'autres pièces s'allumaient. Il m'a détaillée de haut en bas. Quand son regard s'arrêta sur ma jupe souillée, je sus que je n'avais pas perdu mon temps. Je fis le geste de m'éloigner mais il me retint tout en me giflant. Ma mère accourut. Il la repoussa d'un brutal « laisse-nous, cela ne te concerne plus ». Je me suis laissé conduire. Il a arraché ma jupe de « putain ». Le mot m'a éclaboussée. Le reste a suivi et, dans le vestibule, j'étais complètement nue. Au bas de l'escalier, la domestique ne savait plus où se mettre. Il lui a hurlé de foutre le camp. Ma mère arrivait sur nos pas, les bras chargés des vêtements qu'elle avait pris soin de ramasser dans son affolement. Il y a deux types de femmes, les allumeuses et les ramasseuses de mégots. Elle hoquetait entre deux sanglots : « Tu nous feras mourir de honte. » C'est moi qui ai dû lui demander de nous ficher la paix. Il m'a tirée jusqu'à la salle de bains. Elle est restée en bas à nous regarder monter. Il a ouvert les robinets sans me lâcher, refermé la porte d'un coup de pied, m'a bousculée sous la douche. Je n'avais pas senti ses mains depuis le jour où il me sauva de la noyade. Nous étions dans le Midi chez des amis qui possédaient une piscine. J'avais douze ans. Je m'étais approchée du bassin pour contempler l'eau. Je ne savais pas nager. Un éclair était passé devant mes yeux. Je m'étais retournée et lui avais lancé : « Viens me chercher. » Alors j'avais plongé à demi évanouie. Je m'étais réveillée dans ses bras. Sa chevelure mouillée, ses yeux humides le rajeunissaient.

— Pourquoi as-tu fait cela ? m'avait-il demandé.

— Je voulais être sûre que tu ne me laisserais pas mourir.

Ses traits s'étaient durcis. J'avais lu dans ses yeux l'éclat du vertige. Je tremblais. Les autres étaient ailleurs. Il m'avait soulevée, emportée dans la chambre. Sur le lit, je m'étais accrochée. Il s'était dégagé avec brusquerie puis était sorti.

À partir de ce jour, toute complicité fut rompue entre nous. Il a fallu que je me fasse sauter à gauche à droite, que je déshonore son nom, sa paternité, pour qu'il se souvienne que j'existe. Sous la douche, il m'a lavée et battue tour à tour, l'eau jaillissait à plein et sa chemise plaquée sur son buste laissait entrevoir sa chair. Un coup a touché ma tempe et j'ai défailli. Il m'a demandé, d'une voix affaiblie, de le pardonner. Toute colère l'avait quitté et il a paru sortir d'un cauchemar. J'ai cru un instant qu'il allait m'étreindre. La peau me brûlait et je demeurai interdite. Il m'a dit d'aller me coucher. À peine au lit, le sommeil m'a prise et je n'ai pas rêvé.

Hier, à la librairie, j'ai rencontré Hélène Darban. Toujours aussi belle. Un pur produit de la décadence. Il ne l'aime peut-être plus. Pour elle, autrefois, il désertait la maison. Il est vrai qu'entre les plaintes de ma mère et moi qui menaçais de foutre le feu… Le procureur, drôle de type, passe l'éponge en ce qui concerne son épouse, mais se rattrape dans l'exercice de ses fonctions. Peut-être sera-t-il un jour placé dans l'obligation de réclamer ma tête. En attendant, je vais demander à maman de m'apprendre la couture, cela m'apaisera et mon père sera furieux de me voir parodier les vertus conjugales.

13

Peu de mois après son mariage, Simon n'était plus amoureux. Ce fut comme une disparition. Une évidence perdue. Et il sut que plus jamais il ne retrouverait l'espoir qui le portait vers Solange. Le château de sable, l'univers enchanté s'effondrèrent, le laissant abasourdi.

L'heure où l'on cesse d'être épris avait surgi, l'instant dérobé qui se joue dans le secret des consciences : il est franchi et rien ne sera plus comme auparavant. Tout le monde ne réagit pas de même, certains glissent d'un état à l'autre, semi inconscients, beaucoup se résignent. Quelques-uns ne sont pas fâchés de voir s'éloigner cet hôte intimidant, ils respirent à nouveau, de retour en famille, dans la sécurité du solide compagnonnage. Certains encore ne peuvent vivre hors du cercle magique sans s'étioler, aussi repartent-ils en quête d'une nouvelle passion.

De même que Simon avait été foudroyé par l'évidence en contemplant sur la plage la photographie de Solange, de même fut-il frappé par la vérité du désenchantement. L'image de la jeune femme tomba en poussière. La prétendue lenteur de l'agonie des sentiments n'est souvent qu'un aveu tardif d'une mort déjà accomplie. On ne consent pas aisément à porter le deuil. Lui n'était pas homme à monnayer sa déception par des accès de morosité traversés de piètres réconciliations. Il éprouva d'emblée une hostilité distante, atterrée, à l'égard de son épouse. Comment est-ce arrivé, que s'est-il passé ? se demandait-il. Il ne pensa aucunement s'être trompé en s'éprenant de Solange. Il se rappelait le temps de son amour et voyait en lui l'unique plénitude de son existence. Pourtant, il n'en demeurait rien. Le sentiment avait-il été dévoré par son propre néant ou bien une circonstance, un signe extérieur en avait-il sonné le glas ? Simon ressassait en vain le passé récent afin de découvrir cet instant de la dépossession. Mais tout lui révélait et lui dissimulait à la fois ce rien qui se déplace dans la conscience ou dans le cours des choses.

Solange lui devint suspecte. Il feuilletait, sévère, ses lectures oiseuses mais il savait aussi que cela ne comptait pas, il avait toujours connu ses goûts frivoles. Il entra un matin dans la cuisine où elle préparait le café et s'immobilisa, paralysé par la présence de l'intruse dont les jambes nues, pâles et griffées lui semblèrent sans grâce. Les silences prolongés, le désintérêt sexuel, les conduites embarrassées alertèrent la femme qui pensa qu'il devait avoir des soucis. Elle le soupçonnait d'appartenir à un mouvement de résistants. Il s'absentait davantage, ne se hâtait plus pour la retrouver. Patiente, elle le questionna mais n'obtint pas de réponse. Un soir qu'ils étaient couchés côte à côte, oppressée par le silence, elle se blottit contre lui. Elle n'avait pas envie de faire l'amour mais elle aurait aimé qu'il la désirât. Il sursauta, se leva et quitta la pièce. La nuit fut sombre et lugubre. Il était réapparu le lendemain, sans un mot.

Vers la mi-janvier, Solange lui apprit qu'elle était enceinte. Il hocha la tête, trop accablé pour répondre. La gêne s'enracina encore plus profondément entre eux. La femme abandonnée se retourna vers les moments heureux, si proches et déjà si lointains.

Il est des jours où les souvenirs s'éclipsent, le passé s'éloigne, l'avenir se dérobe. Solange ne peut échapper au présent. Il devient son cachot et elle rôde, lasse, dans la maison. Que faire ? Elle s'approche de l'armoire. Une glace inclémente lui renvoie son image, hâve, blafarde. Son ventre enflé la nargue. Elle se dénude, veut souffrir, se pénétrer de l'ampleur du désastre. Le ventre accuse les membres amaigris. Le vilain petit canard a reconquis tous ses droits. « Coin, coin… » Solange parodie la démarche de l'animal. Sinistre dérision. « Ne fais pas le Jacques », lui disait Michelle lorsqu'elle bêtifiait. Si l'autre pouvait la voir à cet instant, il serait édifié. Elle lui mettrait les points sur les *i*, mais non, elle ne lui révélerait rien qu'il ne sache déjà. Ses yeux se sont dessillés, il a découvert la pitoyable vérité de son être. Elle n'est pas aimable, elle l'a toujours su au fond d'elle-même. Elle aimait tant pavaner, s'illusionner. Ses fards, sa coquetterie : des trompe-l'œil, des miroirs aux alouettes ! Il n'y a plus d'alouette. « Mon Dieu, que devenir ? » s'effraie Solange. Elle pleure sur elle, sur l'enfant qu'elle porte, et retrouve dans ses larmes la douceur des jours d'autrefois. Languissante, elle rabat sa robe et retourne à ses occupations.

Simon, qui avait joué sa vie sur une mauvaise carte, ironisait sur les espérances confuses de son adolescence et s'attristait des promesses non tenues. Il avait cru s'être dépouillé à jamais de sa vieille défroque et la retrouvait intacte : elle l'avait attendu, facétieuse, alors même qu'il s'imaginait sauvé, pauvre innocent. Pour qui s'était-il donc pris au temps de son amour ? Évanouies, ses énergies de sportif dopé le laissaient brisé, ahuri comme le dormeur expulsé d'un rêve.

Dormir auprès de son épouse lui devint insupportable. Il se souvenait avoir éprouvé ce malaise, adolescent, en voyant sa mère déambuler le matin, vêtue d'une lingerie transparente. La sexualité, sourire jaune des familles, notre antique sournoiserie, pensait-il, amer.

Solange perdit son courage et sa coquetterie. Ceux qui venaient la visiter s'étonnaient de sa négligence. La grossesse devait la déprimer. Sa belle-mère, jamais à court, la conseillait : « Ne restez pas enfermée toute la sainte journée à attendre mon fils, venez avec moi au parc. » Solange éludait. Madame Laribière n'insistait pas. La tristesse débordait son entendement.

Des scènes éclatèrent. Pourquoi était-il venu l'arracher à son bonheur ? Il ne répondait pas, se savait coupable, ne la détestait plus. Jamais elle ne lui pardonnerait de l'avoir séduite avec des mensonges. Elle pleurait. Fallait-il la consoler, se satisfaire du compagnonnage ? Elle n'était pas femme à ruminer son amertume derrière ses fourneaux. D'ailleurs ses moyens ne le lui permettaient pas. Jamais il n'avait eu autant besoin d'être en règle avec lui-même. Que d'efforts n'avait-il pas déployés afin de mériter sa vie. L'hôte indésirable était réapparu. Les démons sans merci de l'enfance, oubliés au long de l'adolescence volontaire, avaient resurgi, le harcelant sans répit. L'ennemi embusqué l'avait assailli, prenant violemment possession de son être. Comment se fier aux conduites ? Il redoubla d'activité. Michelle l'observait avec inquiétude. Solange n'osait plus l'interroger.

Le printemps revint. On s'attendait au débarquement de l'armée américaine. Simon oubliait son angoisse. Un soir, alors qu'il venait de quitter un camarade, il croisa Josée. Elle l'invita chez elle, dans une chambre mansardée. Elle lui épargna les travaux d'approche. Pour une fois qu'elle l'avait sous la main. Avant même d'ôter sa veste, Simon la vit se dénuder. Elle devait craindre qu'il ne s'envolât. Qu'à cela ne tienne !

— Dis donc, on dirait que le mariage t'a dévergondé, tu étais plutôt du genre austère, un vrai séminariste, tu ne peux pas savoir comme cela m'excitait.

Elle évoluait avec aisance tandis qu'il regardait son corps aux muscles saillants.

— Tu sembles taillée dans du bronze.

Elle le reçut comme un compliment et se sentit le droit de demander :

— Comment est ton épouse ?

— Laisse mon épouse tranquille.

Le souvenir de Solange enceinte le dégoûta de lui-même. Il n'avait pas tenu dans ses bras une autre femme que la sienne depuis deux ans et la revoyait, splendide, dans sa pudeur inspirée.

Celle qui était sur le lit se tendit vers lui. Il se déshabilla. Dans sa hâte désabusée d'en finir, il l'enlaça très fort. Elle se méprit :

— Tu as bien changé.

— Tais-toi ! Ce genre d'encouragements démoralise.

— On va arranger ça.

Elle prit sans plus de cérémonie son pénis dans sa bouche. L'impudicité était toujours pour Simon un sujet d'étonnement. Il essaya de se concentrer. Elle se hissa à sa hauteur et leurs langues se mêlèrent. Il se remit à l'ouvrage avec une conviction vacillante. Un feu d'artifice éclatait sous lui. Elle poussait des cris qui lui donnèrent envie de la gifler. Il accéléra pour ne pas se noyer sous les râles. Quand il se retira, Josée gémissait encore. Il se dit qu'elle était satisfaite à bon compte. En écho, elle murmura, peut-être pour se venger de sa distance :

— Tu n'as pas été formidable mais tu me plais, tu peux revenir quand tu veux car aujourd'hui tu as l'air pressé.

Il hésita à peine :

— Toi, tu es formidable mais tu ne me plais pas.

Vexée, elle prit un ton badin :

— C'est vrai que je ne te plais pas ?

Il se détendit et remarqua, non sans une pointe d'humour :

— Que veux-tu, je n'aime que les prêtresses et toi, tu es une chatte…

Il sourit.

— Je suis certainement un triste sire mais je préfère ne plus te revoir, ton charme d'ailleurs n'est pas en cause.

Il se sentit injuste, pourtant il lui convenait d'avoir affaire à une femme à qui ne rien devoir. Sur cette sage constatation, il sortit plus mélancolique que jamais de l'aventure. La nuit même, il rêva qu'il retrouvait Solange dans un endroit inconnu. Elle lui souriait et le temps n'avait jamais eu lieu. Au réveil, la mine sombre de son épouse le rappela à la réalité et il la quitta sans un mot.

Contre tout attente, les Alliés débarquèrent sur une plage perdue du Calvados. Simon se donna sans réserve aux événements, oubliant son désarroi dans la défense de la cause commune. Il n'avait pas donné signe de vie depuis plusieurs jours lorsqu'il revint chez lui un après-midi. Son épouse ne l'entendit pas entrer. Assise près de l'âtre, sa tête dodelinait et ses mains pendaient entre ses cuisses. Il marqua une pause avant de lui signaler sa présence. Elle sursauta et lui jeta un regard froid. Il discernait chez elle un durcissement. Elle ne lui pardonnerait jamais sa défection. L'expression de ses traits creusés le bouleversa. Ses cheveux mouillés qu'elle venait sans doute de laver lui donnaient l'air d'une naufragée. Indécis, il se déplaça dans la pièce à l'abandon. Elle se leva, le ventre lourd, et trébucha. Il la retint.

— Ne t'occupe pas de moi et ne me touche pas surtout.

— Soit, mais il faut bien que nous mettions certaines choses au point.

— Tout est clair. Dans quelques semaines, je serai mère d'un enfant dont tu es le père, ne t'en déplaise, et que tu m'as fait sans me demander mon avis autant que je me souvienne.

— Il n'a jamais été question que je l'oublie mais je voudrais que tu n'aggraves pas la situation.

Elle haussa les épaules et alla ouvrir le buffet dont elle sortit un œuf qu'elle piqua avec une aiguille et goba, les yeux clos. Elle ne semblait plus se soucier de Simon.

— Solange…

— Tu m'embêtes, je sais ce que tu vas me dire, que tu ne m'aimes plus, que tu en es désolé mais que tu n'y peux rien.

Simon ne répondit pas mais il savait que sa propre désolation allait bien au-delà de ses scrupules.

— Évidemment, tout serait plus simple si tu m'aimais encore… Tu essaies de me proposer un plan de vie mais je n'en veux pas de ton programme. Écarte-toi, tu aurais mieux fait de tomber amoureux d'une fille comme toi, au moins tu aurais la paix, elle ne se serait rendu compte de rien…

Elle eut un sourire mauvais pour ajouter :

— Je ne t'attendais pas. À l'avenir ne me réserve pas ce genre de surprise, tu ne sais pas sur quoi tu pourrais tomber. Et puis laisse-moi finir mon œuf tranquillement.

Le remords ôtait à Simon toute fierté. Il l'obligea cependant à se tourner vers lui.

— Je dois repartir ce soir, je sais que ces choses ne t'intéressent pas mais il n'y a pas que notre histoire qui compte. Je ne voudrais pas te quitter dans ces conditions.

— Ces conditions me conviennent très bien, d'ailleurs c'est toi qui les a voulues… Fiche-moi la paix.

Le silence retomba. Simon revoyait l'effacement de Solange lorsqu'elle était amoureuse et aimée et le comparait à sa dureté maintenant qu'elle ne l'était plus. Cette zone obscure des frustrations féminines, sa mère y avait échappé en niant le monde masculin et le monde tout court. Il s'assit sur une chaise qui traînait et ouvrit un livre au hasard tandis qu'elle le guettait du coin de l'œil. Au comble de l'énervement, il referma le volume d'un claquement. Leurs regards se croisèrent. Le défi transfigura Solange.

— Je suis belle n'est-ce pas eh bien je vais l'être davantage… Regarde, n'en perds pas une miette, ailleurs tu devrais payer pour un pareil spectacle.

Elle posa un pied sur un barreau de chaise, dénoua sa sandale et la fit voler d'un élan de la jambe.

— Attrape, c'est un trophée.

Simon la laissa choir au sol. Elle retira sa seconde sandale, déboutonna lentement sa blouse, la fit glisser puis se débarrassa de sa lingerie. Ses seins gonflés et blancs étaient superbes. Simon la regardait, impassible. L'inspiration rosissait les joues de la femme et illuminait ses yeux. Sa chevelure bouclait de nouveau. Elle eût été belle sans ce ventre qui dévorait sa silhouette. Elle pavanait tandis qu'il attendait la suite sur fond d'irritation croissante. Elle paraissait avoir oublié son unique spectateur et se concentrait sur un point de la mémoire. L'air égaré, elle sourit. À bout de patience, il se leva, ramassa la blouse que Solange avait piétinée dans ses évolutions et la lui jeta.

— Rhabille-toi, tu n'es pas douée, et retourne gober ton œuf.

— Douée ? Toi aussi, tu as perdu du grade.

Il ne riposta pas, après tout, si elle voulait que cela tourne à la farce.

— Tu te rappelles ?

Prise de frénésie, elle se mit à mimer leur délire passé. Elle s'empara d'une chaise et parut en user comme d'un partenaire. Elle savait que l'amour ne tient que par l'orgueil et s'appliquait à l'indignité.

Il blêmit, se jeta sur Solange et l'arracha à ses extravagances en envoyant la chaise à travers la vitre. Penauds, ils écoutèrent le fracas des carreaux suivi du pépiement affolé d'un couple d'oiseaux.

— Rhabille-toi et ne recommence jamais plus, je pourrais te tuer… Je sors un instant.

D'un geste nerveux, elle le retint par la manche.

— Sale dégueulasse, maintenant je te dégoûte.

Elle lui cracha au visage. Il la gifla et la précipita sur le lit.

Elle se redressa en hurlant.

— Qu'est-ce qu'on t'a appris chez toi, à maltraiter les femmes enceintes ?

— Je t'en supplie, tais-toi, je ne pourrai plus jamais vivre avec toi.

Il la considéra intensément et ses traits se décomposèrent.

— Tu portes cela en toi depuis toujours, je ne veux plus jamais te regarder.

Elle parut se réveiller et considéra, hébétée, sa nudité. Elle frissonna de honte et se glissa sous le drap. Des larmes inondaient son visage d'enfant malheureuse. Simon, bouleversé, se dirigea vers le jardin. Il déambula quelques minutes sur les parterres en friche, puis s'assit sur le banc à côté de l'appentis. Il prit sa tête entre ses mains. Qu'allaient-ils devenir ? L'étau se resserrait. Cette histoire le hanterait toujours. L'amour perdu les soudait autant que l'amour partagé.

Son regard fut attiré par une empreinte au sol. Il se pencha et reconnut la bague offerte à Solange au temps de leurs fiançailles et qu'elle avait certainement jetée dans un moment de colère. Depuis la terre l'avait recouverte ; il la nettoya avec un soin superstitieux et l'empocha. Il avait rendez-vous avec ses camarades et ne pouvait plus s'attarder.

Solange se reposait, tournée vers la ruelle. Il contempla son dos lisse, ses jambes repliées, ses fesses rondes. Elle semblait faite de mousse. Son épaisse chevelure recouvrait sa joue. Il s'approcha. Elle s'abandonnait au sommeil avec une confiance enfantine et il la regarda le cœur lourd de la plus désespérée tendresse. Il s'allongea à ses côtés de manière à mieux la voir. Il avait envie de pleurer. « Comment en sommes-nous venus là ? » Il ne voulut plus que la regarder. Elle avait dû sangloter et exhalait, à intervalles réguliers, un léger reniflement. Il s'enfouit dans sa chevelure. Ses lèvres glissèrent le long du dos, effleurèrent les fesses très douces. Il eut l'impression qu'elle s'était réveillée et concertait son immobilité. Ses mains caressèrent les jambes fines et les pieds maculés. Il eut la certitude que c'était la dernière fois. Elle remua. Le désir l'étreignit et il l'attira vers lui. Il ne voyait plus que ses épaules frêles, ses cheveux ébouriffés et pressait ses cuisses amaigries. Il pénétra dans son corps brûlant et gémit de bonheur, de détresse, repris par son ancienne folie. Silencieuse, elle s'offrait au mystère.

Il la sait prête à toutes les soumissions pour régner sur lui. Le plaisir s'aiguise comme une blessure. La crainte de lui faire mal le retient dans son étreinte et il glisse la bague à son doigt. Elle baise sa main retenue dans la sienne. Il courbe davantage sa nuque et y laisse l'empreinte d'une morsure. Il voudrait la garder, prolonger dans ses bras la lente agonie de l'amour.

Quelques jours plus tard, la mort l'engloutit dans un combat où Alliés et résistants s'affrontaient à l'ennemi. Il expira au moment même où Solange frappait à la porte de la jeune fille afin de lui demander asile pour la nuit.

14

Les jours qui suivirent le retrait des troupes allemandes à la suite du débarquement furent parmi les plus heureux que vécurent les villageois. Ces derniers furent épargnés de la peine de compter leurs morts. Le fils Laribière, l'unique victime, faisait plutôt figure de villégiateur.

Les Américains baragouinaient le français, souriaient, se mêlaient aux indigènes. Quelques-uns outrepassèrent les droits conférés aux vainqueurs. Un soldat fut pendu pour avoir violé une jeune mère. Cette exécution ne réjouit ni ne troubla personne, les temps étaient à l'insouciance. Camille, que l'Occupation n'avait pas perturbé, ne fut néanmoins pas fâché de voir son pays en de meilleures mains. Il était détendu, mangeait sans récriminer, taquinait Marie.

Les parents veillaient à la conduite de leurs filles, les hommes de passage étant réputés être autrement plus dangereux que les indigènes : ils séduisent puis se volatilisent. Les demoiselles averties n'en rêvaient pas moins. Après le dîner, les villageois installaient des chaises devant leur porte et bavardaient entre voisins jusqu'à une heure tardive. Les dames hochaient gaiement la tête aux saluts des soldats. Les messieurs étaient plus réservés. Un soir, un G.I. en mal de sympathie s'arrêta devant une assemblée, l'air nigaud, mais ne trouva pas les mots pour se présenter, alors il pointa un doigt vers le ciel et ânonna : « La leunne. » Il s'esclaffa avec la compagnie. Les femmes se poussaient du coude, portées à transformer l'humanité en pouponnière, s'attendrissant au spectacle de ce grand bébé venu tout droit d'Amérique.

Marie Granville ne participait pas à l'allégresse générale. Elle avait eu quelques nausées et le souvenir de la visiteuse nocturne la tourmentait. Un matin, sa patronne pointa un index accusateur sur son ventre.

— Avec qui as-tu fait ça ?

— Le soldat du bois.

La fermière demeura bouche bée quelques secondes.

— Et tu le dis comme ça ?

Marie écarquilla les yeux.

— Regardez-moi cette godiche, elle a fauté, et avec un ennemi encore, et elle reste là comme une bûche ! À quoi ça te sert d'aller à la messe le dimanche si t'oublies les Commandements du Seigneur pendant la semaine ? Et Camille qui chante que t'es une sainte ! Il va être content !

Elle tourna les talons et se dirigea vers la bibliothèque. C'est sans préambule qu'elle apprit la nouvelle à Camille. Il l'écouta sans marquer d'émotion puis la pria de le laisser seul. Elle aurait tout de même voulu connaître son opinion. Il la chassa. Abasourdi, il refusa de venir à table. En fin d'après-midi, incrédule, il descendit contempler Marie, puis remonta remâcher son désappointement.

Madame Laloy ne se désolidarisa pas de la jeune fille et l'abreuva de conseils.

— Ma fille, ne te laisse jamais plus approcher par un homme, voilà comment ça finit, si je n'étais pas veuve, qui sait combien j'aurais d'enfants !

Les rumeurs allaient bon train. La fermière avait raconté étourdiment à la ronde que sa servante était enceinte d'un soldat allemand. L'humeur légère des débuts s'aigrissait. On renouait avec les rancunes, on songeait à régler les comptes pour purger les mémoires.

Un dimanche après déjeuner, Camille s'apprêtait à déboucher une bouteille de bon vin pour fêter une fois de plus avec ses gens le départ de l'occupant, lorsque des vociférations se firent entendre. Son geste resta en suspens. Les habitants de la ferme sortirent dans la cour et regardèrent, fascinés, le phénomène. Les arrivants s'immobilisèrent à quelques mètres. La patronne, qui ne perdait jamais longtemps l'usage de sa langue, les apostropha :

— En voilà une façon de visiter le monde. Qu'est-ce que vous nous voulez ?

— On veut ta servante Marie.

— Et qu'est-ce que vous lui voulez à Marie ? Elle est bien là où elle est et je ne crois point qu'elle va vouloir vous suivre, ce n'est pas une personne qui a de ces amusements-là.

— On veut la tondre, c'est une salope.

Camille tira Marie par le bras pour l'entraîner dans son refuge. Elle n'avait jamais pénétré dans la bibliothèque et fut éberluée lorsqu'elle vit la pièce exiguë croulant sous le poids des livres, des revues et des journaux. Le désordre poussiéreux la fit grimacer. Camille dégagea un fauteuil et invita la jeune fille à s'asseoir. Elle n'avait pas ouvert un livre depuis l'école et un souvenir lui revint : l'institutrice avait donné à la classe un texte à expliquer. Marie avait croisé les bras et attendu que les autres élèves eussent fini leur exercice. La maîtresse s'était impatientée.

— Voyons Marie, c'est pourtant simple, fais un effort, tu n'es vraiment pas fière.

La fillette, qui ne se souciait pas de ressembler au coq dont sa mère disait qu'il était fier, décroisa juste ses bras.

Camille contemplait avec tendresse la jeune fille insensible aux remous extérieurs. Dans la cour, la fermière avait engagé les pourparlers. Elle n'entendait pas céder sa servante aux justiciers, aussi s'efforçait-elle de convaincre parmi eux les plus raisonnables.

— Marie, elle n'a pas tout, elle ne sait rien de la vie, ses parents sont morts et c'était à moi de les remplacer, j'aurais dû davantage la surveiller, elle ne connaît rien de rien, l'avez-vous seulement regardée, ça se voit tout de suite qu'elle ne songe pas à mal.

C'était un discours plein de sagesse auquel on ne rendit pas justice. Elle fut bousculée et quelques enragés se précipitèrent dans la maison. Ils n'eurent pas à chercher longtemps la porte verrouillée et s'employèrent à la défoncer à coups d'épaule. Camille, qui de sa vie ne s'était battu, abandonna la jeune fille à la horde. Marie n'opposa aucune résistance mais son regard exprimait le désarroi. Des villageois l'escortèrent en lui décochant des quolibets, des insultes. D'autres, finalement rétifs aux humiliations et aux expéditions punitives, rentrèrent chez eux. On arriva sur la grand-place où un attroupement les attendait. Sur le seuil cimenté de la mairie, deux femmes étaient déjà en scène. L'une grondait de fureur mal contenue. L'autre, en retrait, promenait sur l'assistance un regard implorant. Le public s'impatientait. Il était temps. L'homme désigné pour tenir le rôle de bourreau s'avança vers la première, celle dont l'expression haineuse excitait une soif de châtiment. Il se saisit du bras de l'insolente qui tressaillit et lui cracha au visage. Il la gifla à toute volée en retour. Ce fut le geste en trop. La colère couvée, qui tordait les viscères de la rebelle, explosa en un tel hurlement que le justicier recula.

— Espèce d'ordure, sale enfoiré, tu ferais mieux de me couper les poils du cul au lieu de t'en prendre à mes tifs !

Elle trépignait, usant de toutes les ressources du répertoire obscène pour vomir sa haine. La seconde, moins portée sur l'éloquence, se contentait de murmurer « je ne le ferai plus », entre deux reniflements larmoyants. Quant à Marie, elle n'avait eu, de sa vie, à faire un usage aussi intensif de ses yeux et de ses oreilles.

Toujours aux prises avec la première, le tondeur réclama du renfort. Des ricanements, des huées fusèrent. La frénésie de la femme semblait intarissable. Malmenée dans son adolescence, à demi abandonnée, celle-là haïssait viscéralement ces monstres d'hommes et leurs complices en jupon. Comme souvent, elle ne pouvait satisfaire sa vengeance qu'au lit, lorsque, pris à son piège, les mâles expiraient dans l'orgasme – si seulement ils avaient pu en crever. Les pères de famille, poltrons hypocrites, avaient sa prédilection, mais elle n'en négligeait pas pour autant les autres, nigauds concupiscents, presque tous prêts à sauter dans le cerceau. Elle continuait pour l'heure de hurler, injuriant, apostrophant les spectateurs, entre deux rauques apartés. Elle foudroya du regard la pleurnicheuse, encore une qui devait faire un usage exquis de son vagin, puis reprit à partie l'assistance. Son égarement était au paroxysme.

— Vous croyez peut-être que j'allais les épargner les occupants, les respecter, ne pas y toucher à ces dégueulasses, de la racaille comme vous ! Ils se croyaient malins en défilant au pas de l'oie, les maîtres du monde, laissez-moi rire !

L'événement prenait un tour inattendu et la foule, effarée, écoutait l'impudente qui poussait la haine de l'ennemi dans une voie bien étrange.

La femme, à bout de souffle, se tut enfin. Un ange passa. Mais non, son dégoût ne pouvant lâcher prise, elle défia l'assemblée du regard, éclatant de superbe, puis lui tira la langue à la manière d'un escargot qui dégorge. Elle n'omit pas non plus, avec le sentiment exacerbé de n'avoir rien à perdre, de pointer au sommet du crâne ses index afin de parachever le grotesque du tableau. Ce fut l'apothéose. La singerie suscita un malaise bruyant, des sifflets fusèrent parmi les hommes les plus au fait. Décidément, elle charriait la princesse. Elle se fit même un admirateur, un naïf amateur de franche conduite. Il pensait en tout bien tout honneur que le fond ne pouvait être pire que la forme. Des mères regrettaient d'être venues. Ce n'était pas un spectacle pour les enfants. Ces extravagances ajoutaient à la honte de l'autre femme qui se demandait, désemparée, ce qu'elle pouvait bien avoir de commun avec une pareille effrontée. Quant à Marie, elle persistait à n'en croire ni ses yeux ni ses oreilles. L'orgueilleuse se contint enfin, désespérée de se retrouver une fois de plus avec la même rage impuissante au cœur. Tous ces témoins la glacèrent et elle se concentra sur sa haine afin de ne pas pleurer lorsque le bourreau se saisirait de sa chevelure.

Tout a une fin, les réjouissances publiques itou. Quand les têtes furent tondues, il fallut bien songer à rentrer chez soi et la foule, lassée, se dispersa. C'est une vérité universellement reconnue que les pires excitations aboutissent bien souvent à de piètres satisfactions.

15

De longs mois après la fin de la guerre, Solange prit la décision de revenir vivre au village. Les centres vitaux de la maison ayant été épargnés, ce ne fut pas une grande affaire que de la restaurer. Elle était de nouveau habitable et la jeune femme pria ses beaux-parents de la lui laisser. Ils ne firent aucune difficulté. La mort de Simon les avait pris au dépourvu. Ils ignoraient auparavant ses activités et le remords se mêla à la douleur chez le père. Leur affection se reporta naturellement sur leur belle-fille et l'enfant, et il fut entendu qu'ils n'avaient rien à leur refuser.

Quelques jours après sa nuit chez Marie, alors qu'elle était hébergée chez des voisins, un homme s'était présenté dans la matinée pour lui annoncer que le cadavre de monsieur Laribière venait d'être découvert. Le choc ne fut pas immédiat et elle murmura, les yeux perdus : « Cela devait donc se terminer ainsi. » Elle ne semblait ni éplorée ni étonnée et palpait son ventre avec un entêtement machinal. Les témoins ne savaient que faire et auraient préféré la voir sangloter. Solange ne quitta pas sa torpeur lorsque ses parents se présentèrent pour l'emmener. On se la partagea. Sa mère l'entourait de sollicitude et les Laribière la visitaient quotidiennement. Le désespoir n'avait toujours pas éclaté, peut-être n'éclaterait-il jamais et Solange continuerait à se traîner d'une pièce à l'autre en caressant son ventre.

Elle revit Simon, allongé sur le lit de sa chambre de jeune homme. Une pièce monacale qu'il ne lui avait jamais montrée. Elle eut le sentiment de violer un secret en se dirigeant vers la couche funèbre. Immobile, elle contempla ce visage méconnaissable. La mort lui avait ôté toute marque de mélancolie et la veuve posa sa main sur la joue glacée. Le corps criblé de balles avait été revêtu d'un costume dont le coloris sombre contrastait avec la pâleur de la peau. Solange s'effraya douloureusement de cette sérénité. Elle défaillit et s'accrocha à la table de chevet. La porte s'ouvrit ; madame Laribière, en larmes, s'approcha :

— Venez ma fille, il faut vous reposer.

Solange la repoussa d'une pression de la main. Elle secouait la tête et chuchotait : « C'est donc fini, je ne le retrouverai jamais plus, rien, plus rien et pour toujours… » La mère la prit par la taille et l'entraîna hors de la pièce.

Sur le palier l'éclat vitré du soleil étourdit la jeune femme qui s'évanouit en exhalant un léger soupir. On la coucha, puis la domestique fut chargée d'aller chercher du secours. Les médecins n'étant plus disponibles pour les femmes enceintes, la commissionnaire revint bredouille. Solange avait repris connaissance mais restait dans un état de prostration traversé de brefs délires.

Ses parents la veillaient sans répit. On prévoyait un accouchement prématuré et des dispositions furent prises. L'enfant naquit un des derniers jours de juillet alors que l'agitation de la parturiente était à son paroxysme. L'état de l'accouchée était trop alarmant pour que l'on se préoccupât beaucoup du nouveau venu. Celui-ci vécut ses commencements, oublié dans son berceau ou secoué par les bras d'une grand-mère pressée de lui servir le biberon afin de retourner à son chagrin de mère.

La fièvre tomba. Un matin, Solange ouvrit les yeux et reconnut sa sœur. Elle lui sourit de très loin. C'était son premier sourire et l'on s'en réjouit. Les relevailles furent lentes. La jeune veuve dont la souffrance s'était épuisée dans le délire recouvra son état de torpeur préalable. Ses premiers contacts avec l'enfant furent difficiles. La libraire déposait le nourrisson, dûment langé, dans les bras de sa fille. Il hurlait. La convalescente tressaillait, laissant la tête du bébé dodeliner dans le vide. On le lui reprenait très vite. L'entourage faisait montre de patience. Son mari venait juste d'être enterré ; il était normal que la jeune femme n'eût de goût à rien. Elle finirait bien par aimer son enfant.

Lorsque ce dernier eut trois mois, Michelle proposa d'accompagner sa sœur au parc, elle pousserait le landau. La ville déployait le spectacle de ses ruines. Une partie de la population ayant été évacuée, les deux promeneuses parcouraient en silence les rues désertes. La cadette, attentive aux détails de la destruction, s'étonnait qu'il ne demeurât guère davantage de la ville que de son amour. Quelques immeubles indemnes, des rues encore identifiables, un parc miraculeusement épargné, comment rencontrer le passé parmi ces vestiges et comment croire en l'avenir ? La jeune mère, prise de malaise, s'appuya sur son aînée. Elles décidèrent de retourner sur leurs pas. Aussi désespérée de la mort de Simon, Michelle était là pour aider sa sœur à survivre.

Solange désormais se cloîtra. Lorsque l'atmosphère du logis l'oppressait, elle descendait s'asseoir dans le jardinet. On lui apportait le landau auquel elle imprimait un léger bercement. Ce tête-à-tête alangui sous le ciel d'automne réveilla son intérêt pour la vie et elle se reprocha sa négligence. Elle ne voulut plus abandonner aux autres le soin de son enfant. Les souvenirs reprirent lentement possession de son esprit. Un après-midi, alors qu'elle se reposait dans le hamac, l'évocation de la maison solitaire et de la jeune fille silencieuse la réconforta. Pour ces instants où tout était encore possible. Elle songea à ses retrouvailles inachevées avec Simon. À l'horreur de ce qui les avait précédées. Et plus tard, l'explosion, sa fuite dans la nuit, l'hôtesse devant l'âtre, la chambre, le réveil blafard, le triste retour au bercail. Elle ne savait pas, alors, que le destin avait frappé. Revenir sur ses pas, s'asseoir près du feu, espérer que la vie redeviendrait bienfaisante : Solange rejouait sans répit le dénouement, interrogeait les signes, s'en assurait, les quittait, les retrouvait, et du ressassement surgissait parfois une plénitude éphémère.

Madame Lamaury invita les Laribière pour fêter le premier anniversaire de l'enfant. En dépit des attentions de sa mère, Éric demeurait quelque peu attardé. Il n'avait ni convoitise ni curiosité. La position debout lui inspirait une évidente antipathie et l'on était certain de le contenter en l'installant derrière les barreaux de son parc. Il pouvait sans la moindre impatience y séjourner des heures d'affilée, juste occupé à déplacer des cubes. On s'inquiétait vaguement.

Jacques Laribière se sentait déplacé dans cette atmosphère pétrie de bonne volonté. Fêter un enfant inconscient lui paraissait bien une idée de femme. On fit autour du berceau les commentaires d'usage. Madeleine se tourna vers Solange :

— Il est beaucoup plus calme que son père ne l'était à son âge, il fallait ne rien laisser traîner, il saccageait toujours tout. À cinq ans, il a tailladé les mousselines blanches de ma chambre, l'auriez-vous cru ?

— Très volontiers.

Le ton sec déconcerta tout le monde. Gêné, monsieur Laribière s'était voûté et ses traits marquèrent une profonde lassitude. Il supportait de moins en moins les hontes que lui infligeait sa femme en public.

Chacun fit de son mieux pour animer le repas. Les hommes conversèrent sur la reddition sans conditions de l'Allemagne, le sort de l'Europe et plus particulièrement de la France. On aborda même le sujet épineux du vote des femmes. Madeleine n'était pas convaincue que la politique les concernât mais on se récria : comment le monde pourrait-il se porter plus mal du fait de leur intervention ? Elle battit en retraite, peu lui importait après tout d'avoir raison ou tort. Un long silence s'ensuivit. Solange qui n'avait pas donné son avis profita de cette pause pour exprimer un souhait :

— J'aimerais retourner vivre au village, je serai mieux à la campagne.

Personne ne s'attendait à cette requête et les Laribière ne répondirent pas tout de suite. Vivre solitaire ne semblait pas une bonne chose pour une si jeune femme. On souleva quelques objections mais Solange s'obstina, prête à fondre en larmes. Il fallut céder : ce ne serait là qu'une disposition transitoire.

16

Dans la maison du Bout-du-Haut qui surplombait le village, incapable de déroger à ses habitudes, Marie-Louise Domont s'était levée au petit jour. Elle s'apprêtait ce matin-là à servir les sept personnes réunies sous ce toit : sa fille Juliette, son pauvre époux, un vieux père et toute la parentèle, à demeure ou en visite ! Elle ignorait de quelle espèce peuvent bien procéder ceux qui ne servent pas les autres et il aurait fallu déployer une énergie comparable à la sienne pour lui arracher des mains la tâche et obtenir qu'elle se reposât. Son mari entra le premier dans la cuisine et Marie-Louise, la mine renfrognée, posa sur la table le pain, le beurre, le lait et la cafetière. Les autres ne tardèrent pas à se présenter, excepté Juliette, suffisamment effrontée pour traîner au lit. Son oncle, le maçon, avala d'une traite son café au lait et se leva.

— Je termine chez les Laribière, je n'en ai plus pour longtemps ; la jeune dame va pouvoir s'y installer dimanche avec son gosse.

— Je l'ai vue lundi au marché avec le petit, ce qu'elle a changé. C'était une si belle fille, la Solange. Tous les gars lui couraient après…

— Mais c'est le fils Laribière qui l'a eue !

— Ils n'auront vécu qu'un an ensemble.

— On lui a donné sa médaille de la Résistance à titre posthume, ça lui fait une belle jambe ! Mais pas de soucis pour elle, la belle-famille a de quoi.

— C'est vrai que les Laribière ne regardent pas à payer. Bon, cette fois je m'en vais.

Chacun retourna à ses occupations, laissant le soin de débarrasser la table à celle qui l'avait mise. Bien persuadée que ses mérites seuls lui octroyaient le droit de vivre, Marie-Louise avait fait de sa conduite la mise en application rigoureuse de cette conviction. Même en vacances, elle ne s'accordait que de rares et incomplets répits. Dieu sait s'ils avaient lutté, elle et ses semblables, pour obtenir les congés payés, mais elle ne savait pas en profiter, elle n'avait pas été dressée pour cela. Maintenant qu'elle avoisinait les quarante-cinq ans, elle éprouvait confusément le sentiment du « trop tard ». Fille aînée d'une famille nombreuse et pauvre, elle remâchait souvent ses griefs. S'occuper des cadets au lieu d'aller à l'école lui avait paru une tâche ingrate, humiliante, et elle s'était bien promis, une fois sa fille née, de s'en tenir là : « Faire de la chair à canon ou de la main-d'œuvre pour riches, je laisse ça à d'autres ! » Elle ajoutait parfois en confidence : « L'enfant, c'est la fin de l'amour et le début de la misère. » Du reste, il suffisait de jeter un coup d'œil sur sa maigreur noueuse pour savoir qu'elle n'était pas une femme de plaisir. À treize ans, elle avait été placée comme domestique dans un lieu éloigné de son foyer et en ressentait encore la blessure. Elle avait épousé un homme de son milieu. Ils n'avaient pas eu d'enfant aussitôt et étaient montés à Paris où l'ouvrage ne manquait pas. Ensemble, ils s'étaient épuisés à grimper les premiers degrés de l'échelle sociale, rêvant d'épargne et de petit commerce. La guerre avait éclaté. Le mari, prisonnier pendant cinq ans, était revenu en avril. À la joie des retrouvailles succéda le découragement quand ils eurent constaté que leurs économies ne valaient plus rien. Lui s'était résigné tandis que son épouse se lamentait, entre deux bouffées de gaieté, d'avoir perdu en suées sa jeunesse. Les occasions de rire ne manquaient pas. Mais s'être tuée au travail pour finir avec une vague promesse de lendemains meilleurs l'amusait beaucoup moins. La maison du Bout-du-Haut, spacieuse, avait été construite par son frère maçon avant guerre. Ce dernier y avait installé leurs parents et une sœur, célibataire comme lui. Le reste de la progéniture s'était éparpillé un peu partout dans le pays.

Le patriarche, dont la vue achevait de s'obscurcir, vint s'installer à tâtons près de l'âtre et contempla les braises en tirant sur sa pipe. Marie-Louise regarda son père avec bienveillance : c'était bien le seul qui songeât à la remercier de son dévouement. « Il faudra que ça te soit dédommagé un jour », grommelait-il quelquefois. Juliette apparut enfin sur le coup de dix heures. Le spectacle de sa fraîcheur dissipa la colère de sa mère ; son patron n'avait pas une aussi jolie fille et plus d'une femme riche devait lui envier ses yeux. Il est juste que l'argent ne puisse pas tout acheter. Mais méfiance : les fils de famille vont chercher à en profiter avant d'épouser une héritière, peut-être laide, ce qui n'est pas grave puisqu'ils leur mettent la tête dans un sac.

— Toi au moins, tu sais prendre du bon temps, à ton âge je servais chez un cochon de notaire depuis déjà deux ans.

Juliette ne jugea pas utile de compatir. Elle avait entendu ces histoires mille fois. Elle se dirigea vers la cafetière mais Marie-Louise s'était déjà saisie de l'ustensile. Aucune raison qu'elle ne fît pour sa fille ce qu'elle faisait pour les autres. Celle-ci venait de réussir haut la main le concours d'entrée à l'École normale. Marie-Louise, qui se savait sans grâce et peu douée pour les études, se demandait par quel miracle son enfant cumulait tant de dons.

— Les temps ont bien changé. Quand ta tante, la sœur de ta grand-mère, qui apprenait tout ce qu'elle voulait, n'a pu continuer, c'est faute d'argent. Son père est allé trouver la châtelaine, mais compte dessus ! Elle lui a répondu : « Vous voulez donner de l'instruction à votre fille, mettez-la donc plutôt à traire les vaches ! » Il a fallu qu'il s'en retourne sur cette vexation. Après, on s'étonne que le peuple ne soit pas content.

Juliette éclata de rire. Sa mère lui resservit un peu de café :

— T'es insoucieuse parce que tu n'as jamais manqué de rien… Sûrement que tu tiens de ta tante pour la facilité à apprendre, moi, ma caboche, on ne pouvait rien y faire entrer, dure comme le bois.

Elle tapa si fort du plat de la main sur la table que le bol tressauta. Cet incident déclencha son hilarité et elle se mit à éplucher les légumes dans la bonne humeur.

Le fils d'un gros agriculteur du coin passa sur la route, perché sur un tracteur. C'était une machine nouvelle au village. Marie-Louise observa le jeune paysan au teint rouge brique qui jetait des coups d'œil vers la maison. Il devait savoir que Juliette était là.

— En voilà un qui vient parader dans son bel engin !

La jeune fille qui eût préféré un véhicule plus élégant sourit d'un air entendu.

17

L'humeur de Camille s'était considérablement altérée depuis ce fameux dimanche où il avait cédé Marie à la meute sans esquisser un geste de défense. Le remords le rongeait. Il essayait de se trouver quelque justification dans le silence de sa bibliothèque. Les vengeurs étaient nombreux, sans merci, et il s'était reconnu vaincu d'avance. Mais comment ne pas s'avouer qu'il existe des défaites moins honteuses que d'autres ? La sienne lui paraissait impardonnable. Il aurait dû renier sa poltronnerie en cette circonstance unique. Peut-être serait-il devenu un homme nouveau. Avoir mesuré par deux fois son impuissance à l'égard de la jeune fille exacerbait son désarroi. Il y avait donc eu le soldat, et puis cette horde… Camille avait entraîné Marie dans son refuge ; ce dernier profané, rien ne pourrait lui rendre sa quiétude.

Le maître déchu tournait en rond, feuilletant sans conviction ses livres. Autrefois, il avait puisé en eux le sentiment même de son être, dorénavant dans l'impasse, il doutait sourdement de chacun de ses mobiles. Ce dimanche aura été sa croisée des chemins mais lui, paralysé, laissa aux tourmenteurs le choix de son sort. Pourtant, aujourd'hui comme hier, il n'imaginait pas d'autre avenir. Camille Laloy ne changea donc rien à son mode de vie.

La fermière entourée de ses gens avait vu sa servante mise à mal. Elle s'était refusée à suivre le cortège et avait enjoint son personnel à l'imiter. Libres à eux de lui désobéir, mais qu'ils aillent alors gagner leur pain ailleurs… Elle monta l'escalier, s'arrêta devant la porte défoncée, entendit Camille sangloter et s'éloigna. Elle gagna sa chambre afin d'aviser en paix la manière dont il lui faudrait accueillir la pauvre fille. Elle ouvrit l'armoire où étaient entreposés les trésors de sa coquetterie passée. Un parfum de lavande l'émut inexplicablement. Elle n'avait plus l'occasion de se vêtir pour les fêtes mais conservait par superstition ses habits surannés. Son attention s'était fixée sur une robe de percale blanche, portée dans les bals de sa jeunesse. Elle décida d'offrir à Marie cette parure de l'innocence. Il suffirait juste de la raccourcir un peu, la mode ayant changé. C'était là le simple geste d'une brave femme à l'égard d'une jeune fille bafouée, mais en étalant la robe sur le lit, la fermière éprouva un grand trouble. Elle soupira, incertaine. Que faire ? Filer au plus vite à la mairie où la foule avait dû se rassembler. Auprès de qui s'informer, autrement ?

Elle parvint sur la place alors que l'attroupement venait de se disperser. Un gamin qui traînait la renseigna :

— Marie est partie vers le bois.

Postée devant la maison de la servante, la fermière la vit revenir en fin d'après-midi. Lorsqu'elle la prit par le bras pour l'emmener à la ferme, Marie ne lui opposa pas de résistance. Un orage avait éclaté et la terre boueuse ternissait l'éclat du monde. Cette nuit-là, Marie coucha pour la première fois chez ses patrons. Dans son sommeil agité, elle rêva de la visiteuse nocturne qui, porteuse d'un message, s'approchait d'elle. Égarée dans le bois, elle s'efforçait de lui répondre mais ses lèvres se crispaient de douleur. Enfin, ses mâchoires se déliaient. La tempête à ce moment se levait et emportait ses paroles, alors elle s'effondrait en larmes, certaine de ne jamais retrouver son chemin. Marie, qui ne se rappelait aucun de ses rêves, n'oublia pas celui-là. Elle en serait hantée au cours des quelques années qui lui restaient à vivre. En revanche, elle ne parut pas garder souvenance de son avanie. Jamais elle ne s'attardait devant les miroirs, son propre visage ne lui évoquait aucune image précise. Sa belle chevelure opulente ne lui inspirait guère l'orgueil du propriétaire : elle la perdit sans honte ni regret. Bien avant que le châtiment ne l'ait frappée, Marie appartenait à la fatalité.

De son côté, Camille ne se montra pas pendant plusieurs jours. Sa mère lui montait les repas. Il les acceptait sans les détailler. La fermière, mécontente, s'inquiétait. Pourquoi souffrait-il autant ? Ne comprenant pas qu'il se tourmentait davantage sur sa propre misère que sur celle de la jeune fille, elle croyait bien faire en lui assurant que Marie ne semblait pas moins heureuse qu'autrefois. Il ne pouvait passer sa vie confiné au milieu des livres. Se lavait-il seulement ? Elle en doutait. Son fils la fit taire. Qu'elle aille voir en bas s'il y était. La fermière haussait les épaules.

Marie s'était mise à craindre la proximité du bois. Elle dormait désormais à la ferme. Camille revint prendre ses repas à table. Elle l'ignorait tandis qu'il s'appliquait à ne pas voir sa silhouette alourdie et sa chevelure saccagée. C'est d'un garçon qu'elle accoucha un jour de février. La fermière qui connaissait chaque saint du calendrier suggéra de le prénommer Julien. La mère n'avait aucune préférence et Camille ne s'en souciait guère. La décision revint à la fermière.

— Un enfant sans prénom, ça ne s'est jamais vu ! Je vais déclarer quoi, moi ? Tu n'as rien contre Julien ? Eh bien, je cours à la mairie.

Marie Granville apprit les gestes de la maternité comme elle avait appris ceux du service domestique, goûtant en eux un bonheur paisible. L'enfant fut baptisé aux beaux jours et la mère revêtit pour la circonstance la robe blanche de percale. Les habitants de la ferme s'en furent à l'église. Marie qui n'était pas retournée sur la place depuis un sombre dimanche avançait timidement, son bébé dans les bras. La fermière ouvrait la marche. Elle aurait voulu voir qu'on empêchât une innocente d'accomplir son devoir de chrétienne. Camille fermait l'escorte. Il regardait Marie et la trouvait belle… Au pays, on n'était plus sûr d'être fier de ce qui avait eu lieu et les villageois détournèrent la tête devant le cortège.

Marie reprit ses vagabondages. La fermière la déchargeait des tâches maternelles. Renouer avec une histoire ancienne, repartir à zéro, comment la vieille femme aurait-elle pu renoncer à un tel espoir ? Camille s'irritait. Marie laissait faire.

Un soir, elle ne se présenta pas à l'heure du repas. La fermière, prise d'un doute, monta dans la chambre où était installé le berceau. L'enfant avait disparu. Elle redescendit à pas bruyants. Camille était déjà parti à la recherche de la jeune femme. Il se dirigeait vers sa maison tandis que sa mère, aux cent coups, se précipitait vers la place du village.

L'ombre du bois isolait davantage la maison. Camille s'immobilisa un instant face à la porte entrouverte avant de la pousser. Marie, assise sur un banc, berçait son enfant. La pénombre les enveloppait. Elle reconnut Camille et son regard se durcit. Elle se leva, déposa Julien sur le sol, puis alla vers l'âtre afin d'allumer une bûche oubliée depuis des mois. Camille se saisit de l'enfant qui commençait à gémir. Elle le lui reprit des mains et alla s'asseoir devant le foyer, le dos tourné à l'intrus qui contemplait ses boucles châtaines, sa nuque gracile. Il ne pouvait s'arracher un seul mot.

La fermière entra en coup de vent.

— Ah t'es donc là ! Ce que tu as pu nous faire peur à t'en aller sans prévenir, faut pas laisser les gens se faire du mauvais sang à se demander où t'as bien pu passer.

Marie répondit sans élever la voix :

— C'est là ma maison, je veux y habiter. La ferme, j'y travaille, mais c'est là que je veux dormir.

Sûre d'elle, elle se tut. Camille intervint en sa faveur mais elle ne lui manifesta aucun signe de reconnaissance. Le dos tourné, elle ne s'occupa plus que du feu.

18

Les mains sous la nuque, Juliette se prélassait sur son lit, les jambes haussées contre le mur. À Paris, elle ne s'ennuyait jamais, ses activités ne lui laissaient aucun temps mort. Au village, même la lecture ne suffisait pas à dissiper son anxiété. Elle vivait gaiement les courtes matinées et les veillées autour de la table familiale mais les après-midi l'oppressaient. Le bourdonnement des insectes troublait sa somnolence fébrile.

Elle sortit de sa chambre trop ensoleillée pour se diriger vers la pièce au fond du couloir où sa tante pratiquait la couture. La voix d'une cliente la retint de frapper à la porte et elle s'achemina vers la cuisine, la mort dans l'âme. Son grand-père sourit en reconnaissant le pas de sa petite-fille. Sa vue s'était affaiblie au fil des ans ; un matin, il avait dit à son épouse : « Comme le jour tarde à se lever ! » C'était pendant l'hiver 1943. Depuis, il attendait la mort dans les ténèbres. Sa bienveillance silencieuse avait longtemps accompagné les enfants ; vieillard désœuvré désormais, il leur racontait des bribes du passé au gré de sa mémoire. Il s'inquiétait par exemple, après des années d'oubli, du sort de son frère cadet parti fuir la misère aux Amériques.

Par respect, Juliette prit sur elle de l'écouter.

— Il était comme ça, il ne baissait jamais les yeux devant personne, il disait que le bonheur doit bien exister quelque part. Quand notre mère est morte, il s'est caché dans les champs pendant trois jours, après il n'a plus jamais parlé d'elle. Je me tourmentais toujours pour lui, il voulait tout ce qui est interdit aux pauvres. Il fallait que nous nous battions pour qu'il finisse par entendre raison. Une fois, il a voulu tuer notre belle-mère qui nous refusait jusqu'à la nourriture, j'ai dû l'en empêcher. Au début, il m'écrivait, et puis il ne m'a plus jamais donné signe de vie, il est peut-être devenu riche, à moins qu'il ne soit mort, je quitterai ce monde sans le savoir…

Le patriarche soupira, c'était si loin ! Et pour Juliette, davantage encore. Le silence se prolongeant, elle s'éloigna. Dehors, l'air stagnant l'accabla. Elle suivit la grand-rue et croisa la servante des Laloy qui avançait sans remarquer rien ni personne. Juliette la dévisagea et poursuivit son chemin jusqu'à la maison des Laribière. Dans le jardin, Solange somnolait sur une chaise longue. Elle gémissait, agitée d'un léger frémissement. Soudain, elle projeta un bras en l'air dans un geste de refus, puis son corps s'affaissa. Juliette se détourna, confuse de son indiscrétion. Elle n'ignorait pas le malheur de la jeune veuve ; Simon était d'ailleurs le premier homme qu'elle eut trouvé séduisant. Certains le disaient arrogant, d'autres assuraient qu'il gagnait à être connu. Elle essaya en vain de l'imaginer mort.

Réveillée en sursaut, Solange se leva, alla s'accouder à la barrière et identifia la petite parisienne qui deux ans auparavant n'était encore qu'une gamine. Elle contempla tristement sa silhouette apprêtée qui s'éloignait et se remémora les espoirs attachés à tant de coquetterie. Autrefois, elle aurait pu lire ses triomphes dans les yeux des autres jeunes filles. Mais il eût fallu moins les craindre pour s'y risquer. Le regard des hommes lui avait suffi et elle ne s'était jamais aventurée à se comparer à une rivale. Aujourd'hui, elle regardait avec bonté Juliette qui surveillait sa démarche car elle se savait observée.

Depuis son retour, la veuve rôdait d'une pièce à l'autre sur les traces du passé, s'efforçant de comprendre une fois pour toutes l'abolition de sa vie. Solange se désintéressait de son apparence. Peu s'en fallut qu'elle ne devienne une souillon mais les scrupules maternels davantage que la vigilance familiale l'en préservèrent. Elle n'avait jamais été véritablement belle. Son visage manquait de relief et son charme tenait surtout au flou gracieux de ses traits, à la délicatesse de ses mouvements. Aux approches de la trentaine, parfois de la quarantaine, l'éclat du teint et les rondeurs juvéniles disparus, l'illusion se dissipe et ne demeure plus qu'un physique impuissant à dissimuler ses failles. Solange n'eut pas à attendre si longtemps pour voir s'éteindre sa vénusté. La souffrance la dévasta en quelques mois et elle perdit sans regret ce qui ne lui servirait plus à rien. L'amoureuse n'avait jamais été sensuelle ; l'amour anéanti, aucun désir ne devait plus renaître et les jours s'écouleraient, ranimant chaque matin, au cœur de la solitaire, une lente consternation.

19

À l'aube, Marie quittait sa demeure, son enfant dans les bras. L'hiver, elle l'emmitouflait dans une couverture de gros lainage offerte par la fermière qui multipliait les conseils : il ne fallait surtout pas que Julien prît froid et puis Marie devait veiller à ne pas le poser n'importe où, les microbes n'étant pas une invention des médecins.

À la ferme, la sollicitude extasiée et volubile de la vieille femme effarouchait le garçonnet, lequel se méfiait aussi de la maussaderie de Camille et se préférait dans les parages de sa mère. Il n'attendit pas de savoir marcher pour la suivre en roulant et se traînant tant bien que mal.

Une photographie prise par Camille montrait Julien âgé de quinze mois, debout en équilibre instable au milieu de la cour. Sa mère, sérieuse, se penche vers lui ; dans le fond, la maîtresse rit d'aise. C'était un dimanche de l'été 1947. Longtemps après, en vain s'hallucine-t-on sur ces instants de bonheur que même la nostalgie reste impuissante à ressusciter.

La fermière ne fut jamais aussi heureuse que pendant ces quelques années. Elle avait fait peau neuve à l'approche de la soixantaine. Sa tâche de jeune mère lui avait tenu à cœur autrefois, mais, aujourd'hui, elle n'était pas sans remarquer que son fils ne tournait pas rond, aussi se persuada-t-elle qu'il était plus sage de laisser pousser Julien sans contraintes. Elle n'avait plus de compte à rendre à quiconque et aima sans arrière-pensée l'enfant qu'elle n'avait pas conçu.

L'impassibilité de Marie ne fut aucunement entamée par sa maternité. Seul Camille remarqua une modification dans son regard, une lueur inquiète à l'approche des hommes. Il remarqua aussi que son corps se desséchait et perdait de sa flexibilité. Des cernes attristaient l'expression du visage et la chevelure, de nouveau longue, creusait davantage les joues.

Dès que l'enfant eut assez grandi, sa mère l'emmena vagabonder par les sentiers, les prairies. Elle lui apprenait ce qu'elle savait, que les vaches sont gentilles alors que les taureaux peuvent être méchants. Qu'ils devaient se cacher si d'aventure quelqu'un surgissait au détour d'un chemin. Elle mettait son doigt sur la bouche et Julien se taisait. Il aimait ces moments de complicité. Après dîner, sa mère et lui s'en retournaient chez eux. La fermière les accompagnait souvent un bout de chemin. Marie avait ses idées d'indépendance, il fallait bien s'y résigner et la maîtresse revenait sur ses pas en soupirant. Une fois dans sa maison, la jeune femme allumait une chandelle puis ranimait l'âtre et fermait les volets de bois. Certains soirs, elle ouvrait le buffet pour en tirer un coffret qu'elle agitait doucement. Le tintement des pièces la réjouissait et elle murmurait : « On ne m'a pas volée. »

La veillée s'étirait. Marie chantonnait l'antique complainte du Bon Roi Dagobert, émue par la paisible distraction de ce monarque légendaire. Julien s'abandonnait au bercement de la mélodie. La chanson achevée, ils goûtaient encore quelques instants de bien-être devant le foyer. Ils ignoraient que leur intimité était épiée par les interstices des persiennes. Lorsqu'ils montaient se coucher, le guetteur s'éloignait. Un soir, un passant surprit le rôdeur autour de la maison. Il raconta l'épisode à son épouse qui s'empressa de le répéter à sa voisine et, bientôt, tout le village connut la nouvelle habitude de Camille. Les nuits qui suivaient, le fils de la fermière, assuré de ne pas trouver le repos, restait dans la cuisine à remâcher ses défaites.

Marie soufflait la chandelle et Julien, blotti contre son flanc, s'endormait en paix. Quand le sommeil tardait, elle racontait dans les ténèbres les mésaventures du Chaperon rouge ou du Petit Poucet. De ces histoires ressortaient que les bois et les forêts étaient des endroits maléfiques, les loups des animaux encore plus méchants que les taureaux et les ogres des créatures épouvantables. La jeune fille évoquait aussi le soldat, la femme nue... Julien écoutait, pensif. Il s'assoupissait avant que la voix ne se fût éteinte.

Marie accomplissait toujours ses tâches avec régularité mais un léger déséquilibre se glissa dans ses gestes. Elle se cognait aux objets, égratignait ses coudes, écorchait ses genoux, tombait souvent au cours de ses randonnées. La fermière grommelait en enduisant de mercurochrome sa peau abîmée.

— Où as-tu donc la tête à ne voir ni homme ni bête ? T'as vraiment l'air de venir d'une autre planète. Les filles d'ici, c'est rien que des grossières, toi, t'es fragile comme une demoiselle de la ville.

Un dimanche de printemps, des gitans s'arrêtèrent dans le village et y proposèrent leur pacotille. Les portes claquèrent à leur nez. Demeuraient le hameau, la maison du bois. Marie, qui redoutait depuis l'enfance les habitants des roulottes, pâlit en apercevant une bohémienne. Elle repoussa la porte entrouverte puis s'appuya de tout son poids contre le battant. La colporteuse, costaude à souhait, tourna vigoureusement la poignée. Julien voyant sa mère dans l'embarras vint à sa rescousse. Ils luttèrent de leur mieux. Au fait des forces en présence, la malapprise savait qu'elle ne quitterait pas les lieux sans avoir vendu son bazar. Marie et Julien se retrouvèrent, l'une contre l'angle de la table, l'autre assis à terre. Elle se releva tandis que le marmot se faufilait derrière ses jupes. La marchande, tout sourires, déballait ses chiffons et colifichets. Marie, apeurée, alla chercher son coffret. La gitane y puisa largement en échange d'un collier de perles rouges, de trois rubans et de quelques billes multicolores. Marie contempla son trésor dévasté et parut s'endormir les yeux grand ouverts. L'enfant pleura.

Les dimanches n'étaient pas tous aussi hauts en couleur et rien d'ordinaire ne venait rompre leur monotonie. Après le déjeuner, Camille montait de la cave un bon cru et un digestif qu'il offrait généreusement à la ronde. Marie ne participait pas aux libations. Elle desservait, lavait la vaisselle puis, assise sur un escabeau, attendait que les autres quittent la table. La jeune femme manquait de maintien, à la manière des enfants, elle rejetait la tête en arrière sans rime ni raison, étirait ses jambes. Son regard glissait à la surface du monde tandis que le fermier l'observait à la dérobée. Le chat sautait sur les genoux de Marie et paraissait partager sa distraite méditation. Julien taquinait l'animal dont la patte belliqueuse oscillait de gauche à droite. Puis les domestiques s'en retournaient à leurs occupations tandis que la fermière montait se reposer dans sa chambre. Camille se retirait à son tour, par crainte d'être importun. Alors Marie se délassait en admirant avec Julien les images d'un livre. Ensuite, avant de réintégrer leur maison, tous deux partaient vagabonder dans les champs.

Un dimanche, aux beaux jours, la fermière s'attarda dans la cuisine après le repas. Marie ôta sa blouse, lissa du plat de la main sa robe de percale et s'assit au bout du banc. Le collier pourpre contrastait avec son teint laiteux et elle brillait d'un éclat inaccoutumé.

— Eh bien te voilà toute belle, tu comptes aller danser ?

Marie ne répondit pas. Elle contemplait ses pieds. La fermière prit son ouvrage et commença de coudre. Leurs regards se croisèrent et Marie murmura :

— Un jour, je suis née.

La maîtresse, saisie, posa son napperon en se récriant :

— En voici une bonne nouvelle ! T'es née et c'est seulement maintenant que tu t'en aperçois alors que te voilà mère depuis cinq bonnes années et que t'as subi bien des malheurs, mais pour sûr que t'es née puisque t'es là ! Tout le monde est né et t'en parles comme d'un miracle. Pour être là, il faut être né, je ne vois pas d'autre solution… Je suis née, Camille est né, mon défunt mari aussi, ça ne l'a pas empêché d'être tué, et c'est pareil pour les gens du monde entier et les bêtes et tout et tout.

Elle s'interrompit, à bout de souffle et d'arguments. Les livres devaient parler de ces choses auxquelles il valait mieux ne pas trop penser. Il n'en sortait que du tourment. Le curé évoquait parfois les mystères de la vie, mais puisque Dieu expliquait tout, à quoi bon s'en préoccuper ? Il paraîtrait que celui-là serait le seul à n'être pas né, et comment s'y serait-il donc pris ? Mais Dieu n'est pas n'importe qui.

Marie regardait les rayons du soleil et secouait la tête d'un air entendu.

— Es-tu sûre de n'avoir pas la fièvre, ma fille ? Y a pas plus traître que les courants d'air d'été.

Marie fixa son attention sur la fermière avant de lui dire sur un ton animé :

— Ce matin à l'église, le curé a raconté une chose affreuse, je ne sais plus si c'est Ève qui a mangé Adam. Il y a aussi une pomme et un serpent et c'est pour tout ça qu'on meurt.

La fermière ne parvenait plus à suivre.

— En voilà un raisonnement ! Cette histoire, le curé

la raconte depuis toujours et c'est autrement qu'il la raconte, tu embrouilles tout. Personne n'a mangé personne, Dieu merci, ça nous a coûté assez cher sans que les hommes et les femmes se mettent à se manger entre eux.

Marie s'arracha brusquement de son banc.

— Je vais me promener.

Ses joues avaient rosi. Elle appela Julien qui, penché, comparait le tic-tac de l'horloge au battement de son cœur. L'enfant accourut et elle lui saisit la main. Prise d'un pressentiment, la fermière s'exclama avant qu'ils n'aient passé le seuil :

— Ne veux-tu pas que je vous accompagne ?

— Ce n'est pas la peine.

Marie se retourna et son air à la fois intense et distrait inquiéta la vieille femme. Le cœur serré, elle les regarda s'éloigner.

— Que Dieu vous protège… mes aimés, murmura-t-elle.

Julien accorda son pas à celui de sa mère qui se hâtait maintenant.

20

Le fils Colet fit irruption dans l'embrasure de la porte et s'écria, à bout de souffle :

— Marie est morte !

Camille feuilletait une revue. Il lui fallut quelques secondes pour réagir et se précipiter à la suite de l'enfant.

Des gamins avaient trouvé le corps sur le bas-côté d'un chemin et Julien en train de regarder fixement ses billes éparpillées. Ils s'étaient égaillés pour clamer la nouvelle avant de revenir flanqués d'une foule de gens.

Le médecin accouru à son tour ne put que constater le décès.

Julien ne se laissa pas approcher des villageoises. Il connaissait l'empressement de sa mère à se dissimuler derrière les fourrés lorsqu'elle les apercevait. Il savait qu'un événement terrible venait de se produire et empochait machinalement ses billes afin de les soustraire à la convoitise des autres enfants. Camille apparut, suivi de la fermière qui, de la fenêtre de sa chambre, l'avait vu se ruer hors de la cuisine. Julien courut s'accrocher au tablier de la vieille femme, laquelle éclata aussitôt en sanglots. Affolé, il l'imita, tandis que Camille, livide, s'écartait. On parla de ramener le corps. La fermière se ressaisit ; elle s'efforça d'apaiser l'enfant qui partit à hurler lorsque fut soulevé le cadavre aux bras ballants de sa mère. Le fil du collier se brisa à ce moment et la fermière s'empressa de ramasser les perles rouges.

Camille s'était réfugié dans la bibliothèque, abandonnant à sa mère le soin de régler les détails pratiques des obsèques. Elle ne lésinerait pas pour sa servante. Il s'affala dans un fauteuil ; hébété, impuissant à repousser les questions, il se noya dans les souvenirs. Quel âge avait Marie, vingt-six, vingt-sept ans ? Elle en comptait à peine quatorze quand elle s'était présentée à la ferme pour réclamer de l'ouvrage. Les premières semaines, il ne s'était guère soucié de cette gamine venue d'un hameau voisin. Comment oublier l'acte de naissance de son amour : accouru dans la cuisine aux cris de stupeur de la fermière, il la vit au milieu d'autres personnes pétrifiées, devant un monceau de pommes de terre. L'expression de la jeune fille restait inscrite en lui : un papillonnement du regard, mêlé d'effroi et de surprise. Camille avait déjà rencontré cet air chez un somnambule réveillé en sursaut. Chez les chats également lorsque, opiniâtres, ils font le simulacre d'enterrer leurs traces. Un événement se joue en eux, à leur insu. Camille s'était attardé pendant que la fermière et Marie réparaient les dégâts. De retour dans son refuge, il rêvera longtemps à l'étrange scène, sans se méfier, ignorant que l'amour peut naître de l'acharnement à percer le secret d'un geste, d'une parole, d'un regard. En traînant de gauche à droite, il avait pu constater que la servante était l'objet de moqueries. Les jeunes gens la fuyaient. Cela ne diminua pas son attention pour elle, bien au contraire : on ne la lui prendrait pas. Il plaida, lui qui pouvait demeurer plusieurs jours sans remarquer le départ d'un employé, pour que Marie restât auprès d'eux. De toute façon la fermière était décidée à garder la jeune fille.

De ce temps datait sa vigilance inquiète. Qui étaient les Granville ? La fermière qui connaissait l'histoire de chaque famille des environs lui apprit à quelle lignée d'alcooliques appartenait Marie. Les attardés ne s'y comptaient plus. Par miracle, la jeune fille déchiffrait les mots, se débrouillait pour les dix premiers nombres grâce aux doigts de la main, s'égarait au-delà et repartait à zéro avec une résignation têtue. Lorsque Camille se tournait vers elle, il ne trouvait rien de plus à comprendre : c'était la jeune fille la plus distante qu'il eût connue et peut-être aussi la plus égale. Marie était exclusivement occupée à ordonner ses tâches dans un bonheur solitaire et tranquille.

21

Un jour, je serai morte pour l'éternité et rien jamais n'aura eu lieu, je n'en prends pas mon parti et m'obstine à tour-

ner en rond de crainte que l'essentiel ne m'échappe. Depuis toujours, je vis dans l'univers pétrifié de la fatalité, l'ensorcellement originel. J'aimerais que mon existence se résorbe en une image unique, comme chez ces héros de Barbey d'Aurevilly réunis après quelque désastre pour des incantations silencieuses, superbes toqués prêts à mourir pour un emblème sans autre valeur que celle d'appartenir aux jours d'autrefois. Je rôde sans répit autour de cet acte suspect, ma conception, m'efforçant d'en exorciser l'intolérable disgrâce. A-t-il été heureux à l'annonce de sa paternité ? Je ne le crois pas. Trop averti, il l'a sans doute vue venir, fière et embarrassée de lui faire don de cette généreuse indélicatesse. À coup sûr, suis-je moi-même immunisée contre la maternité, tandis que la mort qui magnétise le monde ne cesse de m'égarer. Et j'avance dans un univers sans odeur ni saveur, un espace désertique où seule une hantise me serre de près. Que Dieu me préserve de toute aimable dégradation, mais qu'ai-je vraiment à craindre, sinon de finir en vieille toquée ? Aussi loin que je remonte, j'ai voulu leur perte, leur séparation. Elle aurait dû me noyer comme on noie les chatons, mais non, elle m'a choyée. Aucune de mes maladies n'a été gratuite, méchantes ruses pour réduire leur intimité à de la frilosité. Et mes pleurnicheries intempestives ! Un soir de réveillon où il l'a enlacée, l'air contraint, avant d'esquisser avec elle quelques pas de danse, j'ai soudain bondi de l'ombre de l'escalier, tirant sur un pan de sa robe de mousseline grège. Les vestiges de leur ancienne complicité me répugnaient autant que le simulacre qu'ils en affichaient. Il a écarté sa cavalière sans douceur pour me neutraliser. Expédiée dans ma chambre, je n'ai pas regimbé, je savais que j'avais réussi mon coup, qu'il ne danserait jamais plus avec elle. Les autres couples nous regardaient, gênés. Ils prévoyaient, j'imagine, la suite des événements. J'ai tenu mes promesses. Les autres renon-

cent toujours trop vite. Que vienne le temps où ma folie sera toute accomplie.

22

Pierre n'avait jamais connu son père, un inspecteur de police tué en service commandé alors que son épouse était enceinte. Une enfance austère entièrement vouée à la réussite scolaire ne l'avait pas disposé à l'indulgence. Lorsque l'assassin de René Vuillard fut arrêté, Pierre avait déjà huit ans. La veuve ce jour-là s'était approchée de son fils et l'avait embrassé, les yeux humides : « Je vais enfin pouvoir dormir de nouveau, lui avait-elle dit. Lui mort et l'autre libre, c'était trop cruel. » Quelques mois plus tard, le condamné reçut une lettre signée Paule Vuillard : « Monsieur, je ne vous hais plus depuis que je sais que vous allez payer votre crime. Je vous souhaite de mourir courageusement, réconcilié avec Dieu et les hommes. » Le jour de l'exécution, elle brûla deux cierges, l'un pour son époux, l'autre pour le supplicié.

Dotée d'une modeste pension d'État, Paule Vuillard n'hésita pas à faire des travaux de couture à domicile. Elle devint la confidente de ses clientes, des femmes du quartier toujours à se plaindre de leur mari. Madame Vuillard, prisonnière de son bonheur brisé, les écoutait patiemment. Elle aimait et respectait son fils, attendant en retour qu'il exigeât beaucoup de lui-même. Il fit davantage, il obéit avec adoration à cette mère qui lui montrait le chemin : « N'oublie jamais que tout homme est prince et que tu n'as de compte à rendre qu'à toi-même. »

Ils habitaient dans le quartier du Marais un deux-pièces exigu perché au cinquième étage, mais qui recevait à flots la lumière du jour. Ils s'entendaient bien, attentifs à préserver leur pudeur dans la promiscuité. Pierre en garda un orgueil qui se retourna souvent en mépris contre les facilités qu'offre le confort. Ils redoublaient de réserve l'un à l'égard de l'autre, conscients de l'absence du père et de l'époux. Elle ne nommait que rarement ce dernier mais ses vêtements de deuil s'accordaient avec sa gravité mélancolique et les mots « destin », « fatalité » émaillaient sa conversation.

Paule était née dans un village des Pyrénées d'une mère française et d'un père espagnol, lequel éduqua ses enfants avec des principes. L'équilibre de la société, estimait ce dernier, repose sur l'honneur des hommes et la vertu des femmes. En conséquence, il surveillait sans répit ses deux filles qui se pliaient à sa tyrannie sans manifester le moindre signe de rébellion. Il leur enseigna que la réputation d'une jeune fille, « son bien le plus précieux », devait passer avant le souci de sa beauté. Paule raconta à son fils, devenu adolescent, ce père qu'elle n'avait jamais aimé mais dont les exigences l'accompagnaient au plus profond de sa solitude. « C'était une autre époque. Ma sœur et moi n'avions pas le droit de sortir sans chaperon. Ma mère ou une voisine nous escortaient partout dans les bals, les fêtes, tous les lieux où les jeunes s'amusent et espèrent rencontrer l'amour. J'étais belle mais ma sœur l'était avec quelque chose en plus, elle avait les yeux verts dans un pays où les filles les ont foncés. On la croyait sage mais nous avions toutes l'air sage, impossible de faire autrement, trop de choses étaient en jeu, c'était un devoir sinon une mission. » Pierre aimait la manière mesurée qu'avait sa mère d'en penser long sous le respect des convenances. Les interminables veillées de sa vie sans homme, elle les passait à lire les romans de la littérature classique. « Ils m'ont appris à connaître la vie que je n'ai pas eue », lui confia-t-elle un jour.

Paule proposa à son fils une tasse de thé, s'en servit une qu'elle but à petites gorgées tout en poursuivant son récit : « Elle était très obéissante et notre père la préférait. Notre mère lui reprochait un peu son manque de caractère. Moi, j'aimais sa gentillesse, sa bonne humeur. Peut-être étais-je un peu jalouse de ses succès. Elle s'était fiancée à un garçon d'un village proche et déclara attendre sa majorité pour se marier. Cette première manifestation de volonté n'étonna cependant personne. Notre père n'était pas trop désireux de la voir partir et ma mère déplorait la personnalité falote du jeune homme… Le jour où l'on fêta ses vingt et un ans, elle me parut plus belle que d'ordinaire, ses yeux brillaient d'un éclat insolite et elle souriait d'un air entendu. Je ne savais trop quoi penser. Son fiancé la regardait plus béatement que jamais. Je pressentais qu'il n'était pour rien dans l'expression forte et mystérieuse qui durcissait le regard de ma sœur. Tu te demandes pourquoi je te raconte tout ça mais, vois-tu, je crois que tu me connaîtras mieux après. Nous sommes tous allés nous coucher vers minuit. Le lendemain, elle avait disparu. Pas la moindre trace. Nous étions atterrés. Mon père lança des avis de recherche. Quelques semaines plus tard, nous apprîmes qu'un riche propriétaire des environs, après de multiples infidélités, avait déserté le domicile conjugal dans les temps où ma sœur avait disparu. Mon père sauta sur cette piste et obtint de l'épouse abandonnée l'adresse des fugitifs. Ils résidaient dans une petite ville située à une centaine de kilomètres de chez nous. Il partit un matin. Ma mère et moi l'attendîmes trois jours. Il revint au soir du troisième, le visage défait, s'affala sur une chaise sans prononcer une parole. Ma mère lui proposa de dîner, ce qu'il fit, toujours dans le plus complet silence. Alors qu'il se levait de table, j'osai l'interroger : l'avait-il vue ? Il tressaillit et parut longtemps chercher ses mots. Nous attendîmes, le cœur battant, à peine surprises quand il lança : « Oui, je l'ai vue, mais elle m'a regardé avec des yeux d'aveugle. » Ma mère éclata en sanglots. Je ne dormis pas cette nuit-là. Je tournais et retournais une question dans ma tête : pourquoi nous avait-elle reniés après toutes ces années de tendresse ? Je voulais croire qu'elle avait honte, que ses sentiments à notre égard n'étaient pas en cause : je l'avais connue trop bonne. Mais je n'en suis plus sûre. Mon père était malade de chagrin et d'humiliation. Il n'était plus le même. Il n'avait aimé personne autant que sa fille et elle l'avait regardé avec des yeux d'aveugle. Il commença par chasser le fiancé éploré, cette autre dupe, et s'efforça d'oublier. Je ne sais s'il y parvint. Il ne parlait jamais d'elle. Il se désintéressa aussi de moi. Les gens jasaient et je ne voulais plus sortir. Il m'arrivait dans mon désœuvrement d'ouvrir l'armoire et de contempler les toilettes de ma sœur. Elle me manquait. Ma mère insistait pour que j'aille au bal mais je m'entêtais. Je gagnais ma vie en faisant de la couture et comme je ne dépensais rien j'eus bientôt un petit pécule. Cela dura quelques années… »

Curieux de sa mère, Pierre ne l'interrogeait jamais. Il se contentait d'écouter ce qu'elle voulait bien lui raconter. Les récits ne lui semblaient pas faits pour être interrompus mais pour être reçus de la même manière que s'ils avaient été lus, en silence. Ainsi retenaient-ils un peu de leur mystère.

Lorsqu'il s'inscrivit à la faculté de médecine, Pierre savait qu'il n'avait pas de temps à perdre et se tint à distance des étudiants qu'il côtoyait dans les amphithéâtres. Pour lui, rien n'était gagné, il voulait aller loin, sans être assuré d'y parvenir. Afin d'oublier les aléas futurs, il travailla sans répit et se concentra sur chaque acquisition comme sur une fin en soi. Il ne pouvait imaginer une existence qui ne le mènerait nulle part. Il s'isola, se désintéressa des affaires du monde et fut pris au dépourvu par les événements de l'été 1914.

En campagne, jamais la pensée de sa propre mort ne le traversa. Il sortirait indemne de cet enfer mais l'oisiveté l'angoissait. Jusqu'à la guerre, sa vie lui était apparue comme une lente ascension et maintenant il était réduit à ronger son frein. Rebuté par le patriotisme obtus de ses compagnons d'armes, il récusa jusqu'à la solidarité du péril. Affecté au service médical, il fut expédié en 1915 dans les Dardanelles. Là, il se lia avec un jeune homme dont le mutisme lui inspira confiance. Il s'agissait du fils d'un patron de clinique installé dans le Cotentin.

Les deux camarades se promenaient dans les rues de Salonique, curieux des filles orientales. Ils en vinrent aux confidences. Jean parlait souvent de sa sœur Lucile. Pierre l'imaginait frêle, éthérée, sans doute un peu mièvre. Jean évoquait aussi sa peur de ne pas sortir vivant du carnage. Superstitieux, Pierre ne répondait pas.

Après la démobilisation, ils s'écrivirent et se retrouvèrent pour quelques jours dans la demeure familiale de Jean. Construite en pierre de mer sur deux étages et ombragée par les arbres centenaires d'un vaste jardin, c'était une propriété ancienne en retrait de la ville, à une dizaine de kilomètres des bords de mer. Dans la pénombre du salon, Lucile s'avança avec lenteur. Son frère la présenta à Pierre. Elle esquissa un sourire crispé. Ses traits menus et lisses, sa chevelure coiffée en bandeaux contrastaient avec ses yeux éclairés par intermittence d'une lueur anxieuse. Le regard alors se resserrait tandis qu'elle semblait au supplice.

Pierre l'ignora les premiers jours. Ils se rendaient tous les trois sur la plage. Lucile dénudait ses pieds avec des gestes gauches et se dirigeait à petits pas vers la mer. Les bonnes manières lui tenaient lieu de contenance. Lorsqu'au retour d'une promenade sur la jetée, Pierre se risqua à la questionner sur elle-même, elle sursauta comme une enfant prise en faute. Il enregistra alors la mimique qui accompagnait chacun de ses embarras : la tête fléchie en arrière, elle écarquillait un peu les yeux tout en imprimant un léger frémissement à ses narines. Elle était bien trop délicate à son goût ; sa propension à ne s'habiller que de blanc l'agaçait comme une ruse maladroite. Cependant il aimait sa voix lente et ressentait jusqu'au trouble sa présence. Ils visitèrent la région : La Hague, Cherbourg, la pointe d'Agon. Le littoral plaisait à Pierre qui parfois s'y hasardait seul afin de le connaître mieux.

Mal remis de la guerre, Jean considérait l'avenir sans enthousiasme. Lucile, inquiète, lui prenait la main lorsqu'ils flânaient dans le parc de la propriété, s'asseyaient sur la pelouse et se chuchotaient leurs craintes. En tiers exclu, Pierre se demandait s'il préférerait être le frère ou l'amant de Lucile. Un samedi soir, ils se rendirent ensemble au bal, Pierre devait repartir le surlendemain pour Paris et l'imminence de son départ accentuait son embarras. Installés à une petite table, ils regardèrent évoluer les couples dans la salle. On leur jeta des confettis. Ils rirent sans joie. Un serveur s'approcha pour la commande. Pierre voulut rompre la glace et invita Lucile à danser. Lorsqu'il l'enlaça, il la sentit se raidir mais elle souriait de gaieté enfantine en tournoyant. Après quelques tours de piste, il la prit par le bras pour la ramener. Jean boudait de son côté ; des cernes bleuissaient ses traits amaigris. La fête avait perdu de son éclat. Ils se taisaient. D'un geste involontaire, Pierre renversa son verre sur la robe de Lucile. Elle en parut très affectée, ce qui irrita le jeune homme. Il présenta ses excuses, le visage fermé. Elle se dérida, ne voulant pas le perdre si vite.

Songeur, Pierre dormit mal cette nuit-là. Il ne savait comment interpréter la vulnérabilité maniérée de Lucile, ses retraits brusques. Il connaissait assez peu les femmes et assimilait volontiers celles qu'il désirait au monde futile des étoffes froissées tandis que l'orgueilleuse chasteté de sa mère lui en imposait. Au matin, il se promenait dans le parc quand des voix venues du kiosque l'arrêtèrent. Il retint son souffle.

— Je serais désolé si tu devenais trop intime avec lui. Il est mon ami et…

Jean semblait peser chaque mot.

— Et si je devenais intime avec lui, que ferais-tu ?

— Je cesserais de le voir.

— Autrement dit, vos relations dépendent de mon bon vouloir.

Son ton assuré lorsqu'elle parlait en aparté avec son frère étonna Pierre. Qu'il puisse être un enjeu affectif l'ennuyait autant que leurs complications sentimentales le déroutaient.

Seul Jean l'accompagna à la gare. Rencogné dans le fond du compartiment, Pierre faisait le point, résolu à espacer ses rencontres avec son camarade. Il reprit ses cours à la faculté et s'y absorba de nouveau complètement. Une mauvaise grippe s'était infiltrée dans le pays. Dans les rues, on se transmettait les dernières nouvelles : le mal avait frappé tel proche, telle connaissance. La paix se présentait sous de tristes auspices et les rues mornes murmuraient le secret des chambres closes où agonisaient des êtres égarés dans un ailleurs incertain. Pierre reçut une lettre de Lucile qui lui apprenait la mort de son frère, victime de l'épidémie. Atterré, il se libéra afin d'assister aux funérailles.

Arrivé à la nuit tombante, des parents éplorés l'accueillirent. Le père lui pressa la main, la mère le retint dans ses bras et le conduisit dans sa chambre. Il y déposa ses affaires. Peu de mots furent échangés. La mise en bière devait avoir lieu le lendemain. Pierre demanda à voir la dépouille de son ami. Lucile veillait dans la pièce mortuaire. Elle le salua du bout des lèvres. Des cierges éclairaient le lit où reposait le défunt dont le visage exprimait une vague menace. Pierre ne s'attarda pas.

Au matin, il revit les parents et la jeune fille au milieu d'inconnus. La mère ne cessait de remonter une mèche rebelle qui inexorablement retombait sur sa tempe. Elle acquiesça sans fléchir lorsque les employés des pompes funèbres lui demandèrent la permission de déposer le corps dans le cercueil. Alors, ils s'affairèrent avec des gestes précautionneux. Lucile, recouverte d'un long voile noir, les yeux rivés au sol, pleurait en silence. Ses larmes mouillèrent le cuir de ses chaussures. Pierre remarqua que le chagrin disloquait un peu sa silhouette comme rendue à l'enfance. Au cimetière, il dut lui remettre une des roses destinées à la fosse. Elle s'effondra sur sa poitrine, il l'entoura par les épaules et lui prit le bras sur le chemin du retour. Cette circonstance scella leur accord. Elle était désormais sa fiancée, bien qu'ils n'en eussent jamais parlé. Dans d'interminables épîtres, elle lui racontait sa souffrance, ses souvenirs, la complicité qui la liait à son frère, sa solitude lorsqu'elle avait été en âge d'être courtisée et que les jeunes gens étaient sous les drapeaux. Elle n'espérait plus qu'en Pierre. Elle lui en faisait serment. Il était gêné par l'expression intarissable de cette mélancolie, mais l'exemple de sa propre mère qui dépérissait sans jamais se plaindre le désarmait tout autant. Il voulut la protéger et leurs fiançailles furent un long deuil.

Il la retrouvait aux vacances, appréciait son air attentif quand il lui confiait ses ambitions. Il ne la désirait pas vraiment ou plutôt dans la perspective d'une satisfaction différée. Alors que les lettres de Lucile exprimaient essentiellement son affectivité, sa conversation révélait davantage une demoiselle consciente d'appartenir à la bonne société. Sans hâte, il apprenait à la connaître. Elle gagnait en assurance et n'avait plus l'air traqué. Assise en sa compagnie dans un fauteuil du salon, elle se laissait apprivoiser. Il remarqua qu'elle avait raccourci ses jupes et participait en femme à cet art consommé pour tirer avantage des ressources qu'offre la mode sans jamais la devancer. Les parents approuvaient leur relation. Le jeune homme offrait toute garantie : un étudiant doué, tenace, qui, soutenu, réussirait brillamment.

Les années passaient. Pierre vivait dans l'univers aride et exaltant d'une ambition qui se concrétisait au fur et à mesure de ses efforts. Son existence lui convenait pour sa sobriété et il appréciait que Lucile fût sa fiancée comme il aimait que sa mère fût sa mère.

Lucile fit la connaissance de celle-ci quand elle vint à Paris. Leurs rencontres furent empreintes de courtoisie mais une gêne s'insinua. Elle retrouvait chez madame Vuillard les mêmes yeux noirs enfoncés dans leur orbite que son fiancé et en éprouva du malaise. De retour au bercail, elle oublia la mère et écrivit de nouveau de longues épîtres au fils. Il accompagnait les siennes de colifichets confectionnés par Paule, dont la jeune fille se parait avec réticence.

Pierre entrait dans sa vingt-neuvième année lorsqu'ils se marièrent. Titulaire d'un poste assez mal rétribué à l'hôpital de la Salpêtrière, il poursuivait en interne des études de neurologie. La jeune femme souffrait de la modicité de leurs moyens, son époux refusant toute aide financière de la part de ses beaux-parents. Lucile n'eut qu'à s'incliner devant ce qu'elle qualifiait d'orgueil forcené et se contenta de l'appartement exigu d'un immeuble de l'avenue des Gobelins. Cette provinciale déconcertée qui se promenait dans des rues où nul ne la reconnaissait n'avait plus qu'un compagnon peu disponible comme repère. Déchue de ses prérogatives, destabilisée, elle fut bientôt enceinte et suivit d'un œil vigilant l'épaississement de sa taille. Elle accoucha un jour d'avril de jumelles dont une seule était viable. Son affliction fut vive d'apprendre qu'elle avait enfanté la mort. Elle en négligea la survivante les premières semaines. Madame Vuillard venait tous les matins donner le biberon à la petite Marianne, la sollicitant de cent façons afin qu'elle daignât garder les yeux ouverts. Le père se penchait sur le berceau pour contempler sa fille. La grand-mère riait, heureuse de les voir réunis. Lucile, alitée, se morfondait en l'entendant s'exclamer : « Elle a tes yeux ! »

Elle se remit avec difficulté de son accouchement. Ses règles durèrent si longtemps qu'elles parurent ne devoir jamais finir. La vie la désertait à petit feu et son intimité avec Pierre revêtit un masque mortuaire. Tandis qu'elle déambulait, louve solitaire, dans l'appartement sombre, madame Vuillard s'extasiait des progrès de Marianne. Le jour où la grand-mère dut se rendre au chevet d'une amie malade, Lucile, contrainte de réagir, reprit en main la gestion de son ménage. Elle le fit avec un soin maniaque, sans jamais goûter les moments de répit que donne un sentiment heureux. Elle eût aimé que Pierre partageât son deuil : la défiance qu'il dissimulait si mal provoqua à l'inverse sa rancœur. Elle serra dans le fond d'un coffre les bijoux offerts aux temps de leurs fiançailles, décidée à ne plus les porter. Il lui arrivait, quand la solitude l'étouffait, d'aller contempler ces gages d'une époque révolue n'évoquant plus pour elle que les liens de la mère et du fils.

Marianne grandissait avec des trépignements impatients, s'interposait en toute circonstance entre ses parents et ne tolérait rien qui pût ressembler entre eux à un accord. Indomptable, elle pouvait pleurer des heures durant, hurler à perdre haleine, proférer des menaces, démolir ce qui s'offrait à sa vue, puis s'affaisser à bout de forces pour émerger de sa torpeur gaie comme un pinson ou encore repartir de plus belle dans les cris et les larmes : le monde ne lui était que ténèbres ou lumière. Lorsque son père rentrait le soir, il allait aussitôt la voir dans son lit noyé de mousseline blanche. Elle guettait son arrivée, ou se réveillait tout sourires d'un sommeil agité. Il la soulevait, l'embrassait avec douceur, en proie à un sentiment nouveau, celui que vous inspire un être qui vous appartient sans réserve. Madame Vuillard mère l'aimait presque ainsi ; équivoque, elle servait dans le silence la mémoire d'un disparu. Quant à son épouse, quelle place au juste occupait-il dans son cœur souffreteux ?

Marianne grandit et embellit. Sa mère la coiffait d'anglaises que la fillette se plaisait à défaire en plaçant sa tête sous le robinet. Lucile ne savait plus à quel saint se vouer, convaincue qu'elle expiait la mort de son autre enfant. Un soir, Pierre assista à une algarade si violente entre la mère et la fille qu'il traîna l'enfant prise d'un accès de rage, hurlante, dans sa chambre. Elle se débattait comme un beau diable. Soudain, elle se calma, le défia du regard et il la vit ôter sa culotte et uriner à même le parquet. Il fut si interloqué qu'il demeura un instant muet avant d'exiger qu'elle réparât les dégâts. Bouleversé, il l'examinait tandis qu'elle était en train d'éponger avec une serpillière le liquide répandu dans quelques rainures du sol. Marianne s'appliquait à la tâche. Elle alla rincer le chiffon puis revint sur les lieux du crime, soucieuse d'en effacer les traces. Inspirée par un zèle de pénitente, elle proposa même d'encaustiquer le plancher. Sa mère refusa. L'enfant éclata en sanglots, livrée de nouveau à l'angoisse sans fond.

À l'extérieur, les Vuillard avaient toutes les raisons d'être fiers de leur fille et Pierre s'enorgueillissait de la beauté, de l'intarissable énergie, de l'intelligence de Marianne et de sa volonté d'être en toute occasion la première.

Le père de Lucile prit sa retraite et émigra avec son épouse dans le Midi, laissant à son gendre la direction de ses affaires. Ils iraient tous les trois s'installer dans la demeure familiale. Lucile exultait et Marianne cabriolait à l'idée de retrouver les filles de la libraire, Solange surtout avec qui elle aimait occuper ses vacances. Dès lors, Pierre se partagea entre la clinique et l'hôpital parisien de la Salpêtrière. Son existence était pleine à craquer mais ce rythme le satisfaisait. Il ambitionnait une chaire et ne fit plus que de brèves apparitions dans son foyer. Le détachement de Pierre pour sa femme était désormais accompli ; il lui convenait de la rencontrer le moins possible. Lucile ne remarqua rien, heureuse d'appartenir de nouveau aux lieux de sa jeunesse. Elle espérait y retrouver ses privilèges perdus lors des huit années vécues dans la capitale. Mariée à un homme brillant, elle voulut offrir une réception afin de renouer avec ses anciennes connaissances. Depuis son retour, loin des parages de sa belle-mère, elle se sentait une vocation de maîtresse de maison.

Marianne sur ses pas, elle inspecta les grandes pièces ombragées par les arbres du jardin. Elle se désola des tapisseries défraîchies du hall et du salon et décida de les changer au plus vite. Pierre, indifférent au décor dans lequel il vivait, la laisserait agir à sa guise. Il s'était déjà aménagé un bureau au fond du couloir du rez-de-chaussée.

Elle envoya les cartes d'invitation, le cœur plein d'espoir. C'était le début de l'été et elle pourrait dresser un buffet non loin du kiosque, l'unique coin ensoleillé du parc. Le jour venu, les invités commencèrent d'arriver au milieu de l'après-midi. Les femmes arboraient des toilettes légères sous le regard évasif des hommes qui ressemblaient à des communiants dans leur costume impeccable. On se congratulait de part et d'autre et Pierre s'efforçait de faire bonne figure parmi cette assemblée empesée. Lucile revit les Laribière. Madeleine semblait toujours aussi niaise. Simon, leur fils âgé d'une dizaine d'années, les accompagnait, l'air maussade. Sa présence réveilla les mauvais instincts de Marianne qui, présentations faites, inventa des grimaces dans son dos. Pierre la menaça d'une sieste. Elle lui tira la langue. Il éluda : ce n'était pas le moment de provoquer un drame domestique.

Madame Lamaury se présenta bientôt, flanquée d'un époux fantôme et de deux ravissantes fillettes : Michelle, embarrassée par sa grande taille mais rayonnante de blondeur, et Solange, précieuse et rougissante. Michelle engagea sans ambages la conversation avec Simon qui lui répondait de mauvaise grâce. Solange les épiait avec admiration, un peu honteuse. Marianne l'entraîna à l'écart : on serait mieux pour se moquer des autres. En discussion avec Jacques Laribière, Pierre fut distrait par l'entrée des Darban. Hélène surtout retint son attention. Un tailleur strict accentuait l'élégance de sa ligne ; une capeline dissimulait en partie son visage. Jacques suivit du regard les yeux de son interlocuteur, comprit et se résigna. Pierre se dirigea vers le couple. Sur ses gardes, le procureur jeta un regard venimeux à son hôte, lequel s'appliquait à masquer son trouble. Ils furent rejoints à petits pas par Lucile que la présence de madame Darban intimidait. Revenue du fond du jardin, Madeleine accapara Hélène. Sur la pelouse, Marianne remarqua le regard de son père qui s'attardait sur la belle dame. Elle secoua son déplaisir en se roulant dans l'herbe, les jambes en l'air, la culotte découverte. Lucile intervint. Elle vit qu'Hélène s'amusait des mauvaises manières de l'enfant et l'en détesta davantage. Elle haïssait déjà pour sa beauté et sa réputation cette fille de commerçant enrichi qui affichait des airs de reine. Sans cesser de bavarder avec l'avocat, Pierre observait la scène. Il devina le détachement de madame Darban, la seule parmi les invitées à ne pas veiller au grain.

La maîtresse de maison jugea qu'il était temps de se restaurer. Les serveurs débouchèrent le champagne, découpèrent les tartes, offrirent des jus de fruits aux enfants qui lorgnaient la pièce montée. Des truffes, des marrons glacés, des chocolats à la liqueur circulèrent entre les mains de fillettes et de garçonnets trépignant de convoitise. Les mères inquiètes menacèrent leur progéniture des pires maux.

Pierre chercha des yeux Marianne dont il appréhendait les initiatives. La fillette avait entraîné sa camarade dans une course endiablée qui les avait laissées pantelantes. Assises sous un arbre, elles devisaient à tort et à travers. Solange admirait à haute voix la toilette des dames, un ensemble bariolé de voilettes arachnéennes, d'étoffes soyeuses, étincelantes, et se promettait d'en porter d'identiques. Marianne se renfrogna, sa mère avait toutes les peines du monde à l'habiller de fanfreluches. De sa robe de dentelle ne demeurait pour l'heure qu'un chiffon déchiré et maculé de terre. Son mutisme fit taire sa compagne qui regarda en direction des messieurs, soudain attentive, les sourcils froncés. Elle déclara tout à trac : « Je préfère mon papa, le tien, il a l'air méchant. » Marianne qui mijotait un coup vengeur se saisit de l'occasion et répliqua : « Et le tien, il a l'air d'un idiot », tout en aplatissant sa paume salie sur le nez délicat de l'étourdie. La victime, en larmes, les narines sanguinolentes, beugla. Les mères respectives se précipitèrent. La coupable reçut une gifle. Solange fut essuyée, enduite de mercurochrome avec force consolations. Simon, qui s'était tenu en retrait tout l'après-midi, jaugeait sans aménité cette chose couverte de dentelle, bouclée et reniflante, tour à tour violentée et choyée.

Dans la soirée, Pierre alla chercher sa fille qui, allongée sur un banc, pleurait en silence. Elle regrettait amèrement sa conduite. Si elle continuait ainsi, Solange qu'elle aimait tant ne voudrait plus jouer avec elle. Pierre la serra à l'étouffer, la souleva pour la porter dans sa chambre. Le ciel étoilé les éclairait et elle s'accrocha à son cou comme si elle avait craint qu'il ne la lâchât. Il la déshabilla, la revêtit de sa chemise et la déposa avec précaution sur son lit en l'enjoignant de dormir. Elle s'abandonnait, retenant son souffle, heureuse de lui obéir, et son cœur se gonfla de tristesse lorsqu'il la quitta. Il éteignit et sortit, l'esprit submergé d'appréhension.

23

Étendue sur une bergère dans une robe d'intérieur gorge-de-pigeon, Hélène lisait une publication récente. Sa pensée alanguie rôdait autour du souvenir de Pierre Vuillard. Elle aimait cet état de nonchalance rêveuse où s'engloutissait son existence. D'ailleurs, elle le cultivait et dédaignait les femmes occupées à régir leur foyer comme s'il se fut agi d'un empire.

Elle avait été mariée à vingt ans par un père craint à un procureur, son aîné de quelques années. Aujourd'hui, elle ne redoutait plus personne et s'amusait à longueur de jours. Elle avait été une jeune fille docile, studieuse et taciturne ; le mariage avait fait d'elle une femme désinvolte, brillante, désireuse de plaire aux hommes et de plaire tout court. Le soir de ses noces avait marqué un tournant dans sa vie. Lorsque son époux l'eut rejointe dans la chambre où elle l'attendait, le cœur et la tête vides, elle prit conscience en un éclair de ce qui allait lui arriver et les longues années de soumission filiale volèrent en éclats dans un accès d'épouvante. Sitôt entré, le procureur éteignit et s'approcha du lit, incertain dans la clarté lunaire. C'est au bord de l'évanouissement qu'elle se redressa alors et cria presque : « Si vous me touchez, je raconterai à tout le monde que vous avez tous les vices ! » Penaud, il tourna les talons. Hélène, qui s'apprêtait à résister, demeura interdite devant la retraite de son mari. Elle passa la nuit sans dormir, essayant d'imaginer ce que serait son existence auprès de cet inconnu. Immobile, elle considérait le frémissement du feuillage à travers la fenêtre et s'abandonnait à l'effarement d'être soi, timide impression qui la laissait au seuil d'une joie secrète.

Le lendemain, lorsqu'il reparut l'air embarrassé, elle ne prit pas la peine de se justifier mais s'efforça de le mettre à l'aise, devinant qu'elle le mènerait par le bout du nez. Cette victoire n'apprit pas seulement à Hélène qu'elle n'avait rien à craindre de son époux mais aussi que l'on pouvait refuser un devoir sans fatalement encourir la foudre. Elle en prit assez d'assurance pour conduire sa vie à sa guise. Elle se mit même à aimer assez bien son compagnon, si attentif à satisfaire ses caprices, pour se laisser déflorer sans trop de dégoût. Son indépendance nouvelle, sa jeunesse la comblaient et elle montait souvent à Paris chez des parents indulgents qui ne surveillaient pas ses allées et venues. Très belle, les hommes la recherchaient et il se trouva parmi eux deux ou trois amoureux empressés dont elle contenta, sans façons, les désirs. Le plaisir la rejetait, heureuse, dans un monde flottant et il lui arrivait d'éprouver la nostalgie des contours nets de son adolescence. Un matin, le procureur avait surgi dans sa chambre, en la priant de bien vouloir lui pardonner de la déranger si tôt, et lui remit une invitation des Vuillard. Ce qu'elle avait pu apprendre de Pierre suscitait déjà son intérêt : un Parisien d'origine modeste qui avait su gagner la confiance des Vermont et convoler avec leur fille unique, avec en perspective un bel héritage pour cet ambitieux insolvable. Hélène s'était rendue à la réception, l'esprit en alerte, et avait senti à plusieurs reprises le regard de Pierre sur sa silhouette au cours de l'après-midi.

Hélène se leva de sa bergère, alla se poster devant la croisée et contempla les taches d'or du soleil sur la pelouse. L'irruption bruyante de son fils accompagné d'une domestique l'arracha à sa rêverie. L'enfant sauta dans ses bras avec véhémence, le cœur lourd de reproches : « Hier, tu n'es pas venue m'embrasser dans mon lit. » Il la regardait, soupçonneux, mais elle le fit virevolter en riant. Il s'esclaffa, aux anges. La domestique attendait la fin de leurs effusions. Le pincement de ses lèvres exprimait sa réprobation, sa patronne lui semblait une mère bien suspecte : soyeuse, nonchalante, parfumée dès le saut du lit. D'ailleurs, déjà lasse, Hélène adoucit sa voix et encouragea son fils à aller faire des pâtés dans le bac à sable, le consolant d'une promesse : « Ce soir, j'irai te raconter une belle histoire. » Il n'insista pas, conscient de son impuissance à l'intéresser davantage.

Elle alluma une cigarette. Le désœuvrement avait fait d'elle une fumeuse frénétique. Son mari l'avait priée de ne pas fumer en public et elle tenait compte de son désir. En revanche, lorsqu'elle se retrouvait seule, elle brûlait cigarette sur cigarette pour rythmer les jeux de son imagination. Elle déambulait de long en large, secouant la cendre au hasard des cendriers sur la commode, la coiffeuse, le guéridon. La jeune femme aimait se calfeutrer dans les volutes et la domestique attendait qu'elle fût sortie pour ouvrir toutes grandes les fenêtres et remettre de l'ordre, en vouant aux gémonies celles qui ne savent rien faire d'autre que dilapider leur temps.

Hélène était déterminée à risquer une aventure avec Pierre Vuillard mais elle n'était pas sûre qu'il osât s'y engager si elle ne lui en donnait pas l'occasion, alors elle tirait des plans, se donnait du cœur en manigançant des artifices mais se morfondait déjà de ne pas être assurée de le revoir prochainement. Ni timide ni désinvolte, il devait accorder aux femmes la portion congrue. Le souvenir de Lucile, épouse étiolée, la convainquit que celle-ci n'était pas un obstacle.

Pierre Vuillard était retourné à ses travaux et à sa maîtresse épisodique, une secrétaire médicale qui l'admirait éperdument et ambitionnait de se faire épouser. Il évoquait souvent le souvenir de madame Darban et prêtait attention aux médisances de Lucile : « Elle ne fait rien de la journée, sinon lire et fumer. » Son épouse lui apprit aussi qu'elle séjournait seule à Paris plusieurs jours par mois ; elle eut toutefois la prudence de ne faire aucune allusion à ses prétendues infidélités. Mais pour Pierre, l'indépendance et la beauté de cette femme ne pouvaient que susciter les sollicitations masculines. En tenait-elle compte ? Les scrupules ne l'embarrassaient certainement pas. Peut-être était-elle de celles qui se satisfont de l'admiration des hommes. Il passa en revue ses quelques liaisons à ce jour et s'irrita du peu qu'il en savait. Il se souvenait de sa propre gêne la première fois qu'il avait tenu Lucile nue dans ses bras. L'âme endolorie de sa compagne les avait séparés. D'ailleurs, il ne regrettait rien. Il revoyait Hélène lors de la réception. Elle s'était entretenue avec l'avocat, avait écouté gentiment madame Laribière. Il aimait son visage lisse aux lignes décidées et son regard opaque. Comment la rencontrer de nouveau en dehors du cercle de leurs relations ? À trente-sept ans, hormis Marianne et sa mère, personne ne l'avait jamais vraiment habité. Ce désintérêt pour les êtres lui inspirait soudainement un sentiment de vacuité.

Quelques semaines plus tard, le procureur frappa deux coups discrets à la porte verrouillée de la chambre de son épouse. Hélène, revenue la veille au soir de la capitale, essayait de nouvelles toilettes choisies dans les meilleures boutiques de prêt-à-porter : une robe couleur de flamme, échancrée dans le dos, un foulard voluptueux, des sandales hautes – le cuir en était magnifique, lustré de reflets fauves. Elle sursauta, dérangée, jeta le foulard loin d'elle et alla ouvrir à contrecœur. Il lui déposa un baiser crispé sur le front auquel elle répondit par un baiser sec sur la joue. Le procureur fit quelques pas avant de rompre le silence : « J'aurais dû attendre votre retour hier soir mais j'étais très fatigué et… avez-vous passé un bon séjour ? Paris doit être agréable à la belle saison quand ses habitants se retrouvent au bord de mer. »

Elle ne l'écoutait pas, concentrée sur le tic qui déformait la commissure droite de ses lèvres. Il l'observait à la dérobée. Elle avait changé, elle paraissait toujours sur le qui-vive et il croyait savoir depuis quand.

— Je suis venu vous proposer de rendre l'invitation aux Vuillard.

— Ah oui, pourquoi pas… Mon Dieu que toutes ces mondanités sont fastidieuses !

Elle écartait les mains en un geste d'ennui tandis qu'il la guettait. Elle ne le provoquait jamais, le trouvant trop peu séduisant pour avoir goût à se jouer de lui, et le laissait dans le doute alors qu'elle vaquait à ses occupations comme si de rien n'était.

L'amour sournois que son épouse inspirait au procureur n'était rien comparé à sa jalousie. Il avait remarqué l'intérêt de Vuillard et se rongeait les sangs. En quête de certitude, il pensait que les mettre en présence pourrait l'éclairer. L'esprit en émoi, maître Darban attendait, invoquait la preuve qui la confondrait et s'affolait lorsqu'il pensait que celle-ci pourrait se dérober ; mais plus étrange était sa morne déception lorsqu'il imaginait son épouse chaste. Il est un point sur lequel il se faisait beaucoup d'illusions : elle se moquait comme d'une guigne d'être ou non confondue et ne le ménageait que par apitoiement.

Hélène rangea ses affaires et prit le temps avant d'ajouter :

— Vous avez raison, plus vite cette corvée sera expédiée, mieux cela vaudra.

Elle lui décocha un large sourire qui ne perturba en rien la parfaite ordonnance de son visage.

Après mûres réflexions, deux cartons d'invitation furent expédiés : l'amabilité de Madeleine Laribière contrebalancerait avantageusement la mine rébarbative de Lucile Vuillard.

24

Assise à sa table de toilette, Lucile s'examinait sans indulgence. Les années ne l'avaient pas marquée mais le teint blafard et les cernes profonds donnaient à son regard une expression affamée. Elle évoquait la beauté éclatante d'Hélène et se morfondait au souvenir des jours où son frère lui lançait : « Tu es la plus belle. » Découragée, elle se poudra de blanc, étala sur ses pommettes une touche de rose. Elle n'osa pas allonger ses cils de crainte de durcir le reflet sombre de ses yeux. Sa lourde chevelure, striée de quelques fils argentés, s'était ternie et la coiffure en bandeaux la vieillissait mais elle ne s'aventura pas à torsader en hauteur ses longues mèches. Elle avait renié toute prétention à la séduction et ne se sentait en sûreté que dans l'austérité. Elle ouvrit son armoire pour inspecter sa garde-robe. Entre autres vêtements aux coloris ternes, sans conviction, elle opta pour un tailleur gris assorti d'un corsage et d'escarpins blancs.

Pierre s'impatientait dans le vestibule. Il lui trouva l'air maladif et s'agaça de la lueur inquiète de ses yeux. Elle marchait, agrippée à son sac. Sortie en trombe du salon, Marianne, toisant l'élégance de sa mère, demanda au couple chez qui il se rendait. Le nom de Darban la fit grimacer. Lucile lui recommanda de ne pas faire de bêtises. Elle haussa les épaules en dévisageant son père avec insistance.

Les Vuillard se présentèrent devant le portail en même temps que les Laribière. Madeleine embrassa Lucile qui se figea. Hélène les accueillit sur le perron. Après la fébrilité de l'attente, une parfaite aisance détachait chacun de ses mouvements. Ses pommettes saillantes, son nez légèrement aquilin lui donnaient un air d'arrogance, mais la cordialité de ses manières démentait vite cette première impression.

L'apéritif fut servi au salon. Hélène menait la conversation avec assurance et gaieté, cependant elle laissait certaines phrases en suspens, se préservant ainsi du bavardage. Des gestes vifs accompagnaient ses propos volontairement décousus. L'éclat de ses dents rehaussait son teint mat. Pierre la trouva éblouissante ; Lucile évitait de lui parler, mais Madeleine, dont elle avait décelé la vitalité inexorable et l'égarement serein, lui adressa à maintes reprises la parole. Ses facultés critiques en éveil, Pierre observait cette scène de la vie provinciale tandis que Jacques déployait son éloquence en pure perte devant son hôtesse.

Le procureur, qui jusque-là était intervenu du bout des lèvres dans la conversation, interrogea l'avocat au sujet de la plaidoirie d'un confrère, lequel avait défendu un homme qui avait abattu de sang-froid tous les membres de sa famille.

— Vous êtes renseigné sur le procès. Que pensez-vous du degré de responsabilité de l'accusé ? Vous vous souvenez qu'il déclarait se reconnaître pleinement dans cet acte, ajoutant contre toute logique qu'un voile l'aveuglait au moment où il accomplissait son crime et que plus rien ne le protégeait contre ce qu'il voyait ou ne voyait pas. Comment auriez-vous plaidé à la place de votre confrère ?

— L'affaire n'était pas facile. Aux Assises, un accusé doit être ou lucide et responsable ou halluciné et irresponsable. Cet homme-là me paraissait à la fois halluciné et parfaitement lui-même. On ne sait jamais au juste ce qu'il faut entendre par responsabilité atténuée, c'est un concept bien vague.

Le procureur marqua un temps de réflexion avant d'alléguer :

— Il est vrai que les causes que vous plaidez d'ordinaire ne vous donnent pas tant de mal.

Hélène fusilla du regard son mari, lequel n'y prit pas garde. Madeleine se taisait, respectueuse et ennuyée comme un enfant devant une réunion d'adultes alors que Lucile, retirée dans sa coquille, contenait son impatience.

Hélène savait que son époux suivait en connaisseur les comptes-rendus des grands procès et que, dans cette affaire, il s'était réjoui de n'avoir pas eu à dresser le réquisitoire. Habituellement, il ne manquait pas d'un certain cynisme à l'égard des assassins qu'il envoyait à l'échafaud. Ceux-ci existaient à peine pour lui. Une fois, il avait lancé à un désaxé parricide : « Il semblerait que vous ayez toujours eu des difficultés avec votre tête, la société va vous rendre un grand service, elle va vous l'ôter. » Mais cette affaire-là fascinait le procureur. Un magistrat décime toute sa famille à coups de fusil avant de viser une fleur. Hélène devinait que l'orchidée qui avait servi de cible finale le troublait comme une obscénité. Pierre s'était intéressé de loin à ce fait divers, cependant il aurait aimé connaître l'opinion d'Hélène. Celle-ci était fâchée par la tournure que prenait la soirée. Elle détestait chez son mari cette obsession du châtiment, mais c'était le seul trait de sa personnalité qui l'intimidât. Être l'unique personne qu'il ménageait afin d'avoir droit en retour à son indulgence créait entre eux un lien oppressant. Pierre remarqua que l'expression de son visage s'était assombrie.

À table, l'on échangea des propos plus anodins. Madeleine Laribière put exposer ses soucis maternels bien que son époux se fût efforcé à plusieurs reprises de la faire taire : sourde aux soupirs réprimés, elle revenait à la charge. Soudainement, sa volubilité se dissipa et elle sourit du fond du cœur à son hôtesse.

Un ange virevolta. Le procureur qui n'osait attaquer de front Vuillard, recommença à titiller l'avocat. Pierre, indifférent à tout ce qui n'était pas Hélène, la vit poser ses yeux sur lui. Lucile ne manqua pas d'intercepter leur regard.

Sur le chemin du retour, les Vuillard ne firent aucun commentaire. Absorbé par le bruit de leurs pas inégaux dans le désert sombre des rues, il marchait à distance de son épouse, laquelle levait les yeux vers les fenêtres encore éclairées. La vue d'un chat noir, sur un rebord de croisée, la fit frissonner.

Pierre rejoignit son bureau après avoir averti Lucile qu'il partirait dès l'aube pour Paris. Il se servit un cognac et sortit dans le parc rafraîchi par la nuit. Il traînait dans les allées et s'abandonnait aux souvenirs, en particulier celui d'une femme égarée de chagrin qui prie pour l'assassin de l'homme qu'elle pleure. Déposant un cierge au pied d'un crucifix, elle s'agenouille et implore avec des mots mystérieux la miséricorde divine. L'enfant voudrait fuir mais il ne connaît qu'elle et cet inconnu mort depuis toujours. Sa mère se relève et ils avancent de nouveau à l'unisson. Dans cette propriété qu'il ne parvient pas à apprivoiser, Pierre continue d'errer, impuissant à départager les images du passé de celles du présent. Que faisait donc Hélène avec cet homme fielleux ? Elle semblait peser si peu sur terre. Les femmes d'ordinaire portaient lourdement leurs responsabilités de maîtresse de maison, de mère, leur état d'épouse. Il revit Lucile réservée et fière lors de leurs fiançailles. Le mariage avait fait d'elle une femme confinée et susceptible. L'homme négligeait sa part de torts et se félicitait de ne pas être tombé dans le piège de la culpabilité. Il se souvint avec lassitude qu'il devait rencontrer Roselyne le lendemain soir. Il devinait qu'elle attendait avec un mélange d'humilité et de coquetterie qu'il divorçât. En attendant, elle se pliait aux circonstances, soucieuse de bien faire.

Pierre contourna la demeure et gagna le kiosque à l'ombre des chênes lugubres. Tout était sinistre et beau dans cette maison : les plafonds trop hauts, les meubles en noyer foncé, la maîtresse du logis et ses bandeaux du repentir. Son cœur se serra quand il pensa à sa fille. Il leva machinalement les yeux vers la chambre de Marianne et retraversa en hâte le parc, abandonnant son verre vide sur un guéridon du vestibule avant de monter au premier étage. Il entrebâilla la porte et vit que Marianne était couchée en chien de fusil sur le tapis et dormait à poings fermés, mais ses traits crispés trahissaient la fragilité de son sommeil. Il se laissa pénétrer par la souffrance qu'exprimait ce visage d'enfant. Elle s'agita davantage, ouvrit de grands yeux qui ne voyaient rien et les referma. Il la souleva délicatement pour la coucher sur le lit et recouvrir d'une couverture son petit corps.

Le lendemain, avant de prendre la route, il voulut déposer sur la table de chevet de Lucile un mot pour la prévenir de veiller aussi sur les nuits de Marianne. Peut-être était-elle somnambule ? Il se ravisa et froissa le papier, conscient du ridicule de pareilles inquiétudes. C'est à toute allure qu'il fila vers Paris. Arrivé aux environs de midi devant l'hôpital de la Salpêtrière, il gara sa voiture dans l'allée principale et fit le reste du chemin à pied. Il respira profondément les bouffées du soleil de cette fin de juillet afin de chasser les brumes qui s'attardaient dans son esprit. Croisée entre deux couloirs, une assez jolie femme lui rappela leur rendez-vous en fin de soirée. Roselyne avait pris des cours de secrétariat médical avec la ferme intention d'épouser un médecin. Cependant, elle s'était fourvoyée dans une longue liaison avec un chirurgien qui l'avait quittée pour une héritière. Depuis, elle se dépensait sans compter dans l'art de faire l'amour, ce qui, paraît-il, retiendrait les hommes. Une technicienne n'étant pas forcément une magicienne, elle n'en retenait aucun. Était-ce sa faute ou celle des hommes ? En attendant, sans perspective de mariage à trente ans passés, elle en était réduite à se rabattre sur les hommes mariés qui sont, c'est bien connu, de tristes sires. Mais après tout, le divorce n'étant pas une invention du diable, elle ne pouvait s'empêcher d'espérer qu'un mari finirait par l'aimer et quitterait son épouse. Aussi, quand Pierre l'avait regardée, il n'avait pas eu à s'y reprendre à deux fois pour saisir le message. L'homme était séduisant mais lui eût-il déplu que cela n'aurait rien changé. Elle ne laissait passer aucun parti possible.

Pierre s'enferma dans son bureau. La vue de Roselyne avait ravivé son désir de rompre au plus vite. Il aurait pu rejoindre ses collègues au laboratoire mais préféra demeurer seul. Tout en fumant une cigarette, il examinait sa vie avec embarras car il n'était guère habitué à l'introspection. L'argent l'indifférait, à Paris il se contentait d'un modeste studio ; n'étaient les réticences de Lucile, il aurait préféré vivre dans un hôtel anonyme. D'ailleurs il lui arrivait parfois d'y passer une ou deux nuits. Il s'y sentait plus léger. Le dévouement n'entrait pour rien dans la vocation austère qui le tenait à distance de ses confrères et le contraignait à être le meilleur. Seul un désir de connaissance et surtout une idée fixe, lovée au creux de lui-même et portée par un orgueil excessif, le motivaient.

Il quitta l'hôpital assez tard. La soirée était douce et il alla s'installer sur la terrasse d'un restaurant de l'avenue des Gobelins. Le serveur s'empressa de venir prendre la commande. Pierre était un habitué. Il se leva pour acheter des cigarettes au comptoir. Une belle blonde, aux épaules dénudées, prise dans le champ visuel de trois messieurs, buvait un apéritif. Elle paraissait attendre que le temps passe et sourit à Pierre avec indifférence. Il paya ses cigarettes, retourna à sa place et oublia l'aimable vision.

Vers dix heures, il se résigna à rejoindre Roselyne. Elle devait l'attendre, dépitée, car il refusait ses soins, entre autres celui de le nourrir. Trop inquiète de lui plaire, elle l'exaspérait et il prévoyait une soirée pénible. Au tintement de la sonnette répondit le tapotement de ses mules à talons hauts. Pierre hésita à l'embrasser. « Tu arrives bien tard. » Elle se serrait déjà contre son corps avec force câlineries. Une manie chez les femmes qui se veulent aimantes. Elle se troubla devant son impassibilité et affecta un air grave. Elle avait renoncé depuis longtemps aux espiègleries qui, s'était-elle imaginé, donnaient du charme.

— Tu n'as pas l'air bien.

— J'ai beaucoup travaillé, c'est tout.

Elle lui tendit la main, l'entraîna et commença de se dénuder. Il la détestait tandis quelle exhibait un corps qui réclamait son dû. Inconsciente, elle affichait sa chair blanche, potelée. Le spectacle ne lui eût pas déplu sans les affèteries sentimentales. Pris au piège, il l'étreignit afin d'étouffer la taupe obstinée, nichée dans leurs entrailles. Ce fut vite expédié, mais Roselyne tardait à se rhabiller. Inquiète de chaque silence, elle enchaîna sur des considérations politiques, sa nouvelle marotte pour l'intéresser. Son désir éperdu de le convaincre qu'elle était la compagne dont il avait besoin, la rendait presque touchante, malgré ses ruses cousues de fil blanc. Il répondit du bout des lèvres, songeant à Hélène Darban. S'intéressait-elle aux affaires de la cité ? L'après-guerre avait apporté du nouveau chez les femmes, certaines voulaient s'émanciper. Pierre aurait aimé que Lucile en prît de la graine.

La secrétaire médicale se dirigea vers la cuisine tout en continuant de discourir. Il entendit le cliquetis des verres. De retour, elle déposa sur le guéridon un plateau avec deux coupes de champagne. Elle tenait à faire les choses en grand. Elle s'assit sur un pouf et attendit qu'il bût. À court d'idées, elle ne sut que demander : « Comment va ta fille ? » Pierre se contracta. Marianne n'avait rien à voir dans leur relation. Son irritation lui donna du courage, il ne partirait pas sans avoir rompu. Il reposa sa coupe et alluma une cigarette. Elle sentit sa gêne, croisa haut ses jambes et lui demanda :

— J'imagine que tu travailles tard demain, tu ne

pourras donc pas venir me voir.

Pierre saisit l'occasion.

— Écoute Roselyne, je ne sais pas pourquoi je te dis cela ce soir mais je pense que notre histoire ne peut plus continuer. Ce que tu attends de moi, je ne te le donnerai jamais. Tu t'attardes dans une situation qui ne t'apportera ni mari ni enfant, rien. Je t'empêche tout simplement de faire une nouvelle rencontre.

Le visage de la jeune femme s'était légèrement convulsé. Placée au pied du mur, elle ne savait s'il fallait consentir ou résister. Le sentiment de ses échecs la submergea d'un voile de ténèbres. Que lui manquait-il pour qu'elle ne connût toujours que la ruine de ses aspirations, quelle disgrâce l'habitait ? Elle se savait vaincue et ne disait rien. Lui aussi se taisait, déconcerté par son mutisme. Elle ne le regardait plus, les yeux fixés sur sa propre histoire, une longue histoire qui renvoyait toujours les mêmes échos. Elle s'arracha à sa rêverie douloureuse et le pria doucement de sortir. Elle avait besoin de réfléchir. Pierre aurait préféré une explication, des larmes, des insultes, mais elle lui demandait avec une voix méconnaissable de partir au plus vite. Les pensées embrouillées, il lui obéit et referma la porte, attentif à ne pas faire de bruit.

Il ne rejoignit pas tout de suite sa voiture garée au bas du boulevard Saint-Michel. Des couples s'attardaient sur les quais. Il contempla pensivement la Seine. La sirène d'une péniche hurla sa détresse. Pierre frémit et hâta le pas. Sur le parvis de Notre-Dame, il reconnut le son des orgues. À l'intérieur de la cathédrale où sa mère l'amenait souvent les dimanches d'autrefois, quelques fidèles en prières et de simples badauds assistaient au concert. En dehors de ses recherches professionnelles, la musique était le seul domaine qui l'intéressait vraiment. Trop nerveux pour apprécier même Bach, il s'esquiva et gagna sa voiture.

Il était trop tard pour passer chez sa mère. Comme elle était très matinale, il la verrait le lendemain. Quand il se présenta à la première heure du jour, Paule, en peignoir, préparait son petit déjeuner : du café bien noir et des tartines beurrées. Elle ouvrit et son visage s'éclaira. Il l'embrassa ; dans la cuisine, il s'assit à sa place habituelle. Elle sortit un deuxième bol tout en lui demandant des nouvelles des siens. Il répondit que tout allait. Paule ne fut pas dupe, elle connaissait la morosité de sa belle-fille. Il lui proposa de venir une semaine ou deux en Normandie : « La petite serait contente, elle te réclame souvent. » Bien sûr, elle serait ravie de l'emmener faire des pâtés de sable. Pour l'instant elle projetait un voyage en Autriche. Peu de jours avant de mourir, son mari lui avait promis qu'ils iraient dans ce pays. Paule pressentait que le temps lui était compté, non qu'elle se sentît affaiblie mais depuis quelques mois tout avait un air de mort autour d'elle.

— En Autriche ? s'étonna Pierre. Depuis quand y penses-tu ?

— Depuis longtemps mais je me suis décidée la semaine dernière. J'ai trouvé une place pour une quinzaine dans une agence de voyages organisés… J'allais justement t'en parler.

Cette décision le laissait perplexe, non qu'il la désapprouvât. Mais sa mère était d'ordinaire si sédentaire. Il remarqua alors que ses traits, soutenus par une morphologie presque intacte, accusaient une grande lassitude. Elle avait soixante-cinq ans. Il lui avait toujours connu la même coiffure, les cheveux lisses enroulés sur le sommet du crâne avec la nuque dégagée. Quelques stries blanches altéraient le noir de jais. Les yeux creusés, l'ombre des cernes, le teint terreux éteignaient son visage. Elle se sentit observée et se redressa. Pierre insista :

— Pourquoi ne m'accompagnes-tu pas jeudi matin ? Tu passerais quelques jours avec nous. D'ici ton départ, il te restera du temps pour tes préparatifs.

Paule parut embarrassée. Ce séjour ne lui disait rien qui vaille. Et comment avouer à son fils qu'elle continuait de travailler la couture alors qu'il lui versait une pension confortable.

— Je dois voir madame Rollin vendredi pour un dernier essayage, je ne peux décommander, elle aussi part en vacances. J'ai gardé les clientes que j'aimais bien et puis cela m'occupe, à mon âge le temps n'est que trop long.

— Viens par le train dimanche alors, je serai à la clinique mais Lucile viendra te chercher à la gare. Je te raccompagnerai le lundi suivant.

Cette solution ne convenait qu'à demi à Paule qui ne rêvait plus que de son voyage. Évidemment, son fils prenait soin de ses vieux jours, mais elle avait une dernière chose à vivre où il n'avait pas sa place. Pourtant elle acquiesça. Pierre fut soulagé. Il connaissait l'influence bénéfique qu'elle exerçait sur Marianne qui n'osait plus, en sa présence, manifester sa tyrannie. Lucile serait distante mais peu importait. Il alla jeter un coup d'œil sur l'horloge de la salle à manger. Il lui restait encore du temps avant de rejoindre l'hôpital.

Lorsque le train entra en gare, Lucile et Marianne attendaient depuis quelques minutes. La fillette, un bouquet de marguerites à la main, ne détachait pas ses yeux de l'horizon. Son cœur battit à tout rompre quand elle aperçut au loin la locomotive. Sa grand-mère l'emplissait d'une crainte respectueuse et d'une affection ravie. La mère de Pierre descendit du wagon, souriante et éreintée. L'enfant lui tendit solennellement ses fleurs avant de l'embrasser :

— Je les ai cueillies exprès pour toi !

Paule rit, tout en serrant la main de sa belle-fille qui la déchargea de sa lourde valise. Marianne l'entraîna vers la voiture garée devant le hall. « Tu vas rester avec nous toujours ? » Le visage de Lucile se rembrunit tandis qu'elle déposait les bagages dans le coffre. La grand-mère et l'enfant installées à l'arrière, la conductrice gagna en quelques minutes la maison.

Paule Vuillard était toujours intimidée en franchissant le portail : des arbres centenaires, d'immenses pelouses, des bosquets fleuris à profusion. Marianne la tira par sa jupe vers le bac à sable, le hamac, la balançoire, le toboggan sur lequel elle se fit glisser. L'intérieur déployait d'autres richesses : des tapis persans, des meubles trop beaux pour ne pas être sobres, du velours, des satins, de la soie pour les sofas, les tentures, les fauteuils. Lucile avait préparé la chambre dont Pierre disposait lorsqu'ils étaient fiancés. Paule rangea ses affaires dans la penderie, déposa sur la table de chevet les cadeaux qu'elle offrirait au dîner et s'allongea sur le lit. Elle appréhendait de passer une semaine dans ce lieu devenu étranger. Réveillée en sursaut par Marianne qui tambourinait sur la porte, elle se leva, dépouillée de ses repères, et durant ce bref instant d'hébétude la crainte du malheur soudain et l'effroi du néant s'engouffrèrent dans son cœur. Elle se secoua, remit ses peignes en place et ouvrit à sa petite-fille pour qui tout aujourd'hui avait un air de fête.

Pierre rentra plus tôt que de coutume. Il remonta de la cave une bouteille de champagne. Marianne ne se tenait plus de joie, pour faire honneur à sa grand-mère elle avait consenti à porter ses chaussures vernies. On lui permettrait de se coucher plus tard ; elle n'aurait pas besoin de pleurer pour avoir gain de cause. Son père serait davantage détendu, il raconterait des histoires de son enfance, de la guerre. Sa mère évoquerait peut-être son frère. Paule les écouterait avec attention, leur répondant de sa voix grave. Marianne connaissait tout cela par cœur et ne se lassait pas de l'entendre. Elle aimait déjà que la vie se répétât. À table, Lucile se tut ostensiblement. Marianne et Pierre étaient trop égayés par la présence de Paule pour en tenir compte. Cette dernière remarqua le regard amer de sa bru lorsque la fillette alla s'asseoir sur les genoux de son père. Elle lui demanda comment elle s'arrangeait de sa nouvelle existence. « Ce n'est pas à cette vie-là mais à l'autre que j'ai eu à m'adapter », s'entendit-elle répondre d'un ton sec qui glaça sa sympathie. Elle avait espéré que ce retour dans sa ville natale épanouirait Lucile, mais le mal devait être plus profond, certainement irrémédiable. Ses enfants n'étaient guère heureux. Pierre n'abandonnerait pas le navire, il aimait trop sa fille et avait le sens du devoir, mais qu'adviendrait-il d'eux ? Paule se sentit soudain très lasse. Elle les pria de l'excuser de leur fausser compagnie si tôt. Son fils l'accompagna dans sa chambre et la remercia encore d'être venue.

— As-tu songé à consulter un médecin avant de partir en voyage ? Tu me sembles bien fatiguée.

— Non, mais je crois que cette expédition va me remonter.

Il avait toujours été hors de question que Pierre l'examinât tant la pudeur était entre eux un principe intangible. Elle le baisa au front après qu'ils se furent souhaité bonne nuit.

Marianne se laissa mettre au lit par sa mère et bientôt la nuit les enveloppa tous.

Dans son bureau, Pierre écoutait de la musique classique, trop nerveux pour étudier ses dossiers. Il avait croisé Roselyne plusieurs fois dans les couloirs de la Salpêtrière et sa fierté affectée, lèvres pincées assorties d'un dos rectiligne, ne l'avait pas tout à fait rassuré. Sans en avoir jamais souffert, lui-même avait vécu successivement avec deux femmes ravagées par la perte d'un être cher, et son existence subissait le contrecoup de ces deuils. Il ne se sentait pas dépossédé mais plutôt frustré. Impression étrange, car il ne s'était jamais encore avisé d'un manque. Lucile s'était éloignée comme une feuille se détache d'un arbre : aucun souvenir du temps de leurs amours ne le tourmentait.

Après avoir éteint sa lampe, il s'installa dans un fauteuil. Comme on accueille mieux le sommeil dans les ténèbres, il préférait la pénombre du clair de lune pour écouter. Il aimait la générosité de la musique qui ne fixe pas de limite à l'homme. Alors que son travail mobilisait toutes ses forces, il s'abandonnait aux harmonies comme un marin désireux d'oublier quelques instants sa destination. Il n'avait rien tenté pour revoir Hélène Darban et se le reprochait. Se contenterait-il de ce trouble mêlé d'émerveillement devant cette femme à qui il doutait de plaire ? Trop soucieux de sa vie professionnelle, il ne s'était jamais beaucoup préoccupé de lui-même, et le reste appartenait à une lointaine périphérie où une femme se singularisait parfois le temps du désir. Lucile endeuillée avait pleuré sur son épaule et de fil en aiguille était devenue sa fiancée.

Pierre s'était tout de même ménagé une semaine de vacances pour se consacrer à sa mère. Depuis la naissance de Marianne, il avait perdu le goût des voyages. Se déplacer en famille est toute une affaire. Jeune homme, sa pauvreté avait limité ses expéditions.

Aujourd'hui, il n'en rêvait même plus. La sève de la jeunesse le quittait et bientôt il serait quadragénaire. Pas un ami, pas une femme, mais une fille qu'il aimait d'un amour inquiet, presque coupable. Étonnant ce prolongement de soi qu'on aime parfois d'autant plus que l'on ne s'aime pas soi-même. Pierre éteignit le phonographe qui tournait à vide avec un crissement régulier. Un miroir lui renvoya son reflet. Il s'examina avec attention. Sa mère devait déjà dormir. L'idée lui vint d'aller la réveiller pour parler avec elle de tout et de rien, mais le souvenir de son visage fatigué le retint. Que manigançait-elle avec ce voyage ?

Il s'était installé un lit dans son bureau et cette solution lui évitait l'aveu de son désamour qu'aurait été pour Lucile l'aménagement d'une chambre indépendante. Il différait chaque jour l'explication qui eût pourtant assaini leur relation. Lui conseiller de reprendre sa liberté l'offenserait, lui avouer qu'il usait de la sienne la désespérerait. En voyant Lucile étiolée, il comprenait le mobile des commérages haineux dont Hélène Darban était la cible. La vitalité de cette femme éclatait dans chacun de ses gestes, chacune de ses paroles. Cependant il avait remarqué son silence intimidé lorsque le procureur parlait métier. Pierre s'espéra un instant capable de la rendre heureuse ; trop de femmes tristes l'entouraient pour qu'il y crût. Roselyne avait rêvé de s'approprier ce qu'il donnait à Lucile : un statut social, la sécurité. Comment tout cela se terminerait-il pour elle ? Quant à lui, aucune de ses liaisons ne l'avait arraché à ce goût abstrait de la vie qui le projetait en avant sans jamais le combler. Tout était à recommencer toujours et le temps fuyait sans que rien vînt dissiper sa mélancolie.

Dans la matinée, il proposa à Paule de l'emmener en ville pendant que Lucile irait faire des courses. Marianne voulut les accompagner mais Pierre préféra la laisser à sa mère. En consolation, il lui promit une promenade à la plage. L'église au cœur de la ville et les rues avoisinantes avaient un aspect médiéval qui séduisit Paule. Elle désira s'y promener. Des gens reconnaissaient Pierre et les dévisagèrent. Lui n'identifiait aucune des ménagères pressées, le sac chargé de provisions. Devant un éventaire, Madeleine flanquée de son fils hésitait entre des haricots verts et un chou-fleur. Elle sourit en apercevant Pierre accompagné d'une dame inconnue. Ce dernier présenta sa mère. Madame Laribière vanta les charmes du jardin public tandis que le petit Simon s'impatientait et regardait exprès ailleurs. On se sépara sur des paroles pleines de courtoisie.

Dans la fraîcheur de l'église, Pierre laissa sa mère se recueillir sur un prie-Dieu pendant qu'il examinait les lieux. L'encens, les vitraux, l'autel lui rappelèrent le désarroi de son enfance. Dehors, Paule émit le désir d'acheter un livre pour s'occuper sur la plage. Le sable, les coquillages, les rochers ne la divertissaient jamais longtemps. Il la dirigea vers la librairie. Madame Lamaury s'empressa de conseiller la mère du nouveau patron de la clinique. Solange, assise sur un tabouret, s'enhardit à demander des nouvelles de Marianne. Paule lui répondit qu'elle serait sur la plage en début d'après-midi et l'on convint qu'ils passeraient prendre Solange et Michelle vers quatorze heures.

La crique abritait de rares estivants, un couple amoureux, une femme solitaire et une vieille dame protégée par un parasol. Paule et Lucile s'assirent à l'abri d'un rocher et discutèrent de tout et de rien avant de sortir, l'une un livre, l'autre un tricot. Le climat s'était épanoui en cette fin de juillet. Les trois fillettes se lancèrent dans une partie de ballon. Michelle et Solange, galvanisées par l'ardeur de Marianne, oubliaient leur réserve. Pierre escalada un rocher et s'y installa tant bien que mal. À force de contempler les flots offerts au bleu du ciel, il remarqua une femme immobile sur le dos. Son corps remuait un peu au gré des vagues. La silhouette se rapprocha, reprit pied et il reconnut Hélène Darban qui s'ébrouait. Ses gestes s'apaisèrent et elle avança, défaite et gracieuse, sur le sable humide. Son maillot la recouvrait jusqu'aux genoux mais dévoilait sa gorge dorée. « Vénus sortant des eaux » se dit Pierre, non sans ironie. Elle prit une serviette dans son cabas de paille et s'y allongea sur le ventre. Les coudes posés à terre, elle devint songeuse, le menton appuyé sur ses mains. Pierre ne la quittait pas des yeux. Elle sentit son regard ; se retourna et aperçut d'abord Lucile et une dame inconnue qui la dévisageaient avec curiosité. Alors Hélène leva la tête et le vit. Elle en fut aussi saisie que s'il l'avait surprise au saut du lit. Consciente de sa chair dénudée, elle se détourna brusquement et répondit au salut de Lucile.

Comme Pierre dévalait les rochers, Hélène s'empressa de revêtir un peignoir. Il était déjà à ses côtés lorsque Lucile les rejoignit. Hélène avait recouvré ses esprits mais évitait de se tourner vers Pierre. Il n'en fut pas dupe et s'enquit de lui présenter sa mère. Paule perçut la gêne entre ces trois-là. Hélène parla de rentrer, son fils jouait chez un camarade et elle avait promis d'être présente à son retour. Elle s'éloigna à pas menus, démarche qui ne lui était pas habituelle, entra dans une cabine pour en ressortir, recoiffée, vêtue d'une robe de toile jaune paille qui seyait à merveille à son teint mat. Elle vint prendre congé avant de gagner sa voiture. Pierre lui sut gré de ne s'être pas attardée. Madame Vuillard remarqua le silence prolongé qui suivit le départ de la jeune femme.

Cependant Pierre voulut nager, aussitôt imité par son épouse. Alors qu'il se livrait à un crawl énergique, elle se risqua à quelques brasses. Paule fut heureuse de se retrouver seule. Elle se souvint de la plage de son enfance, une région torride qui avait brûlé même ses souvenirs. Elle ne la reverrait jamais. Les fillettes accoururent vers elle pour lui réclamer un goûter.

Paule s'adaptait très bien aux habitudes de la maison. Elle se levait dès l'aurore et se dirigeait sur la pointe des pieds vers la salle de bains. Là, elle faisait couler en sourdine l'eau dans la baignoire. Assise sur le rebord de faïence, elle la laissait s'emplir à ras bords. À Paris, elle ne disposait que d'une douche appropriée à ses goûts spartiates. Ici, elle consentait aux joies du farniente. Ses nerfs toujours tendus se relâchaient et elle s'abandonnait au bain tiède. Elle n'avait pas oublié que l'eau pouvait être un luxe. Jeune fille, elle devait la tirer du puits et en user avec parcimonie. La tête appuyée sur la mosaïque murale, elle se savonnait puis refermait les yeux. Les souvenirs lointains se mêlaient aux images présentes et la confusion de son esprit s'accordait à celle de son corps. La femme rencontrée sur la plage occupait ses pensées. Sa séduction accentuait le caractère rechigné de sa belle-fille. Paule avait bien vu avec quelle froideur Pierre traitait son épouse. La bonde ôtée, elle secoua sa torpeur, puis séchée et rhabillée, descendit à la cuisine où son fils la rejoignit bientôt, heureux de cet aparté. Lucile et Marianne ne seraient pas sur pied avant neuf heures. On avait tout le temps d'être ensemble, à deviser comme autrefois. Il lui confiait ses ambitions, ses soucis tandis qu'elle servait le petit déjeuner. Jamais il ne lui parlait de sa vie intime et elle ne l'interrogeait pas davantage. Il regagnait son bureau lorsque Lucile pointait le bout de son nez. À peine réveillée, Marianne dévalait quatre à quatre les escaliers au risque de se rompre le cou et réclamait sa grand-mère à cor et à cri. Paule lui coupait et beurrait ses tartines puis surveillait sa toilette mais le cœur n'y était plus. Elle se sentait loin. Un après-midi de grande chaleur, alors qu'elle somnolait dans la pénombre du salon-bibliothèque, les persiennes baissées laissant juste filtrer de légers filets lumineux, Marianne entra à pas feutrés, s'approcha et contempla avec respect le visage tanné de la vieille femme. Un accès de tendresse l'envahit. Paule sursauta et Marianne lui déposa un baiser hâtif sur la joue. Afin de dissimuler son émotion, l'enfant se précipita vers le tiroir d'un secrétaire et en sortit un album. « Je vais te montrer les photos de maman, c'est plein de gens morts. » La grand-mère se résigna. Marianne lui mit l'album ouvert à la première page sur les genoux et commença de le feuilleter. L'enfant retrouvait sans peine les anecdotes que lui avait contées sa mère. Sur un cliché, un jeune homme aux traits jaunis enlaçait Lucile qui souriait. Marianne prévint la curiosité de sa grand-mère :

— Tu vois, celui-là, c'est le grand frère de maman, elle l'aime beaucoup, moi pas.

— Pourquoi, puisque tu ne le connais pas ?

La fillette leva les yeux au ciel et répondit :

— C'est comme ça ! Et puis il a connu papa à la guerre… Et toi, tu as un frère ?

Paule se réveilla tout à fait.

— Non, je n'ai pas de frère, j'ai eu une sœur autrefois, elle était très belle et très bonne.

— Elle aussi est morte ? Ça alors ! Heureusement que les morts sont sous la terre, sinon on ne saurait plus où se mettre.

Paule éclata de rire. Évidemment, c'était une consolation pour les vivants. Mais le coup avait porté et elle ne résista pas au flot des souvenirs, les yeux dans le vague. Marianne alla ranger l'album puis demanda la permission de s'éclipser.

Le séjour de Paule touchait à sa fin. Pierre lui proposa de l'emmener à la clinique. Il voulait lui montrer son bureau, lui présenter ses collègues. Le bâtiment était situé à l'autre extrémité de la ville. Un grand parc intérieur servait de refuge aux malades hospitalisés. Ils s'y promenaient en robe de chambre. Paule frissonna devant les pelouses soignées dissimulant la terre destinée aux cadavres, aujourd'hui des vivants oublieux. Depuis quelques mois, le monde se dématérialisait comme si elle était déjà morte et que son fantôme s'attardait ici-bas.

Les couloirs défilèrent. Sur un banc, une paysanne coiffée d'un fichu noir attendait d'être reçue. Tête baissée, un cabas sur les genoux ; elle était l'image de la résignation. À ses côtés, une fillette, les yeux perdus, les cheveux décoiffés, balançait ses jambes, l'une après l'autre, en chantonnant. La mère lui donna une tape sur la cuisse pour la faire tenir tranquille. Quand elle aperçut le docteur Vuillard, elle se leva avec embarras. Pierre s'avança et lui serra la main.

— Bonjour madame Granville, vous avez rendez-vous avec le docteur Cervin ?

— Oui, à trois heures.

Elle le regarda quelques secondes avec un air de gratitude et ajouta :

— Pour mon homme, c'est la fin je crois bien, l'alcool aura fini par le tuer.

Sa voix s'était étranglée pour prononcer les derniers mots.

— Il est dans le coma depuis hier, précisa Pierre. Son

organisme est très affaibli.

— Pour sûr, l'alcool l'a tué, l'alcool l'a tué, répétait-elle du bout des lèvres.

La fillette avait repris ses jeux de jambes et Paule contemplait, fascinée, cette jeune morte douée d'une vie mécanique. Une porte s'ouvrit et une femme entre deux âges invita madame Granville à entrer. Pierre salua froidement la secrétaire qui jeta un regard furtif à Paule.

— Au revoir docteur. Marie, ne bouge pas, je n'en ai pas pour longtemps.

La fillette ne cilla pas. Pierre prit sa mère par le bras pour la conduire vers son bureau.

— Ce monsieur Granville a une ferme presque entièrement hypothéquée, c'est un alcoolique invétéré. Jeudi, il s'est effondré sur la place du marché. Un maquignon nous l'a amené. Il est tombé dans le coma le lendemain. C'est sans espoir. La région pullule d'éthyliques. Ça commence avec le biberon. Ces gens-là sont ingérables.

Il la fit pénétrer dans son cabinet, une pièce spacieuse qui recevait le soleil de plein fouet. Pierre était heureux de lui présenter son domaine. Lucile n'y avait jamais mis les pieds ; elle n'appréciait qu'à demi qu'il eût supplanté son père, bien que cela lui eût permis de rentrer dans ses droits de bourgeoise de province. Paule était fière de son fils ; sa réussite outrepassait ses espérances de femme du peuple. Lorsqu'il s'était mis à décrocher tous les prix à l'école, elle s'était promis de ne reculer devant aucun sacrifice. Pierre ne l'avait pas déçue. Mais peut-être était-elle trop vieille pour éprouver de vraies satisfactions.

Il prit conscience de la distraction de sa mère et s'en attrista. Une bibliothèque vitrée attira l'attention de Paule qui déchiffra les titres savants d'une voix volontairement empruntée. Fort de sa soudaine gaieté, il lui proposa une visite dans une ville proche. Elle rentrait à Paris dans deux jours et il ressentait un besoin anxieux de sa compagnie. Ils sortirent et Paule chercha en vain des yeux la fillette sur le banc au fond du couloir déserté.

Ils remontèrent quelques rues pour rejoindre la voiture restée au garage. Un cabriolet beige les dépassa. Pierre reconnut la chevelure de la conductrice. Où allait-elle seule ? Son indifférence en matière d'obligations familiales le séduisait. On racontait qu'Hélène Darban avait rompu avec son père qui se permettait de la juger. Elle l'avait même mis au défi de la déshériter. Pierre aurait aimé une épouse capable de pareille audace mais Lucile ne trouvait de consolation que dans sa position sociale. Un voile de nuage assombrit leur promenade. Paule, sensible aux prévenances de son fils, commenta avec animation ce qu'elle voyait. Lorsqu'une pluie dense se mit à tomber, il l'invita dans un café sur le belvédère. Le tambourinement de l'averse sur les vitres accompagnait les propos de Paule. Il en allait toujours ainsi : sa mère après de longues périodes de silence lui confiait de nouveaux épisodes de sa vie passée ou bien lui répétait ceux qui lui tenaient le plus à cœur. Ces années vécues avant qu'il ne naisse, il n'en connaissait que des bribes, des reliques qu'il vénérait secrètement. Paule commanda une citronnade qu'elle but à petites gorgées.

— Dans ma jeunesse, là où j'habitais, les filles étaient très tenues, leur réputation était le plus précieux des biens, avec la beauté. Cette dame seule sur la plage, tu te souviens, chez nous ce n'était pas possible.

Troublé par le souvenir de la dame en question, Pierre n'en fut que plus attentif.

— Après la fugue de ma sœur aînée, je me suis repliée sur moi-même, bien malheureuse de l'avoir perdue, je me sentais marquée par son inconduite et je voulais la racheter par une sagesse exemplaire. On m'oublia et j'imagine que mon remords s'épuisa de lui-même... Un dimanche matin de printemps, je me suis réveillée soulagée, différente. Je suis rentrée dans la cuisine et j'ai annoncé que j'irai au bal. Je n'oublierai pas ce jour-là, ce sont des jours comme celui-ci qui me font croire que le destin existe. Comme d'habitude, je suis allée à la messe et au retour je me suis attardée sur la place où les hommes jouaient à la pétanque. Je les ai regardés sans honte. La vie était de nouveau promesse. J'ai passé l'après-midi à refaire l'ourlet d'une robe de ma sœur. Le soir, avec mes jeunes voisines, nous nous sommes rendues au bal en bande, chaperonnées par une ou deux mères. J'étais la plus vieille et la moins délurée. J'avais l'impression que tout le monde s'interrogeait à mon sujet, mais les demoiselles étaient accaparées par leur bonheur folâtre. Dans la salle des fêtes, le cœur en chamade, je ne vis pas grand-chose. Une jeune fille dont j'avais confectionné la toilette me salua. J'avais plus de vingt ans, beaucoup de filles de mon âge étaient déjà mères. Je commençais à regretter d'être venue quand j'ai senti le regard d'un inconnu assis à une table proche. La piste de danse nous séparait. Il conversait avec un gros propriétaire du coin. Quand il vit que je le regardais à mon tour, il détourna les yeux. J'ai toujours aimé les hommes timides. En attendant, j'ai accepté de danser avec un jeune voisin monté en graine qui ne me plaisait pas du tout, tu comprends : j'avais envie de m'arracher au village. J'ai refusé une deuxième danse invoquant que la tête me tournait. J'espérais que l'inconnu m'inviterait.

Le regard de Paule parut rajeunir et Pierre lui prit la main, une main tavelée, rêche dont il sentit la pression confiante dans la sienne. Il l'avait toujours connue sévère, trop sérieuse peut-être, et l'imaginer troublée par la proximité d'un homme à peine entrevu, comme lui-même l'avait été par l'apparition d'Hélène Darban, le déroutait.

— Je n'ai pas eu à attendre longtemps. Le gros propriétaire est venu saluer notre accompagnatrice et nous a présenté le jeune homme, un petit cousin parisien. Ils s'assirent à notre table et nous offrirent des citronnades, je m'en souviens très bien… Nous n'avons pas dansé mais nous n'avons pas cessé de parler. Il m'a appris qu'il était inspecteur de police. Cela m'a surprise. Au moment de nous quitter, il m'a demandé la permission de venir le lendemain me rendre visite à la maison. J'étais très heureuse de son empressement à me revoir. Il est venu chaque jour après mon travail. Nous nous promenions dans les ruelles jusqu'au crépuscule. Et puis tout est allé très vite. Il fallait qu'il rentre à Paris, alors il m'a demandé de l'épouser. J'étais folle de reconnaissance, j'allais enfin pouvoir quitter ce lieu maudit depuis que ma sœur l'avait fui. Mon père avait sombré dans l'alcool. Moi, dans mon coin, je gardais le silence, on ne peut pas grand-chose pour ceux qui tombent. Je savais qu'en les quittant je n'ajouterais rien à leur malheur. L'image que je garde de mon père est celle d'un vieil homme assis près de l'âtre, le dos voûté, tisonnant machinalement les braises du foyer. Mon fiancé venait de lui faire sa demande. Il avait donné son accord sans s'informer davantage sur cet étranger. Nous sommes partis le soir même pour Paris. Nous nous sommes mariés trois semaines plus tard. Cette grande ville m'effrayait, tous ces fiacres, ces visages inconnus, mais le soir ton père rentrait et nous étions bien ensemble.

Paule se rembrunit. Son récit avait soudain perdu son pouvoir de résurrection et elle se retrouvait abandonnée dans un présent sans chaleur.

— Il se fait tard, peut-être devrions-nous rentrer.

Dans la rue, elle posa un regard étonné sur les immeubles, son esprit parut flotter un instant. Qu'irait-elle faire en Autriche, elle qui avait tant de mal à apprivoiser les lieux ? Ils roulèrent en silence. Pierre songeait à la destinée close, funèbre, de son père. Le fait de ne pas l'avoir connu l'avait laissé désemparé lors de la naissance de Marianne. Les premiers jours il rôdait, indécis, autour du berceau alors que Lucile remâchait son désespoir. Honteux de sa maladresse, il prenait son petit corps frêle dans ses bras et s'émouvait de ses mouvements désordonnés. Il la reposait dévotement et attendait qu'elle s'assoupît avant de s'éloigner. Très vite, il sut qu'elle serait le centre de sa vie. Aucune circonstance ne pourrait faire qu'elle ne soit plus sa fille. Lucile négocia un second enfant mais Pierre refusa, désireux de préserver le lien exclusif qui l'attachait à Marianne. Chacun de ses choix s'en ressentit. Il ne divorça pas car il s'agissait de se concilier la mère, au demeurant passable éducatrice. Ainsi se consolait-il, en s'efforçant de rendre justice à une épouse qu'il n'aimait plus.

La voiture stoppa devant la maison. Pierre alla ouvrir la grille et s'engagea dans l'allée. Paule écoutait le crissement du gravier. Sous la marquise, Marianne les guettait. Elle se précipita vers sa grand-mère et l'entraîna dans le vestibule où elle lui prit son sac afin de l'accrocher à la patère. Pendant que l'on prenait l'apéritif, elle réclama un dîner aux chandelles pour fêter le dernier repas pris en commun. Sa mère rechigna mais l'idée dut plaire à Pierre car il se dirigea vers la crédence et en sortit deux bougeoirs de bronze qu'il disposa sur la nappe brodée. Il éteignit l'électricité. Marianne se pâmait d'aise : « Comme c'est beau, on se croirait à l'église quand il y a un enterrement! » Haussant les épaules, Lucile tira le cordon de la sonnette. Presque aussitôt, la domestique se présenta avec le plat de hors-d'œuvre. Le repas se déroula au gré des humeurs de chacun. Pierre mangea distraitement tandis que Paule, le visage creusé par la mélancolie, touchait à peine aux mets. Marianne qui ne pouvait tenir en place en dépit des réprimandes de sa mère finit par s'endormir dans les bras de sa grand-mère. La sonnerie du téléphone la réveilla en sursaut. Lucile se leva, surprise d'être dérangée à cette heure tardive, et décrocha le combiné. Debout contre une console, elle répondit du bout des lèvres : « Mais bien sûr, attendez, je vous le passe », avant de se tourner vers son mari :

— C'est pour toi, monsieur Darban veut te demander un service.

Il marqua un temps d'hésitation puis s'empressa vers l'appareil. Pierre raccrocha et expliqua, quelque peu embarrassé, que la voiture de madame Darban étant en panne, le procureur lui demandait s'il consentait à déposer son épouse à Paris. Il ne pouvait refuser. Lucile resta de glace. Pierre monta assez rapidement dans sa chambre, abandonnant aux femmes le soin de coucher Marianne.

De son côté, Hélène était aux anges. L'occasion était inespérée bien que la présence de madame Vuillard mère fût importune. Suggérée par son époux, la solution lui avait paru d'emblée miraculeuse. Elle avait même feint le déplaisir, sachant qu'il ne lâcherait pas prise. Elle le laissa donc téléphoner et dissimula mal sa joie quand il lui annonça que l'on passerait la prendre lundi matin. Ce soir-là, elle s'endormit le cœur en fête.

Hélène passa la journée du lendemain dans le jardin, allongée sur une chaise longue. En maillot de bain, une bouteille d'eau minérale à portée de main, elle lisait distraitement un roman qu'elle abandonnait pour s'enduire de crème, se peindre les ongles, et cela en rêvant aux beaux jours.

À huit heures le lendemain, Pierre monta chez sa mère, il voulait l'embrasser, lui donner un dernier cadeau. Il ne parvenait pas à dissiper l'inquiétude que lui inspirait ce voyage. Paule terminait de ranger ses bagages quand elle reconnut le pas dans les escaliers. Elle remit ses peignes en place avant d'ouvrir la porte. Il lui trouva la mine défaite, l'air égaré. Elle reçut d'un air désarçonné le petit paquet enrubanné. Chaque cadeau de son fils réveillait en elle des sentiments contradictoires, sa fierté de mère et son humilité foncière.

— Mon petit, il ne fallait pas, tu sais bien que les vieilles femmes comme moi n'ont pas besoin d'être gâtées, dit-elle en déployant un superbe foulard de marque aux coloris tendres.

Sous l'effet d'une nuit passée à s'agiter dans son lit, en proie à un rêve sinistre qui l'avait fuie au réveil, elle avait rôdé d'une pièce à l'autre, s'évertuant à le retrouver, s'asseyant parfois quelques minutes puis se relevant pour faire distraitement le ménage et ses valises.

Paule était en Autriche depuis à peine une semaine que déjà la fatigue et la désillusion lui ôtaient tout plaisir. Les premiers jours, vivre en communauté, se familiariser avec une langue et un peuple étrangers avaient accaparé son attention au point d'en oublier les motifs du voyage. Le désir de connaître un pays où ils avaient rêvé d'aller ensemble, l'espoir de retrouvailles qui ne l'avait jamais quittée depuis l'instant où deux policiers s'étaient présentés à son domicile pour lui apprendre la nouvelle. Son regard alors s'était porté machinalement vers l'horloge dont le tic-tac lui avait broyé le cœur. L'esprit résigné à l'idée de cette disparition, quelque chose en elle continuait d'espérer. Elle avait tout misé sur ce voyage, mais en le différant par crainte superstitieuse de l'accomplissement. Les raisons ne manquaient pas : la modicité de ses ressources, l'éducation de son fils et plus tard la guerre. Les années passèrent. Elle avait presque oublié son vœu, son quasi-serment, et puis elle se sentit vieille, le monde se décolorait. Elle ne savait trop comment l'ancien désir avait resurgi.

Désappointée, Paule déambulait dans les rues de Vienne, apprenant ce qu'elle aurait dû savoir depuis toujours : elle n'avait rendez-vous avec personne. Où aurait-elle puisé le courage de vivre, d'élever son fils, sans cette chimère ? La vieille femme faisait bande à part. Elle s'isolait souvent du groupe, voulant visiter sans témoin les lieux, obsédée par la pensée que la mort n'était peut-être pas cette absence habitée par une vague promesse mais un désert absolu où rien ne subsistait de ce qui avait été. Elle évoquait des souvenirs déteints par la tristesse en avançant à petits pas. Mais il se faisait tard. Elle aurait dû rentrer à l'hôtel. Elle serait bien embêtée de manquer comme la veille l'heure du repas. Déjà un des guides lui avait jeté un regard agacé. Elle le comprenait. Pourquoi partir en voyage organisé si l'on a tant le goût de la solitude ? Elle traversa un grand boulevard afin de rejoindre au plus vite ses compatriotes, mais l'accélération soudaine des battements de son cœur la força à modérer son allure. Ses pas la menèrent vers un cimetière. Lors de ses promenades parisiennes, elle aimait à se reposer dans ces lieux où tout n'est que chuchotements. Une longue allée en pente douce parcourt celui-ci. Elle examine une à une les tombes apprêtées. Tant de soins pour humaniser la mort. Les larmes lui montent aux yeux. De retour à Paris, elle ira refleurir celle de son époux. Où l'attend-il, ici, là-bas, là-haut, nulle part ? L'incertitude ne l'empêchera pas de se précipiter au cimetière, sinon rien ne combattrait l'emprise du néant. Dans son village natal, un vieillard venait s'installer des journées entières à côté de la sépulture de son épouse. Il apportait un tabouret, une gamelle, une bouteille, et demeurait assis à la même place sans paraître s'impatienter. Il repartait au crépuscule et revenait le lendemain. Le gardien avait renoncé à lui faire entendre raison. Après tout il ne contrevenait à aucune loi, ne créait aucun dommage. On le laissa donc là à marmotter des heures entières et, très vite, plus personne ne lui prêta attention. Un matin, il ne se présenta pas. On le retrouva inanimé dans son lit quelques jours plus tard. Paule s'arrête, frémissante, devant une fosse vide. D'ordinaire, la vie nous masque la mort et puis soudain elle est là, elle nous ouvre les bras comme cette grande fosse nue, fraîchement creusée. Un nouvel élancement lui déchire la poitrine. Elle titube vers une tombe en marbre noir et s'y assoit. Ses idées se brouillent. Dans un tourbillon d'images, elle revoit le sourire mystérieux de sa sœur la veille de sa fugue, son époux qui dépose le baiser nuptial sur ses lèvres encore closes, son fils lui tendant la main dans un sentier de montagne. Des mots l'assourdissent : « Elle m'a regardé avec des yeux d'aveugle. Épousez-moi, je ne vivrai que pour votre bonheur. Grand-mère, reste avec papa et moi ! Monsieur, je vous souhaite de mourir réconcilié avec Dieu et les hommes… » Les images et les voix s'estompent. Paule a conscience du vide qui la pénètre. Dans un sursaut, elle tente d'effacer de sa main tendue l'expression de reproche de Marianne, puis s'affaisse, face contre terre. Un chat qui observait la scène s'approche à pas feutrés et contourne le corps recroquevillé.

Deux jours plus tard, un télégramme informa Pierre Vuillard du décès de sa mère. On lui demandait de prendre contact au plus vite avec l'institut médico-légal de Vienne.

25

Pierre s'absorbait dans le spectacle de la pluie qui glissait avec une lenteur irritante sur les vitres d'un hôtel parisien. Il s'efforçait de tenir son chagrin à distance en suivant des yeux le caprice monotone des gouttes. Après la nouvelle du décès de Paule, il avait vécu les premiers jours en état de choc. Le rapatriement du corps, les obsèques, les consolations à dispenser à Marianne l'avaient distrait de sa propre douleur. Lorsque Lucile s'était présentée à son bureau, arborant une expression de mauvais augure, pour lui remettre le télégramme, Pierre avait deviné de quoi il s'agissait. Elle lui avait tendu le papier en silence. Il l'avait lu puis avait fait quelques pas sans proférer une parole. Lucile, qui avait espéré confusément un rapprochement de ce deuil, s'en était retournée penaude, néanmoins satisfaite d'être délivrée à jamais des visites de sa belle-mère.

Les yeux perdus dans le vague, il ne prit pas conscience tout de suite que la pluie avait cessé. Il faisait maintenant nuit noire. Pierre alluma la lampe de chevet et ne sut plus que faire de lui-même. Il avait éprouvé ce sentiment de vacuité juste après l'inhumation. À ce moment, Lucile avait dit d'un ton où perçait le soulagement : « C'est fini », puis elle s'était lancée à la poursuite de Marianne en pleurs dans l'allée du cimetière.

Alors qu'il les reconduisait à la gare, Pierre avait parlé des détails pratiques : vider l'appartement, le restituer au propriétaire, garder les quelques objets attachés à sa mémoire. Marianne était sortie de son mutisme pour réclamer la bague d'améthyste. Elle la rangerait dans une petite boîte à côté de sa tirelire et la porterait lorsqu'elle serait grande. Pierre la lui avait promise. Ensuite, plusieurs consultations à la Salpêtrière l'avait empêché de ressasser son chagrin.

Il ouvrit la fenêtre et contempla le ciel obscurci. L'atmosphère refroidie par la pluie lui rappela un soir en Savoie, dans son jeune âge. Paule l'avait emmené dans une auberge de montagne. Elle avait ouvert la fenêtre après un orage et l'air rafraîchissait doucement la pièce aux meubles rustiques. Il était heureux à l'idée de partager avec elle le grand lit aux draps rugueux. Elle s'était dissimulée derrière un paravent pour revêtir sa chemise de toile blanche. Il l'avait priée de ne pas éteindre la lumière tout de suite. Il y avait tant de choses nouvelles à observer. Elle lui avait raconté des histoires de son pays natal de ce ton grave qu'elle adoptait quand elle parlait de la vie des autres, veillant à ne rien dire d'offensant pour leur dignité. Il s'était endormi paisiblement.

Pierre s'éloigna de la fenêtre. Il pensa qu'il pourrait errer dans les rues désertes mais le poids de son affliction et la lassitude le retinrent. Ne sachant plus rien de lui que cette tendresse perdue, il se coucha pour en retrouver l'empreinte. Jusque tard dans l'adolescence, il avait aimé sa mère d'un amour jaloux. Elle était veuve et belle, de cette beauté solide qui résiste au labeur, à la souffrance, au temps. Des hommes s'étaient empressés de lui dispenser leurs services. Elle s'y refusait toujours, préférant ne rien devoir à personne. Échapper à la sollicitude des autres sans les désobliger, tel avait été une des constantes de sa conduite.

Le lendemain, dans un couloir de l'hôpital, Roselyne lui présenta ses condoléances. Elle revenait de vacances mais son teint bronzé sur un visage amaigri la vieillissait. Elle ne paraissait pas pressée aussi invoqua-t-il une excuse pour s'éloigner. Il travailla tard et quand il se trouva de nouveau désœuvré, la conscience de sa solitude le rattrapa. Il s'attarda à la terrasse d'un restaurant. Une femme brune attablée lui rappela Hélène Darban. Elle n'était pas réapparue depuis ce jour où il l'avait conduite à Paris. Paule, un peu distante au début du voyage, avait vite sympathisé avec cette radieuse jeune femme qui interrogeait son fils sur un ton d'évidente admiration. À sa demande, il lui avait promis, puisque ce genre d'écrits ne la rebutait pas, de lui faire parvenir quelques-unes de ses publications. Elle lui avait parlé avec une certaine complaisance de la diversité de ses lectures. Il avait aimé la tenue de sa voix, cette diction que peu de femmes possèdent hors de la scène. À Paris, il avait d'abord déposé sa mère. Les deux femmes s'étaient promis de se revoir à l'occasion d'un divertissement, au théâtre par exemple. Demeuré seul avec Hélène à ses côtés, celle-ci avait continué d'entretenir la conversation mais elle partageait visiblement son embarras. Au moment de la quitter sous le porche d'un immeuble du côté de l'Opéra, il lui avait proposé de la ramener le jeudi en fin d'après-midi. Mais elle s'était engagée à revenir avec ses hôtes parisiens qui devaient séjourner chez elle pendant quelques jours. Il lui avait alors remis son numéro de téléphone pour qu'elle puisse le joindre à l'hôpital. Elle s'était hâtée en retour de lui griffonner celui de ses hôtes sur un bout de papier arraché à son calepin. Il l'avait rangé dans son portefeuille derrière une photographie montrant Paule et Marianne enlacées. Hélène lui avait tendu la main. C'est sans un regard en arrière qu'elle s'était engouffrée dans l'immeuble, d'une démarche alerte, légèrement affectée. Peut-être exagérait-elle un peu.

Les jours suivants, il lui était arrivé de rêver sur l'écriture tremblée du numéro de téléphone. Il venait juste de remettre le carré de papier dans son portefeuille lorsque Lucile avait surgi avec le télégramme annonçant la mort de sa mère. Il travaillait beaucoup, parlait avec ses collègues, parfois même déjeunait avec eux, évitait les prévenances de Roselyne, réconfortait Marianne que le chagrin assagissait, ignorait Lucile, écoutait de la musique avant de s'endormir… Cependant, il accomplissait tout cela avec la conscience de son abandon. Que sa mère fût morte au pied d'une tombe en terre étrangère aggravait sa peine. Pourquoi était-elle allée dans ce cimetière, par quelle coïncidence ? Était-ce machinal, délibéré, et quelles pensées l'avaient accompagnée au seuil de la mort ? Avait-elle su qu'elle mourait et dans ce cas avait-elle appelé son fils ou l'autre homme, celui qui la hantait ? L'esprit harcelé de suppositions contradictoires, de questions sans réponses, Pierre se désolait ; le sentiment d'avoir contracté envers elle une dette dont il ne pourrait jamais plus s'acquitter le minait. Bien que sa mère n'eût cessé de lui répéter qu'il était le meilleur des fils, qu'en rien il ne l'avait déçue et que son père aurait été très fier de lui, Pierre demeurait incertain, livré sans défenses aux caprices d'une culpabilité sans visage.

Il ne garda rien des biens et des affaires de Paule sinon une boîte en carton contenant des photographies pêle-mêle, le foulard qu'il lui avait offert avant son départ et surtout la bague d'améthyste promise à Marianne. Il distribua le reste, par l'entremise de la concierge, à quelques dames du voisinage. Qu'une existence est poignante, un peu dérisoire, déchiffrée à travers les objets qui l'ont servie ! Les habits pour se protéger, s'embellir, le lit pour se reposer, ces chaises, ces tables : un enfant qui joue à la dînette n'est pas plus émouvant. Alors qu'il se débarrassait des meubles, entassait les objets, Pierre se souvint de cette jeune fille pâle et blonde, amenée d'urgence à la Salpêtrière. Elle ne disposait que d'une chemise de nuit de toile rêche et d'une trousse de toilette usagée qui contenait une savonnette encore emballée, un tube de dentifrice entamé, une brosse à dents et un peigne édenté. À l'heure de la visite, il l'avait surprise fourrageant dans sa trousse. Sa tête inclinée, l'air de modestie qui se dégageait de toute sa personne lui allèrent droit au cœur. Impression qu'il s'était empressé de chasser sitôt sorti de la salle commune. En ces jours de deuil, tandis qu'il s'affairait dans l'appartement, il comprenait mieux son émotion d'autrefois. Pour rien au monde, il n'aurait voulu que Lucile l'assistât dans cette tâche où chaque geste, chaque décision réveillait en lui un souvenir, et lorsqu'il referma pour la dernière fois la porte derrière lui, il éprouva jusqu'à l'angoisse le sentiment de la séparation. Le déménagement achevé, il descendit à la loge et frappa trois petits coups sur la porte vitrée. Une femme grisonnante aux bajoues couperosées lui ouvrit et le fit entrer. Il lui remit la clé et une enveloppe contenant de l'argent pour la remercier de ses services. Il l'engagea aussi à le joindre si elle avait un jour un problème de santé, elle ou l'un des siens.

— Cela va me faire drôle, monsieur Vuillard. Je vous revois tout petit avec madame votre mère, vous pensez si ça fait un bail, c'est ce que je dis toujours : je l'ai connu dans le ventre de sa mère, je l'ai vu grandir, et je me souviens comme madame Vuillard était fière de vos bonnes notes, une vraie consolation après son malheur. Mon mari et moi, on l'estimait beaucoup, c'était une femme qui savait se tenir, pourtant belle et jeune, mais elle ne pensait qu'à votre éducation. On se doutait bien qu'elle ferait de vous un monsieur, alors que tout soit fini, ça me fait un coup. Si le cœur vous en dit, venez donc dîner avec nous un soir, je ne suis pas mauvaise cuisinière, vous n'avez qu'à téléphoner à la loge.

Pierre lui dit sincèrement qu'il n'y manquerait pas. Il ne lui serait pas indifférent de passer quelques heures dans cette pièce où, enfant, il lui était bien souvent arrivé de jouer en attendant sa mère. Après un bref dîner dans une brasserie proche, il reprit la route en hâte. D'ordinaire, quelques heures de sommeil suffisaient à le remettre d'aplomb, mais ces derniers jours l'avaient éreinté. Il filait à toute allure, apaisé à l'idée de parcourir le large ruban désert qui s'étendait à perte de vue sous un ciel sans lune. Après Caen, il se retrouva sur de petites routes bordées de haies. Il ne goûtait jamais autant la solitude que lorsqu'il conduisait, oublié au milieu d'un monde endormi. Alors, il n'avait plus d'âge, plus d'ambition, plus d'épouse, à peine savait-il que les femmes existaient. Seule Paule l'accompagnait, lui montrant le chemin, écartant les obstacles : « Va, mon fils, vole de tes propres ailes, une mère qui insiste est une mauvaise mère. » Voici longtemps qu'elle l'avait rendu à lui-même à force de respect et de confiance. Il traversa Saint-Lô. L'éclat brutal de phares le contraignit à ralentir. Il crut reconnaître l'avocat au volant de la voiture d'en face. Lui non plus ne devait pas forcer sur la fidélité conjugale. Un mois auparavant, Madeleine Laribière était venue le consulter pour son fils Simon, lequel souffrait de migraines persistantes. L'enfant lui avait paru particulièrement hostile.

Le salon était allumé ; Lucile l'attendait. Il était fatigué à l'avance de ses récriminations de mère accablée. Assise sur le canapé de cuir, la mine lugubre, les yeux rougis de fatigue, elle feuilletait de vieux magazines. Il lui déposa un baiser sur le front.

— J'ai tout réglé, les deux meubles qui restent seront enlevés demain par une amie. Et toi, comment vas-tu ?

— Oh moi, ça va. C'est Marianne qui est impossible. Au beau milieu de l'après-midi, un agent me l'a ramenée. Elle a filé jusqu'au commissariat pour tirer la langue aux policiers. Elle leur a demandé de lui faire une visite guidée.

Pierre éclata de rire. Comment se pouvait-il que Lucile eût pris au tragique semblable espièglerie ? Le conflit ne pourrait que s'exaspérer entre elles. L'amener à davantage de souplesse était peine perdue. Tout son être appelait le souci et sans doute se jugerait-elle indigne si elle ne se tourmentait pas, même pour des vétilles.

Lucile ne tint aucun compte de son hilarité.

— En plus, déclara-t-elle, Marianne a refusé de dîner et de dormir dans le noir !

Il imaginait la réaction d'Hélène Darban en pareille circonstance. Elle n'aurait certainement pas veillé jusqu'à deux heures du matin pour alarmer son époux.

— Ce n'est pas une catastrophe, elle veut juste te

provoquer, elle sait très bien ce qu'elle fait.

— C'est précisément ce qui est grave, qu'il y ait tant de malice en elle.

— Si tu prends au sérieux ses provocations, elle va s'y enferrer comme toi dans l'humeur noire.

En disant ces mots, Pierre sut qu'il l'avait mortifiée en vain. Marianne n'accepterait pas davantage une mère insouciante ; ce qu'elle voulait, c'était la guerre. Quant à Lucile, elle pouvait sans tarder ajouter à son désarroi de mère martyre et d'épouse négligée celui de femme incomprise.

Avant de gagner son lit, il entrebâilla la porte de la chambre de Marianne. Elle dormait bouche bée. Une lampe de chevet recouverte d'un abat-jour en soie rose pâle éclairait son visage diaphane. Il s'approcha et déposa sur le bureau en laqué blanc un écrin de velours violet contenant la bague d'améthyste.

26

Après cette douloureuse période de dépossession où faire un pas vers l'avenir semblait aussi absurde que retourner vers le passé, la vie reprit son cours. Pierre s'habituait à se cantonner dans le présent des tâches à accomplir. Une fin d'après-midi d'hiver, alors que la neige fondait sur l'asphalte des trottoirs, il téléphona à Hélène Darban. La voix féminine qui répondit appela cette dernière sitôt sa demande formulée. Hélène ne parut pas surprise de son appel et lui parla comme s'ils s'étaient vus la veille. Les inflexions de sa voix l'émurent tandis qu'elle lui racontait gaiement son séjour parisien : elle avait enfin cédé aux prières de son fils qui découvrait la capitale avec ravissement. Pierre s'excusa et voulut remettre à une autre fois sa proposition de rendez-vous. Mais Hélène protesta, l'enfant n'avait aucun besoin d'elle dans son sommeil. Ils convinrent d'une rencontre le lendemain soir.

Désormais Hélène Darban fit coïncider ses séjours avec ceux de Pierre. Elle ne pouvait venir comme lui chaque semaine, seulement quelques jours par mois. Le reste du temps, elle le passait à attendre, à préparer mentalement leur prochaine rencontre. Parfois, dans la journée, il lui téléphonait brièvement de la clinique ou de l'hôpital. Il lui avouait comme elle lui manquait et pour Hélène cela seul importait.

À Paris, tout le temps que dura leur liaison, ils se retrouvaient dans un hôtel sur les quais de la Seine. Ils dînaient dans un restaurant près de Notre-Dame, restaient quelques heures ensemble puis il la raccompagnait chez son hôtesse, la seule dans la confidence. L'hôte n'aurait pas forcément approuvé une aventure affichée. Hélène parfois le rejoignait dans une brasserie non loin de l'hôpital, à l'heure du déjeuner. Très exceptionnellement, ils voyaient un film ou assistaient à quelque concert. Ils préféraient à tout l'intimité des étreintes, des confidences et leur histoire fut jalonnée dès le début de rituels. Ils se voyaient trop peu pour se perdre en distractions, aussi jetèrent-ils l'ancre à demeure. Cette discipline plut à Hélène qui renouait avec son ancienne sagesse de collégienne.

Elle aimait converser, il préférait écouter. Il l'écouta passionnément. Elle variait les anecdotes et les considérations avec bonheur et répondait de bonne grâce à ses questions, quitte à le regretter si elle avait piqué sa jalousie. Son intelligence aiguë n'avait d'égale que son insouciance. Il parlait parfois de Lucile qui s'enfonçait dans la mélancolie mais taisait ses inquiétudes pour Marianne et ne livrait que ses motifs de fierté. Elle évoquait ses lectures avec discernement. Il admirait qu'elle eût tout lu. Pour ne pas être en reste, il voulut l'initier à la musique classique. Elle évoquait avec drôlerie la méfiance que provoquait sa liberté d'allure parmi les dames de la ville, Madeleine étant la seule qui trouvât grâce à ses yeux. Celle-ci se montrait en effet parfaitement imperméable aux rumeurs. Pierre reconnaissait Hélène dans ses moindres agissements et chacun de ses mots, de ses gestes l'émouvait. Il l'adorait et rêvait quelquefois à ce qu'aurait pu être la vie s'il l'avait épousée plutôt que cette femme maussade et rancuneuse, mais l'idée que Marianne eût pu ne pas exister le glaçait. Pierre s'efforçait pareillement de la reconnaître quand, enlacés après l'amour, elle lui parlait de son passé. Il la cherchait à travers les multiples évocations de son enfance ou de son adolescence et une légère angoisse s'infiltrait en lui devant cette inconnue. Son trouble, il le dissipait aussitôt en la couvrant de caresses, de promesses, tandis que la compassion le déchirait. Un mal pourrait-il naître de cette histoire compliquée ?

Hélène avait gardé un souvenir confus de sa mère partie très tôt sous d'autres cieux. Son père lui avait dit : « Tu ne la reverras jamais plus, elle t'a abandonnée, elle est déchue de ses droits maternels, ce qui signifie qu'elle n'a plus le droit d'être ta maman. » À partir de ce jour, une carapace de glace avait protégé la fillette d'ennemis invisibles. Elle s'était mise à obéir en somnambule à son père, gardant ainsi ses forces intactes pour des jours meilleurs. Ne plus s'impliquer, telle avait été la devise muette d'une enfant qui ne manquait jamais d'apprendre ses leçons pour ne pas réveiller le tigre qui dort. Son père ne l'oubliait qu'à ce prix ; elle savait d'expérience que susciter son attention équivalait à ranimer son hostilité. Pour sauter à la corde, elle se cachait derrière les arbres. Elle appelait le bonheur en marmonnant des airs entendus de la bouche d'une nurse moins rébarbative que les précédentes : celle-ci, appelée Mélanie, attendait que son employeur eût le dos tourné pour chanter d'une voix cristalline une mélodie sentimentale, en roulant les « r » comme le voulait la mode d'alors. À la fin, elle posait un doigt sur ses lèvres pour signifier à Hélène qu'il s'agissait là d'un secret. Elle n'avait d'ailleurs pas traîné longtemps dans la maison car le maître les avait surprises s'esclaffant, main dans la main. Mis en alerte, il signifia son congé à Mélanie, laquelle n'eut pas le courage de faire ses adieux à l'enfant. Un matin, son amie avait disparu. Elle souffrit autant du départ de la jeune femme que de celui de sa mère, personne au demeurant sympathique mais peu sûre et si lointaine. Elle se claquemura encore plus en elle-même, résignée à ce que le bonheur ne fût qu'éphémère. Peut-être quand elle serait grande, lui serait-il possible de le retenir. Devenue adulte, Hélène ne conservait de son enfance et de son adolescence que des impressions indifférenciées, une abstraction remplie d'actes à accomplir qui devaient inévitablement la préparer à cette métamorphose que représentait l'état de grande personne. Lorsque son père lui présenta le procureur, elle n'avait ressenti aucune révolte, juste un imperceptible mouvement de recul. L'intuition et quelques lectures illicites l'avaient initiée aux réalités amoureuses mais il ne lui vint pas à l'idée qu'elle pouvait les appliquer à ce fiancé sévère, embarrassé quand il s'agissait de savoir s'il devait marcher devant ou derrière elle. Son instinct lui disait qu'elle serait gagnante. Sa nuit de noces fut décisive. Sous le coup de la frayeur, voyant son mari battre en retraite, elle sut qu'elle ne redouterait jamais plus personne. Elle ne songea pas être mal tombée ou qu'il manquait de confiance, elle venait seulement de découvrir l'art imparable de l'intimidation. Elle continua d'écouter avec une crainte superstitieuse l'homme du tribunal, mais sans plus croire que sa parole lui appartînt en propre : il était uniquement le médium qui répétait la voix étrangère.

Durant les premières années de son mariage, Hélène avait joui de l'extrême futilité de son existence comme d'une récompense méritée. Elle se donnait à tout ce qui s'offrait à sa curiosité, lisant jusqu'à une heure avancée de la nuit aussi bien le dernier roman à la mode que les *Essais* de Montaigne ou les *Maximes* de La Rochefoucauld. Elle se précipitait dans les galeries de peinture, les expositions, les vernissages, commentait, admirait, se moquait. Elle suivait avec soin aussi la mode vestimentaire. Qu'il est agréable de se sentir jeune, belle, élégante et désirable. Elle courait les magasins, les boutiques renommées, s'asseyait à la terrasse d'un café, déposait à ses pieds des paquets chargés de nouveautés, et se délassait, satisfaite, à contempler les passants, le mouvement de la rue. Des messieurs la dévisageaient avec insistance, certains l'abordaient. Elle eut deux ou trois aventures fort agréables qui laissèrent son cœur de glace. La nostalgie d'un bonheur plus profond, l'exigence d'une vie plus grave commencèrent à la rattraper. Elle se mit à fumer avec excès, tourner en rond chez elle, prendre moins de plaisir à ses séjours parisiens. Pierre Vuillard fut providentiel. C'est peu dire qu'elle l'adora, elle bénissait sa mère, sa fille et même son épouse qui avait le mérite de n'être plus attrayante. Grands dieux, quel fruit amer que cette femme !

Il savait à peu près tout d'elle. Elle s'était racontée, blottie dans ses bras, s'efforçant d'éclaircir les zones d'ombre, sans le moindre souci de préserver cette zone mystérieuse de silence qui, paraît-il, donne tant de charme. Elle savait presque tout de lui, ce père tué qu'il n'avait pas davantage regretté qu'elle n'avait regretté sa mère enfuie, ses ambitions, la guerre des tranchées, son mariage et très vite le sentiment qu'il s'était trompé, la mort de sa mère aimante et aimée. Seule sa fille demeurait en partie son secret et si Hélène l'avait su, elle aurait soupçonné à juste titre un signe de mauvais augure dans cette réticence.

L'existence de Pierre ne changea guère en apparence. Il travaillait autant ; auparavant, il passait d'une femme à une autre, la dernière en date étant par principe plus désirable que la précédente. Maintenant, il ne regardait plus les passantes et rentrait seul à l'hôtel quand sa maîtresse n'était pas à Paris. Elle habitait ses pensées et le désir qu'il avait d'elle le rendait un peu distrait.

Hélène de son côté changea complètement de vie. Elle n'était plus en quête de nouveauté et ne se rendait plus que rarement dans les lieux fréquentés par le beau monde provincial ou parisien. Elle s'attardait dans sa grande maison, s'occupait de son fils. Sur les conseils de Pierre, elle cessa même de fumer. Le procureur trouvait que son épouse avait de bien étranges façons depuis quelque temps. Par exemple, elle écoutait des heures durant, dans la pénombre d'une pièce aux volets clos, Monteverdi, Mozart, Couperin…

Les fins de semaine étaient une source d'effervescence car il travaillait, non loin de chez elle, le vendredi, le samedi et souvent le dimanche. Un soir, au moment de se quitter, désespérés à l'idée de ce long mois où ils habiteraient la même ville sans se voir, ils convinrent de s'arranger des rencontres de hasard. Le vendredi vers midi, il monterait, sauf urgence à la clinique, déjeuner au tabac sur la place. Elle alla chaque jour acheter des magazines ou un journal dans ce café, ainsi sa présence finirait par paraître tout à fait naturelle. À travers la vitre, il la vit venir, elle marchait sans hâte, le visage impassible. Elle entra, fit un signe de tête à la ronde d'un air neutre, feignit la surprise en le voyant. Ils échangèrent quelques mots puis elle se dirigea vers un support où étaient exposés les magazines. Elle s'attarda à les feuilleter, hésitant avant d'en choisir un. Pierre sans la regarder ne voyait qu'elle. Hélène fit durer le plaisir. Elle se décida enfin, paya et repartit sans un regard pour personne. Il la vit s'éloigner du même pas lent, le dos très droit, et son esprit s'éteignit. Ils recommencèrent un samedi, un autre vendredi. La dernière fois, il n'y tint plus et, tandis qu'elle s'approchait de la caisse, il l'aborda pour lui offrir de la raccompagner en voiture. Madame Darban parut embarrassée, il avait rompu les règles du jeu, mais comment refuser ? Ils quittèrent le café sous le regard inquisiteur des clients. Pendant le court trajet, elle le gronda, lui caressa le genou. Hélène retenait ses larmes. Préméditer de subreptices rencontres et se comporter comme de simples connaissances, était-ce bien sage ? Ils décidèrent d'arrêter. De toute manière, ils se reverraient à Paris la semaine suivante et l'idée que plus rien ne les empêcherait de s'abandonner l'un à l'autre les réconcilia avec le bonheur. Il la déposait à ce moment devant la grille de son domicile lorsque la voiture du procureur s'engagea dans la rue. Darban se gara avec nervosité puis vint saluer Vuillard et l'inviter à prendre l'apéritif. Pierre déclina l'offre, les motifs ne lui manquaient pas. La main molle du procureur l'avait troublé. Elle continua de le hanter alors qu'il s'occupait à la clinique. Le soir à table, il écouta distraitement Lucile qui lui relatait par le menu sa journée. Il ne chercha pas non plus à savoir les raisons pour lesquelles Marianne boudait une fois de plus.

Cette main humide, il y pensa les jours suivants, détestant les évocations inopportunes qu'elle suscitait en lui. Il avait toujours occulté les liens physiques qui unissaient sa maîtresse à son époux, mais le contact moite de cette main venait de les lui rappeler brutalement. Qu'Hélène fasse ou ait fait l'amour avec cet homme la lui rendait soudain suspecte, bien qu'il sache pertinemment qu'elle ne pouvait guère y échapper. À certains moments, rares peut-être, elle écartait les cuisses. Et tout un processus organique, impersonnel, se mettait en mouvement. Il ne lui était plus nécessaire d'être amoureuse ou fascinée pour connaître le plaisir, un plaisir qui singeait le leur. Peut-être n'en ressentait-elle aucun, mais cette froideur ne la grandissait pas pour autant, et Pierre ne savait pas s'il la préférait jouissante ou frigide, de toute manière exposée à une complicité douteuse. Il avait connu avec Lucile cette situation assez abjecte qui consiste à faire l'amour avec un être dénué pour vous de tout attrait sexuel. Avant de connaître Hélène, il s'imposait encore de coucher de loin en loin avec elle, pour préserver entre eux un semblant de normalité. Totalement abstinent, elle l'eût su adultère et il aurait ressenti son inquiétude jalouse comme une incongruité. Depuis ses nouvelles amours, une gêne, presque un dégoût l'envahissait lorsqu'il voyait les bras de Lucile, décharnés sous leur léger duvet. Il s'efforçait de ne plus regarder celle dont était née sa fille. Cette femme desséchée par l'amertume dont il aurait préféré se faire une alliée dans l'intérêt de Marianne, il s'en doutait, pourrait devenir une ennemie venimeuse et user de leur enfant pour défendre ses prérogatives. Il chassa Lucile de ses pensées et revint à Hélène. Des images d'étreintes hypothétiques le harcelaient. L'interroger ? Elle le cinglerait de sa tranquille franchise. Ou bien c'est lui qui l'offenserait. Et pourquoi ne l'offenserait-il pas ? Quand la jalousie le tenaillait, il imaginait mille supplices, le pire étant de la blesser dans une pudeur qu'il lui supposait. Toujours à ces pensées, il négligea de lui téléphoner et prit le risque de ne pas la voir venir à leur prochain rendez-vous.

À la maison, Lucile était plus nerveuse que d'habitude. Sa peau sèche, son teint plombé s'accordaient avec sa maussaderie. Ses cheveux, épandus quand elle ne sortait pas, achevaient de la déparer depuis qu'elle avait perdu l'éclat de la première jeunesse. Elle semblait irréparablement usée à trente-cinq ans. Savoir ce qu'elle pensait, désirait ou projetait, aurait exigé de Pierre un questionnement incessant, des supplications, peut-être des mots d'amour. Il préféra renoncer. Peu expansive, sauf quand il s'agissait de détailler ses griefs, d'épancher sa douleur, elle s'enferma davantage dans le silence et ressassa sans répit ses échecs. Aucun homme ne l'aimait, plus personne ne la réclamait, elle était importune. Et dire qu'il n'y avait pas si longtemps, elle s'était crue une jeune fille très précieuse. Son frère lui répétait à tout bout de champ combien elle était merveilleuse. Pourquoi une telle déchéance ? Elle n'avait pas tenu la route alors que d'autres s'épanouissaient à vue d'œil. Hélène Darban, par exemple. Pourtant, tout n'était pas joyeux dans son existence, sa mère l'avait abandonnée, son mari n'était guère aimable, les autres femmes la détestaient. Et cependant, il fallait la voir triompher, riant au soleil, aux étoiles, la tête haute, tenant à distance les hommes qu'elle savait tous à ses pieds. Lucile se souvenait du jour où Laribière l'avait gommée de son champ visuel, elle, pour fixer son regard admiratif sur Hélène qui d'ailleurs l'ignorait. Et Pierre, comme il était séduit ! Se rendait-il seulement compte que cela crevait les yeux ? Même Marianne avait foudroyé du regard l'élue de la fête. Que d'images traversaient maintenant son esprit. Hélène qui achetait des fleurs à foison et les emportait à bras-le-corps pour les déposer délicatement sur la banquette arrière de sa voiture. Hélène qui saluait distraitement les gens dans la rue, ennemie de personne, indifférente, heureuse… La veille de son départ pour Paris, alors qu'ils étaient tous deux dans le salon, Pierre s'avisa qu'elle semblait ruminer une idée, un projet peut-être plein d'espoir. Un vague sourire étirait à peine ses lèvres tandis que son front plissé, ses sourcils froncés exprimaient une vive préoccupation. Il s'agissait surtout pour Lucile de se donner l'air intéressant, mais Pierre tomba dans le panneau. Il lui proposa de l'emmener au restaurant. Elle parut un instant étonnée mais accepta. Elle lui demandait juste une dizaine de minutes, le temps de se coiffer et se repoudrer, de prévenir la domestique.

— Dépêche-toi, je vais l'avertir moi-même, je t'attends dans la voiture.

Marianne jouait avec une toupie sur le parquet de sa chambre. Elle ne leva pas la tête quand son père entra.

— Je sors avec ta maman, tu vas dîner seule avec Jacqueline, elle te mettra au lit. J'espère que tu éviteras les caprices.

Elle ne daigna pas lui répondre, marmonnant des paroles inintelligibles à l'adresse de son jouet. Il connaissait le caractère opiniâtre de sa fille et l'abandonna à sa mauvaise humeur.

À peine eut-il refermé la porte derrière lui qu'elle alla ranger la toupie dans un coffre d'où elle extirpa une poupée blonde et bouclée qu'elle comptait offrir à Solange le lendemain. Elle se rapprocha de la croisée et écarta furtivement le rideau. Elle vit sa mère, perchée sur des talons et vêtue d'un manteau de coton fleuri, aller ouvrir la grille tandis que l'auto roulait doucement sur le gravier de l'allée. Lorsqu'elle fut dans la rue, la portière s'ouvrit pour l'accueillir. Le conducteur levant les yeux aperçut Marianne qui s'éloigna d'un geste brusque de la fenêtre. Assise sur le tapis, elle croisa les bras, baissa la tête, l'air d'une pénitente, et résolut d'attendre dans cette position qu'on vienne la chercher. Il fallait surtout veiller à ne pas faire de bêtises, comme faire pipi dans les coins, provoquer les agents de police, tirer les cheveux plus longs que les siens des petites filles, soulever sa robe devant les garçons en leur faisant une grimace. Demain, elle serait très gentille avec Solange qui lui avait pardonné son coup de poing. Ainsi sa grand-mère qui la voyait du ciel serait fière d'elle, du moins c'est ce que disait maman. Elle sursauta, à travers la porte Jacqueline lui criait d'une voix suraiguë de descendre.

Ils roulèrent en silence. Pierre ne savait comment formuler ses intentions. Il avait agi sur un coup de tête en invitant Lucile mais maintenant il voulait tirer parti des circonstances et l'amener à reconnaître qu'elle ne pouvait plus vivre ainsi, se désoler à longueur de journée. Mais que proposer à une femme rivée à sa petite existence provinciale ? Elle n'avait pas de métier, pas de perspectives, aucun intérêt intellectuel. Comment ne pas être voué au ressassement ! L'unique moyen de se libérer d'elle eût été qu'elle fût délivrée d'elle-même. Lui suggérer de prendre des libertés, d'aller, comme Hélène, seule à Paris de temps à autre ? Elle s'y ennuierait, elle n'avait pas le sens de la vie. Demander le divorce de but en blanc, la mettre au pied du mur ? Elle s'effondrerait et entraînerait Marianne dans sa chute. Seul le respect des convenances donnait de la décence à son malheur. Et lui-même, comment vivrait-il un mesquin droit de visite ? Il aurait tout simplement fallu que les recommencements fussent possibles.

Au bout de quelques kilomètres, Lucile s'efforça de lui tenir des propos anodins, mais elle peinait sur chaque mot. Quand il se gara devant l'auberge où stationnaient quelques voitures, il savait déjà que rien ne sortirait de ce tête-à-tête. En lui ouvrant la portière, il remarqua qu'elle n'avait plus l'air de comploter. Ils pénétrèrent dans une vaste salle oblongue éclairée aux chandelles. Les tables rustiques aux nappes blanches décorées d'un bouquet de fleurs étaient suffisamment éloignées les unes des autres pour que les clients fussent à l'aise. Trois couples et une famille étaient installés et le doux bruissement de leurs voix enveloppait la pièce d'une atmosphère feutrée, propice aux épanchements. Pierre se sentit d'emblée en porte-à-faux, mais Lucile s'avança d'un air résolu lorsque le serveur leur désigna une petite table ronde sous la fenêtre. Ils s'assirent, Lucile le dos tourné à la salle, et commandèrent des apéritifs. Pierre se décida rapidement devant le menu, mais Lucile hésitait. Elle aurait aimé qu'il eût mille prévenances. Négligeant le hors-d'œuvre, elle finit par choisir une truite à la meunière, se désintéressa des vins et attendit, lèvres ostensiblement closes, qu'on les servît. Il s'irritait une fois de plus de son appétit délicat alors qu'Hélène dévorait à belles dents. Il supportait de moins en moins ses prétentions, son air mortifié. Un pick-up diffusait les *Concertos brandebourgeois* en sourdine. Lucile mastiquait lentement. Chacun de ses doigts semblait inventorier ce qu'elle mangeait et rien ne semblait passer. Son front se plissait à intervalles réguliers. Pierre ne pouvait se dissimuler qu'elle était au plus mal et il maudissait ce malheur ordinaire qui ne dépendait plus des circonstances. Il se souvint l'avoir invitée et se battit les flancs pour trouver un sujet de conversation. Le meilleur moyen de la dérider n'était-il pas encore de s'intéresser à son cas ?

— Tu me parais bien préoccupée ces derniers jours. Plus que d'habitude. Je crains que tu ne tiennes pas le coup à t'enfoncer ainsi dans le mutisme. Tu ne fréquentes personne, tu te hérisses de susceptibilités, n'as pas de véritable activité...

— Que veux-tu que je fasse, je n'ai même pas la chance d'être pauvre. Si c'était le cas j'irais travailler ou bien les travaux ménagers m'occuperaient toute la journée.

— Tu n'es pas la seule à avoir la malchance d'être riche, ironisa-t-il. Je croyais qu'en venant t'installer ici, tu retrouverais ta place, mais tu sembles encore plus déprimée qu'auparavant. Pourquoi ne vas-tu jamais à Paris quelques jours, seule ? Tu agirais à ta guise et vivrais pour ton compte, sans témoins.

Lucile sursauta, piquée au vif :

— Pourquoi sans témoins ? Tu imagines que je voudrais faire des choses qui se passent de témoins ? Peut-être espères-tu te débarrasser de moi de cette manière ! Et qui s'occuperait de Marianne pendant que je me passerais de témoins ?

L'intonation qu'elle mit sur ses derniers mots laissa transparaître sa rancœur.

— Mais non, s'écria Pierre, je n'ai pas l'intention de me débarrasser de toi ! J'aimerais juste te voir avec du goût pour la vie. Il faut que tu tentes quelque chose, tout le monde y gagnerait, Marianne la première. On augmenterait les gages de Jacqueline. J'ai très confiance en cette fille, elle est gaie, sensible et ne s'offusque pas des frasques de Marianne.

Lucile secouait nerveusement une jambe sous la table.

— C'est l'exemple d'Hélène Darban qui te donne des idées de liberté pour moi ? Quant à la gaieté de Jacqueline, si tu crois qu'elle suffira à éduquer Marianne ! Elle est très insouciante et se contente de répondre zut pour ne pas dire pire quand la petite la provoque. Je veux que Marianne sache en détails pourquoi une chose se fait ou ne se fait pas.

Lucile martelait chaque syllabe. Il trouvait curieuse cette raideur pédagogique alors que tout chez elle glissait à vau-l'eau. Ce n'était pas la première fois qu'il le constatait : les femmes se plaisent à prendre des libertés dans le dos des hommes, parfois même à leur face, mais quand ces mêmes hommes les convient à plus d'indépendance, elles reculent, offensées du peu d'intérêt passionnel qu'elles suscitent. Elles se trompent d'ailleurs à peine sur ce dernier point, conclut Pierre souvent inquiet de la liberté d'Hélène.

Il lui suggéra de goûter la crème aux abricots recommandée par le chef tandis qu'il se satisferait d'un digestif. Elle n'avait plus faim mais accepta, guère plus pressée de retrouver leur foyer. Évidemment, elle n'avait jamais imaginé qu'elle pourrait mener une existence autre que celle des maîtresses de maison. Cette condition avait dû paraître à la petite fille d'autrefois une vie tempérée, en tout enviable. Mais ses espérances avaient été trompées et il était sans doute trop tard.

Soudain, il la vit. Elle entrait, suivie à quelques pas du procureur. Ils attendirent qu'un serveur vînt vers eux. Pierre avait légèrement pâli. Lucile se retourna vivement et regretta aussitôt son impulsion. Elle ne put s'arracher un sourire ou esquisser le moindre geste de bienvenue. Les nouveaux arrivés reconnurent au même instant les

Vuillard. Le visage d'Hélène s'éclaira de bonheur et de malice. Pierre s'était abstenu de faire signe depuis qu'il l'avait reconduite chez elle. Elle devinait ses raisons mais lui en tenait tout de même rigueur. Le procureur, bras ballants, semblait marcher sur des œufs. Pierre se leva. On échangea des poignées de mains. Lucile hocha la tête avec un air de dignité ostentatoire que personne ne remarqua. Pierre l'ignorait, toute son attention accaparée par la grâce mondaine d'Hélène. Lucile se sentit davantage mortifiée par les efforts que cette femme déployait pour être aimable avec elle.

Au retour, songeuse, Hélène Darban se taisait, vaguement irritée par le ton affecté de son époux qui continuait de parler comme s'il était en société. Il devait être joliment excité par cette rencontre et conduisait vite.

— Ne trouvez-vous pas qu'en votre présence, madame Vuillard se renfrogne encore davantage ?

— Et pourquoi voudriez-vous que la mauvaise humeur de Lucile ne vous vise pas au même titre ? répliqua-t-elle sans le moindre embarras.

— Comme vous le savez, je l'ai connue jeune fille. Elle était déjà très ombrageuse, trop couvée par son défunt frère. Elle était d'ailleurs assez jolie, mais son air de pénitente décourageait les soupirants. Je crois savoir que Laribière l'aurait bien aimée. On la sentait prête à cracher comme un chat dès qu'un homme s'approchait. Je me demande comment Vuillard s'y est pris pour la circonvenir. On le dit fort porté sur le beau sexe, auriez-vous des suggestions ?

— Je n'ai pas la moindre idée de sa manière de réagir… je parle de Lucile. Quant à lui, il est si sobre et discret que je ne vois pas d'où il tient cette réputation. De son charme, peut-être. Ignoriez-vous donc qu'un homme séduisant n'est pas nécessairement un séducteur ?

Elle se tut, consciente d'en avoir trop dit. Darban ne répliqua pas. Elle l'avait remisé une fois de plus. C'était sa manière rouée de parler avec franchise sans se trahir jamais.

Le lendemain, Hélène se présenta à leur restaurant habituel, très émue à l'idée qu'il puisse se dérober, tandis que de son côté il pouvait craindre qu'elle ne lui fasse payer son silence. Aussi leurs retrouvailles furent-elles particulièrement joyeuses. Il invoqua diverses fausses raisons qu'elle feignit de croire. Leur liaison s'intensifia et Pierre oublia qu'un germe de mort s'y était glissé. Ils éprouvaient si vivement la tristesse de la séparation qu'elle se résolut à le rencontrer davantage ; elle monterait à Paris tous les quinze jours.

— Et si ton mari s'y oppose ?

— Je viendrai tout de même, après tout je suis prête à affronter un divorce.

Elle prononça ce dernier mot en le fixant droit dans les yeux. Il la contempla sans rien dire. Le mot pesait entre eux. Il n'avait encore jamais songé en termes aussi nets à cette éventualité, bien que cette solution conspirât avec son désir. Hélène prenait les devants, le mettait au pied du mur.

Sa décision arrêtée, elle déserta le domicile conjugal deux fois par mois. Darban se tint coi, à l'affût du moindre signe. Il craignait que la situation tournât en sa défaveur. Son épouse eut toute liberté pour aller et venir à son gré.

De son côté, Pierre jugea inutile de tâter le terrain. Il se rappelait comment Lucile s'était braquée quand il l'avait exhortée à s'émanciper, et il imaginait sans mal ce qu'entraînerait une franche répudiation. Il ne lui restait donc plus qu'à lui asséner sans ambages la vérité. Un dimanche matin, alors qu'elle tricotait en écoutant la radio qui diffusait des romances à la mode, il se planta devant elle et l'observa sans aménité. Elle ne leva pas les yeux mais sa cuisse s'anima de petits tressautements nerveux.

— Pose ton tricot, j'ai à te parler.

Elle obéit mais ne releva pas son visage.

— Eh bien, qu'as-tu à me dire ?

Il se jeta à l'eau.

— J'aime une autre femme.

Elle laissa passer quelques secondes avant de répondre.

— Je crois même savoir qu'il s'agit de madame Darban.

— Madame Darban, pourquoi elle ?

— Si tu voyais l'air béat pour ne pas dire idiot que tu as en sa présence…

Elle tendit la main vers son tricot. Il l'arrêta d'un geste.

— Il vaudrait mieux que nous nous séparions.

Lucile leva enfin les yeux. Sa cuisse ne tremblait plus. Les mots lui vinrent sans difficulté.

— Bien que notre vie soit pour moi aussi gaie qu'un enterrement, je n'ai nulle envie de divorcer. Tu n'as rien à me reprocher vis-à-vis de la loi. Si tu décides d'aller vivre en concubinage avec Hélène, alors c'est moi qui demanderai le divorce. Il va sans dire qu'il me sera accordé à tes torts et alors Marianne me sera confiée. Quand tout sera réglé, je partirai au loin avec elle, j'ai assez d'argent pour cela, tu ne pourras quasiment plus la voir.

Elle avait débité ses menaces comme une leçon apprise et il comprit qu'elle s'attendait depuis longtemps à cette scène. L'assurance de sa voix était empruntée, mais il mesurait sa résolution : lui parti, elle n'aurait d'autre dessein que de le punir.

Dès la seconde de l'aveu, une joie mauvaise s'était mise à pétrir sa souffrance. Elle le tenait enfin. Auparavant, elle lui prêtait des aventures sans importance sur lesquelles elle n'avait aucune prise. Désormais, il aimait, sa trahison était circonscrite, elle pourrait s'appliquer à entraver son bonheur. Une lueur de triomphe durcissait son regard.

Pierre se demanda pourquoi elle tenait tant à le garder alors qu'il lui refusait tout. Comme morte au fond, desséchée, elle espérait juste sauver les apparences, demeurer la femme en place. Il insista tout de même.

— Je ne suis pas seul en cause. Si tu me prends Marianne, je souffrirai, mais elle aussi.

Elle eut un battement de cils et hurla presque.

— Jamais je ne laisserai cette femme s'approcher de Marianne !

Elle fut prise soudain de sanglots convulsifs et dissimula son visage derrière ses mains décharnées. Pierre l'abandonna à sa détresse. La mort dans l'âme, il s'apprêtait à quitter la pièce, lorsque Marianne y fit irruption. Postée derrière la porte, elle n'avait pas perdu une miette de leur affrontement. Elle se réfugia dans un coin, s'assit sur le parquet, y posa sa poupée et examina celle-ci un instant. Puis elle sourit d'un air entendu et lui distribua quelques gifles.

Le temps, qui ne sait rien faire d'autre, passa une fois de plus. Hélène l'aimait toujours mais avec tristesse, il l'aimait toujours mais avec remords. Leur désir brimé étouffait progressivement leur bonheur. Par un glacial après-midi d'hiver, elle alla consulter un médecin de quartier. L'examen confirma ses doutes. Frappée de stupeur, elle quitta le cabinet. Elle attendait un enfant qui ne pouvait être que de Pierre. Elle erra un long moment dans les rues avoisinant les Tuileries, s'assit dans différents cafés, perdue dans le désordre de ses pensées où luisait un vague espoir. Hélène avait vécu sa première grossesse dans l'inconscience ; elle avait néanmoins accueilli le nouveau-né avec plaisir. Cependant la maternité changea peu de choses à son existence. Elle se rappelait s'être félicitée, alors que l'enfant grandissait, de ce qu'il ne ressemblât pas à son père.

Le soir même, Pierre s'étonna de l'agitation distraite de sa maîtresse.

— Qu'as-tu, tu sembles préoccupée ?

Elle eut une moue involontaire avant de lui lancer :

— Eh bien voilà, je suis enceinte de toi…

Le ton de sa voix était neutre. Elle se tut. Pierre s'était figé. Il ne lui était jamais venu à l'idée qu'un enfant pourrait naître de leur amour. Elle l'observait tandis que, le regard ailleurs, il s'efforçait de comprendre les implications d'une pareille annonce. Elle alla finalement s'allonger sur le lit. Blessée, elle se tourna vers le mur. Il la rejoignit et la prit dans ses bras. Elle s'abandonna mais sa décision était prise.

Une semaine plus tard, Pierre la conduisit dans une clinique en Suisse. Il ne lui avait pas été facile de se décharger de ses obligations professionnelles. Troublée à l'idée de se débarrasser de cet embryon, Hélène avait tout avoué à son mari dans un paroxysme d'angoisse. Sa franchise n'avait exigé d'elle ni courage ni délibération. Indifférente aux conséquences, elle était entrée dans le salon où Darban se délassait après dîner en fumant la pipe, s'était assise en face de lui pour le regarder, avec insistance, exhaler de longues et lentes bouffées. Il n'avait pas secoué immédiatement sa torpeur, avait fait durer le plaisir, et quand il s'était décidé à parler, les mots s'échappèrent de sa bouche avec le détachement qui sied à un homme accoutumé aux poses.

— Pour quel motif me regardez-vous avec cette intensité ? Auriez-vous par hasard quelque chose à me demander ou plutôt à me révéler ? À moins que vous ne recherchiez tout simplement ma compagnie, ce qui serait nouveau. Je pourrais certes vous raconter ma journée au tribunal...

Hélène hésitait, au seuil de la révélation.

— Eh bien, que voulez-vous me dire ? Vous me rappelez une prévenue qui me dévisageait comme vous le faites alors que je requérais contre elle. Ce n'était pourtant pas moi le coupable.

Tant d'outrecuidance brisa sa retenue. Elle s'écria d'un souffle :

— J'attends un enfant qui ne peut être de vous pour des raisons que vous connaissez aussi bien que moi.

Le procureur sourcilla à peine, laissa passer quelques secondes et répondit à voix basse :

— Il est de Pierre Vuillard et j'imagine qu'il ne peut ou ne veut divorcer. Vous voilà bien embêtée.

Il reprit sa pipe et aspira plusieurs bouffées afin de ralentir le flux des pensées qui l'assaillaient. Il n'était pas surpris mais déçu. Il s'était toujours dit que s'il tombait sur un indice, une preuve, il la confondrait enfin. Et voilà qu'elle lui avouait tout simplement la vérité. Sevré de la jouissance escomptée, il contemplait son épouse.

C'était la même femme. Aucun masque n'était tombé. Elle soutenait son regard avec une espèce de tranquillité, même si l'angoisse dilatait ses pupilles. Qu'attendait-elle de lui ? Il ne l'avait jamais traquée et elle aurait très bien pu disparaître quelques jours pour avorter sans qu'il s'étonnât de son absence. Il posa sa pipe sur le guéridon.

— Quelles sont vos intentions ?

— Je ne veux pas garder cet enfant, vous le détesteriez.

Ses sanglots le prirent au dépourvu. S'il l'avait assurée alors de son indulgence, elle serait devenue sa meilleure amie, mais une telle faveur, d'ailleurs imprédictible, lui eût sans doute été indifférente. Pour l'heure, il observait un silence sévère devant son visage rougi par les larmes.

Hélène se ressaisit mais ne put parler encore. Il attendit qu'elle eût fini de hoqueter pour lui demander :

— Que comptez-vous faire ?

— Vous le savez très bien, je vais avorter.

Il se crispa, choqué par le mot.

— Vous n'ignorez pas qu'il s'agit d'un crime, dit-il, conscient de son impudence.

— Je ne l'ignore pas, mais je sais que je peux compter sur votre discrétion, sinon sur votre compréhension.

Elle le défia du regard. Il se leva et arpenta nerveusement la pièce avant de riposter.

— Vous auriez pu éviter de m'imposer cette complicité, après tout je ne surveille pas votre emploi du temps.

— Je ne vous impose rien, je le ferai sans votre accord. Dénoncez-moi si le cœur vous en dit.

Le procureur ne répondit pas. Il redoutait chez elle cette indifférence au jugement de la société.

Hélène se leva sans un mot pour gagner sa chambre.

27

Marianne s'assagissait. Elle ne pleurait plus pour un oui ou un non, n'exigeait plus que l'on satisfît chacun de ses caprices et se pliait volontiers aux ordres et aux conseils que sa mère lui donnait. Elle n'en pensait d'ailleurs pas moins mais remarquait combien l'on gagne en énergie et indépendance intérieure lorsqu'on n'éparpille pas ses émotions.

Elle devint une excellente élève, c'est-à-dire qu'elle ne laissa personne la dépasser. En classe, elle se plaçait au premier rang, se concentrait sur chacune des leçons sans manifester de préférence pour une matière ou l'autre. Elle voulait seulement oublier qui elle était et y parvenait sans peine. La mise en ordre de l'univers la fascinait et la rassurait. Il n'existait pas d'autres moyens pour oublier l'angoisse qui fondait sur elle, au milieu de ses jeux, lorsqu'elle donnait libre cours à son imagination ou qu'elle demeurait prostrée sur la pelouse du jardin ou dans un recoin de la grande maison qu'elle n'avait jamais pu tout à fait apprivoiser. Et puis son père était si fier d'elle quand elle lui rapportait ses bulletins. Il la félicitait, la prenait dans ses bras, lui offrait ce qu'elle désirait et l'encourageait à être toujours la meilleure.

Aux récréations, elle restait seule, assise sur un banc et attendait avec impatience le tintement de la cloche. Elle tenait ses camarades à distance et celles-ci renoncèrent très tôt à la solliciter. Même Solange n'insistait pas pour qu'elle vînt tenir le bout d'une corde à sauter ou lancer un ballon. Elle préférait recevoir sa petite compagne dans sa maison ou se rendre dans la sienne pour partager ses jeux.

Parfois Michelle se risquait à rejoindre la fillette solitaire afin d'échanger quelques idées. Marianne l'accueillait toujours courtoisement et leur échange virait assez rapidement aux libres propos. Elle ne pouvait s'empêcher de tourner en dérision l'esprit guindé de son aînée. Cette dernière ne tardait pas à se dérider. Elle n'admirait rien autant que l'intelligence et l'indépendance d'esprit, et Marianne était dotée à coup sûr de ces deux qualités. Cependant elle laissait toujours passer quelques jours avant de se présenter de nouveau. Aux environs de sa treizième année, la littérature occupa la quasi-totalité des loisirs de Marianne, non sans susciter chez elle une légère perplexité car il fallait que le monde sonnât bien creux pour que des êtres prissent la plume afin de le refaçonner au moyen de mots. Cependant elle se laissa prendre au piège. Michelle devint son interlocutrice sans que jamais leur relation ne débordât le strict échange intellectuel. Une raideur morale leur interdisait les complicités frivoles et les confidences révélées sous le sceau du secret. Marianne s'abandonnait davantage en présence de Solange, plus légère, moins préoccupée de son quant-à-soi. À son contact, elle connut les petits plaisirs de la futilité. Solange était une pourvoyeuse intarissable lorsqu'il s'agissait de bêtifier. Son amie se prêtait au jeu, le supervisait avec cette distance qui laissait dire à ses professeurs qu'elle ne participait jamais à rien, se contentant de rafler les honneurs. Bref répit pour son entourage, elle fut quelques années une enfant très sage chez qui la colère avait laissé place à la mélancolie, mais sa pugnacité endormie ne faisait qu'attendre pour se ranimer les temps propices de l'adolescence.

Un matin, après une nuit à se retourner dans son lit entre deux sommeils précaires, elle se réveilla humide. Du sang déjà caillé souillait ses draps, sa chemise.

À l'affolement consterné succéda une curiosité inquiète. Sa méfiance agressive en éveil, elle appela sa mère qui, embarrassée, lui murmura des paroles rassurantes :

— Ce n'est rien de grave, tu n'es pas malade, ne t'inquiète pas, cela se reproduira chaque mois, c'est signe que tu es désormais une jeune fille, je vais te donner une serviette pour te protéger.

Elle quitta la pièce et revint quelques minutes plus tard, munie d'une garniture qu'elle tendit à sa fille.

— Tiens, maintenant prépare-toi pour le lycée, je vais nettoyer le lit.

Marianne, pétrifiée, finit par interroger sa mère qui la considérait avec gêne :

— Que veux-tu dire avec cette histoire de sang et de jeune fille ?

— Cela signifie que les femmes pour avoir des enfants sont obligées d'en passer par là.

Le malaise à l'égard des réalités obscures de la sexualité, oublié depuis des années, remonta à la conscience de l'adolescente submergée de dégoût. Soudainement livrée aux ténèbres enfouies de son enfance, elle se prit de haine pour le cycle aveugle et obstiné des générations. Désormais la jeune fille vécut en permanence dans le secret tourment d'une arrière-pensée.

28

L'écriture rend la réalité vécue inaltérable, sans plus devoir me concentrer pour la retenir indemne dans un coin de ma mémoire. C'est la raison pour laquelle je reviens toujours à mon journal. Depuis quelque temps, je suis triste.

Cela explique sans doute ce qui est arrivé cette nuit. Je n'aurais pas dû les suivre une fois de plus, comme trop souvent ces derniers mois. Je ne parviens plus à m'intéresser à mes agissements. À un moment, j'ai levé les yeux vers le ciel, les étoiles s'éteignaient les unes après les autres et j'ai senti en moi un affaissement. Quelques secondes auparavant, j'étais enchaînée et soudainement plus rien. J'ai fait un tour d'horizon, nous avions vraiment bonne mine. Nos sombres incantations tournaient au jeu de cirque et j'ai su que c'était la dernière fois, que de toute manière ces choses-là étaient irrattrapables, leur accomplissement n'étant pas au bout du chemin. Nous avons beau faire, nous ne connaîtrons jamais que le haut de l'iceberg. Ils ont perçu ma défection et n'ont pas insisté. Je reste quelque part pour eux la fille Vuillard, quelqu'un que l'on ne malmène pas. J'ai à peine menti quand j'ai dit que j'étais malade. L'un d'eux voulait me raccompagner. Je sens chez lui une certaine inclination à mon égard, il voudrait m'accaparer, je lui souhaite bonne chance. J'ai refusé, bien sûr, je voulais marcher seule sur les routes.

C'est fou ce que l'aube ressemble à ce que j'imagine être la fin du monde. Je me sentais comme un fantôme indifférent qui s'attarderait sur la terre parce qu'il a l'éternité devant lui. La lumière que j'avais entretenue comme une vestale me désertait. J'avais toujours su que ce n'était pas le plaisir qui m'intéressait dans ces rencontres mais plutôt ce qui se dissimulait derrière, et je ne voyais plus qu'une engeance mystifiée par ses propres délires. Je nous trouvais tout simplement ridicules.

Le plaisir, cette exigence de nourrisson, je l'avais toujours tenu à distance et je crois que, dans mes colères, j'ai dû cracher dans mon berceau. Je me méfiais de la langueur qui nous escamote pour nous livrer sans défense aux éléments. Elle ne pourra jamais être autre chose qu'un acompte. Contre cette balayure d'étoiles que sont les plaisirs sensuels, j'aurais voulu porter le soleil en moi. À quoi celui-ci ressemble, je ne le saurai jamais, j'ai perdu la foi. Je ne ferai plus l'amour, d'ailleurs je ne le faisais pas : je couvais une idée.

J'ai tressailli alors, une voiture freinait à ma hauteur. L'avocat était au volant. Il me proposait de me ramener chez moi, pas étonné de me voir sur les routes à cette heure matinale. Celui-là connaît certainement mes mœurs. Et qu'y faisait-il lui-même ? Il sentait l'alcool, son visage était fripé. Pendant un court instant, il s'est tu, se contentant de conduire nerveusement. J'étais lasse et je me taisais aussi. Puis il s'est mis à parler d'abondance pour dissiper sa gêne. Je m'efforçais de lui répondre, la tête ailleurs. Au moment de nous quitter, il m'a souri du fond du cœur. J'aime bien ce type, son cynisme cohabite avec une réelle gentillesse.

Je me suis hâtée de rejoindre ma chambre. Je savais que je ne trouverais pas le sommeil tout de suite, alors j'ai allumé un bâton d'encens pour le regarder se consumer depuis mon lit. Le parfum s'est répandu dans la pièce remplie d'ombres ennemies. J'ai senti que mes paupières s'alourdissaient.

29

Au terme de ses études universitaires, dans le milieu du siècle, Marianne fut embauchée par un cabinet d'avocats parisien renommé. Maître Girard s'était rapidement félicité de la manière méticuleuse et efficace avec laquelle la jeune femme s'acquittait de ses tâches. Elle ne rechignait pas à s'attarder des heures entières pour démêler une affaire délicate. Une demoiselle sobre dont le zèle ne laissait pas d'intriguer son employeur. Elle ne manifestait en effet que fort peu d'ambition, refusait chacune de ses invitations dans le monde et semblait peu pressée de gravir les échelons de la réussite sociale.

Marianne se présentait à neuf heures tapantes, s'installait à son bureau et s'absorbait jusqu'au soir dans ses dossiers. À l'heure du déjeuner, elle marquait une pause très brève dans une brasserie proche du Trocadéro. Elle s'installait toujours au fond de la salle, à la même table protégée par la pénombre. L'impeccabilité austère semblait former l'idéal vestimentaire de cette jeune fille de vingt-cinq ans qui portait à l'annulaire de sa main droite une améthyste.

Le soir, après avoir marché au hasard dans les rues, elle faisait quelques emplettes puis rentrait en autobus dans un minuscule studio où elle passait le plus clair de son temps à lire. Elle avait disposé son lit à côté de la fenêtre afin de contempler, avant de s'endormir, les magnolias. Elle ne s'étonnait pas de vivre en paix au milieu de son existence désertique. Elle se disait qu'elle n'avait pas d'autre essence que ses souvenirs. Elle croyait d'ailleurs que seule la retraite préserve l'enchantement et que la vie des couventines ou des prisonnières ne devait pas manquer d'intérêt.

Elle avait décidé sur un coup de tête de venir travailler dans la capitale. Michelle vint à son tour s'installer à Paris et milita au parti communiste. Recommandée par Pierre Vuillard, elle obtint un poste à la Salpêtrière. Marianne la rencontrait rarement. De quoi auraient-elles pu parler ? La sœur de Solange avait désappris les jeux d'esprit de leur adolescence. Marianne s'étonnait que l'on pût ordonner sa vie entière autour d'une conviction sociale. Trois à quatre fois par an, elle retournait dans la demeure familiale où le spectacle de sa mère morose et de son père distant ne la retenait pas longtemps. Les sentiments qui la liaient à lui s'étaient transformés ; à la passion d'autrefois avait succédé le détachement paisible des amours que rien ne peut détruire. Depuis qu'elle habitait Paris, ils ne se voyaient quasiment plus ; elle ignorait même l'adresse de son nouvel appartement. Elle savait juste qu'il existait quelque part et cela suffisait à la maintenir en équilibre.

Ayant appris qu'il participait à une conférence, elle s'y était rendue en secret afin de le voir et de l'entendre. Il occupait désormais une chaire et s'était déchargé en partie des responsabilités de la clinique sur un associé. Ses recherches en neurologie le passionnaient toujours autant. Il était assis sur une estrade parmi ses confrères et les écoutait d'un air lointain qui ne lui était pas habituel. Marianne s'avisa que ses cheveux avaient blanchi et que son visage trahissait une grande lassitude. Le ressort qui le jetait autrefois en avant semblait s'être cassé et, lorsqu'il prit la parole, il parut faire un effort pour poser sa voix. Ensuite, tout se passa très bien, mais Marianne avait enregistré cette seconde d'incertitude. Elle se sentit humble et perdue dans l'amphithéâtre bondé.

Après que le dernier conférencier eut parlé, l'assistance commença à refluer dans les escaliers qui menaient, le long des gradins, vers les portes de sortie. Marianne en profita pour se glisser dans la foule. Le cœur en déroute, elle héla un taxi qui la déposa au pied de son immeuble. Elle ne prit pas la peine de se déshabiller, s'affala sur son lit et dormit plusieurs heures d'affilée d'un sommeil traversé de mauvais rêves.

30

Deux villageois soulevèrent le corps de Marie et suivirent la fermière. Julien tenait la main de sa mère, une main légèrement égratignée, maculée. Il se taisait, ravalant ses larmes, et avançait au rythme lent du cortège. Camille, lui, s'était enfui.

La fermière fit déposer la dépouille sur son propre lit et demanda à rester seule. Julien, les yeux agrandis par l'effroi, se laissa emmener sans résistance. Elle entendit le bruit de la porte que l'on refermait et s'agenouilla devant la jeune fille.

Tout s'était passé si soudainement, la mère et l'enfant s'étaient éloignés et son cœur avait battu plus fort. Alors, elle avait murmuré : « Que Dieu vous protège, mes aimés. » Et Marie était allée mourir plus loin, sur la route. Maintenant, elle gisait, le visage reposé, sa longue chevelure épandue sur ses épaules. Quelques fils d'argent égarés striaient sa toison châtain cendré.

Au cours des derniers mois de son existence, Marie s'était fanée. La dégradation aurait fini par blanchir sa chevelure, creuser et marbrer son visage. Sa disparition prématurée livrait sans transition son jeune corps à la putréfaction. La fermière se releva, se dirigea vers un tiroir de la commode dont elle sortit un chapelet et, revenue près du cadavre, pria afin de mettre le Seigneur entre Marie et les ténèbres.

On frappa à la porte. Elle reconnut la voix du curé de la paroisse mais il lui fallut quelques secondes pour réagir.

— Je vous laisse, mon Père. Priez pour elle et son petit, il n'a plus que moi au monde. Je m'en vais trouver Camille.

Elle descendit voir ce que devenait Julien. L'enfant s'était assoupi sur le banc. Couché en chien de fusil, son poing droit crispé sur sa poitrine, le bras gauche à l'abandon, il respirait fort et émettait des sons plaintifs à intervalles réguliers. Fripée par le désarroi, sa petite figure exprimait le besoin farouche de dormir. La fermière prit délicatement sa main entre ses doigts mais n'osa pas le réveiller. Son attention fut attirée par les perles rouges du collier de Marie disposées en rond sur la table. Le fil avait dû craquer dans sa chute et Julien qui les avait ramassées s'était employé à les ordonner de cette manière avant de s'allonger. La fermière était trop affectée pour en éprouver de l'étonnement.

Les voisines, qui s'étaient repliées dans la cour afin de bavarder, se morfondaient à mots couverts sur le sort de l'orphelin. Qu'adviendrait-il de lui, madame Laloy obtiendrait-elle le droit de garde ou serait-il placé à l'assistance publique ? En attendant, il s'agissait pour la fermière d'aller secouer Camille. Il fallait commander une belle tombe en marbre ou en granit chez l'entrepreneur des pompes funèbres. Celle qui aimait tant sa maison ne pouvait être abandonnée à la fosse commune. Il semblait à la fermière qu'une belle sépulture la protégerait plus longtemps de la décomposition.

Mais que s'était-il passé ? Le médecin avait parlé d'une hémorragie cérébrale. Il est vrai que Marie était toute bizarre avant de partir en promenade. Ces histoires de pomme, de naissance, que signifiaient-elles dans sa bouche ? Le prêtre l'avait-il rendue folle avec son sermon ? Non, Marie avait toujours été bizarre. C'était de famille ; elle était bizarre et sans malice et cela expliquait qu'elle ait si mal compris les paroles du curé. La fermière ressentit à quel point elle avait aimé sa servante et combien elle serait seule désormais.

Marie Granville ne possédait rien. Juste une maison à l'abandon, sa tirelire et son étrangeté, et cela avait suffi, bien avant la venue de Julien, à l'attacher à la vie. La fermière n'en revenait pas que tout cela se fût évanoui. Elle monta chez Camille, hésita devant la porte puis se rappela que c'était dimanche et que le service des pompes funèbres était fermé. Elle redescendit, soulagée de ne pas avoir à déranger son fils.

Julien dormait toujours. La fermière contempla longuement son visage et se jura, qu'elle vivante, l'enfant ne courrait aucun danger. On ne pouvait pas s'opposer à ce qu'il restât à la ferme, elle était sa marraine, Camille son parrain, et puis elle offrait toute garantie. Son regard se porta de nouveau vers les perles. Que l'enfant eût pris la peine de les disposer en collier l'emplissait de malaise. Elle s'en empara une à une avec des gestes furtifs pour les ranger dans la poche de son tablier. Elle les entreposerait dans un des tiroirs de sa commode. Son instinct lui dictait de les ôter de la vue de l'enfant.

Julien se réveilla, aucun pli de souffrance ne marquait son visage. Il semblait avoir oublié. La fermière pensa à Marie qui, elle aussi, paraissait si souvent omettre les événements de sa propre vie. Elle avait même oublié être née un jour et était allée mourir juste après avoir prononcé d'étranges paroles d'un air entendu.

La fermière demanda à une voisine de prendre l'enfant sous sa garde pendant qu'elle irait mettre de l'ordre dans les affaires de sa servante. Tous volets clos, sa maison gardait porte ouverte. Marie se plaisait à vaquer à ses travaux dans la pénombre. La fermière ouvrit une fenêtre et repoussa les persiennes. Un bol de café au lait à moitié vide, une cuillère et un sucrier traînaient sur la table parsemée de miettes de pain. Ce n'était pas dans les habitudes de Marie de laisser traîner la vaisselle sale. Elle avait dû se rendre à l'église, la tête déjà prise par des mystères. Dans la chambre, le lit était défait et une chemise de nuit de toile écrue pendait sur le dossier d'une chaise. Elle remit de l'ordre puis s'assit sur le rebord du lit en sanglotant. Qu'allait-elle devenir ?

Camille ne serait pas une consolation et Julien était si petit. Elle se ressaisit et se dirigea vers l'armoire où elle chercha des papiers notariés. Désireuse de préserver l'héritage de l'enfant, elle paierait les droits de succession pour la maison. Camille s'occuperait de cela mieux qu'elle ne saurait le faire. Elle redescendit, débarrassa la table, balaya, referma les volets et sortit en donnant un tour de clef.

Le temps s'était assombri et la fermière rentrait les épaules en pressant le pas comme pour fuir un orage. En route, elle rencontra Solange Laribière qui, prévenue par la rumeur, se hâtait vers la ferme. La veuve était accompagnée de son fils, à peine plus âgé que Julien, et d'une jeune femme brune qui venait parfois séjourner chez elle.

La fermière n'avait jamais adressé la parole à sa visiteuse mais elle ressentait de la sympathie à son égard, à rebours des médisants qui la dénigraient tant au village. Marie avait été la cible de cette engeance. Par chance pour elle, rien ne paraissait pouvoir l'atteindre. Visiblement affectée, Solange bafouilla trois mots de condoléances puis, confuse, présenta Marianne. Frappée par l'expression sérieuse de la jeune fille, la fermière la salua et eut un instant l'illusion d'avoir plongé dans le regard sombre de Marie. La fermière qui n'ignorait pas que madame Laribière s'était réfugiée une nuit chez sa servante, lui parla en confiance.

— Voyez-vous, tout est arrivé si vite, j'en suis toute retournée, je ne sais pas trop quoi raconter à Julien, c'est un enfant qu'on n'entend pas, on ne sait pas bien ce qu'il pense. On le trouvait toujours dans les jupons de sa mère.

Solange proposa de le garder le jour des obsèques. Elle irait le chercher avec son fils. La fermière acquiesça.

C'était certainement la meilleure solution. Elles prirent congé l'une de l'autre, Marianne avec la même gravité silencieuse qui avait retenu l'attention de la fermière. Celle-ci parcourut hâtivement les quelques mètres qui la séparaient de sa demeure.

Camille Laloy, prostré sur une chaise de cuisine, ne s'arracha pas une parole en la voyant. Il ne chercha pas à dissimuler ses yeux rougis, sa mine défaite, mais sa mère savait que leurs peines ne les rapprocheraient pas.

— Il faudra que tu ailles demain au service des pompes funèbres. Moi, j'irai à la mairie déclarer le décès. J'ai trouvé ces papiers chez Marie, il faudra aussi que tu t'en occupes.

Elle posa sur la table les documents. Camille y jeta un coup d'œil hostile et grommela qu'il verrait cela plus tard. Elle alla les ranger dans un tiroir du buffet puis sortit en hâte pour donner libre cours aux pensées douloureuses qui l'assaillaient. Le souvenir de ses deux visiteuses s'associait à celui de Marie. Toutes les trois étaient de jolies jeunes femmes aux manières gracieuses. Cette demoiselle Vuillard dont on disait tant de mal avait pourtant l'air bien sage avec ses cheveux tirés en arrière. Le bruit courait que son père, le patron de la clinique, était gravement malade. Et cette madame Laribière dont l'époux avait été tué si jeune. La vieille femme interrogea le ciel avec détresse, ce ciel que le regard de Marie évitait, et invoqua le nom de Dieu. La souffrance qui la poignait depuis qu'elle avait vu Marie gisant sur la route, la souffrance qui habitait tant de cœurs, l'épouvantait, la laissait sans défense. Mais le souvenir de l'enfant la rendit au sentiment de ses obligations et elle se dirigea résolument vers la maison voisine où ce dernier devait l'attendre dans l'inquiétude.

À la nuit tombante, après avoir couché et réconforté

Julien qui réclamait sa mère, la fermière alla prier au chevet de Marie, puis elle se retira dans la chambre du fond, inhabitée depuis la mort de ses beaux-parents. Au soir de sa vie, le couple avait posé devant un photographe et un large portrait occupait le mur face au lit. Allongée, la fermière contemplait pensivement le visage des deux vieillards. Ils étaient à peine plus âgés qu'elle. Comme ils lui paraissaient dévastés pourtant, gagnés par la décomposition. Elle éteignit la lampe, s'agita longtemps dans les draps rugueux et finit par s'endormir d'un sommeil fébrile.

Elle fut réveillée par des coups frappés à la porte. Encore perdue dans l'agitation des rêves, elle ouvrit à Julien qui, pieds nus, se tenait debout dans le couloir. Elle le prit dans ses bras. Il tremblait.

— Eh bien, qu'as-tu mon petit ?

— J'ai peur, il y a un ogre dans la maison.

Elle lui demanda où était l'ogre. Ils iraient ensemble le chasser. Julien, rasséréné, l'entraîna devant la chambre de Camille et pointa son doigt. Elle se retint de rire. Le fermier qui avait bu plus que de coutume, ronflait si fort que l'on pouvait comprendre l'effroi de l'enfant.

— Mais non, ce n'est pas un ogre, c'est Camille qui fait du bruit en dormant.

Julien ne fut pas tranquillisé pour autant. Camille était donc un ogre. Il supplia la fermière de ne pas le laisser seul, il voulait partager sa couche. Elle l'emporta dans sa chambre et le tint serré contre son flanc jusqu'à l'aube.

Au village, cette nuit-là, on veilla tard. On ne parlait plus que de la mort imprévue, prématurée de la servante. Sa famille déchue, son caractère bizarre, toute son existence semblait se résumer dans la faute qui lui avait valu d'être publiquement châtiée. Quelques familles s'étaient réunies chez les parents de Marie-Louise. C'était la saison des vacances et les Domont, accompagnés de leur fille, étaient venus au pays. À Paris, Juliette préparait une licence de lettres. Ici, elle se délassait, rêvassant à un étudiant en droit, frère d'une de ses condisciples issue d'un milieu très bourgeois. Il la courtisait assidûment mais elle se méfiait un peu de lui ; sa mère l'avait toujours mise en garde contre les riches qui profitent sans contrepartie des charmes des jeunes filles pauvres. La vie d'étudiante avait dégourdi Juliette mais elle gardait un préjugé tenace contre les fils de famille. Forte d'une promesse de l'étudiant, elle avait guetté chaque jour le passage du facteur. La lettre tombée dans la boîte, elle l'avait lue et relue en se promenant dans les champs… Cet après-midi, alors qu'elle se prélassait à son habitude dans une chaise longue, méditant sa réponse, une voisine avait surgi, porteuse de la pénible nouvelle. Juliette avait appelé sa mère et depuis on ne parlait plus que de cela.

Assise près de l'âtre, Marie-Louise Domont donnait libre cours à son indignation.

— C'était une pauvre gosse, descendante d'alcooliques, la tondre en public, elle qui n'avait pas toute sa tête, c'est honteux ! Bien des grandes dames ont fait la même chose sans être inquiétées. Ce sont toujours les petits qui paient.

Après cette brève oraison funèbre, Marie-Louise se tut, songeant aux circonstances d'alors. Juliette aussi se souvenait de la fragile jeune fille à la démarche incertaine, croisée au hasard des chemins et des bocages. Elle était souvent accompagnée d'un enfant aux cheveux très blonds. Tous les deux s'écartaient avec vivacité lorsque

Juliette tentait de les approcher. Elle aurait tant aimé écouter la voix de cette étrange créature à la chevelure frémissante comme les feuilles d'automne. Mais rien n'entamait son impassibilité craintive, ni les sourires, ni le salut murmuré du bout des lèvres afin de ne pas l'effaroucher. La jeune fille demeurait incorruptible. Comment le soldat s'y était-il donc pris pour l'apprivoiser, vaincre sa pudeur, s'étonnait Juliette. Mais peut-être ne possédait-elle ni honte ni pudeur. D'ailleurs, elle déambulait à travers le village comme si rien n'avait eu lieu.

Marie-Louise servit le café à la ronde. Elle était intarissable sur les petits et grands événements de la vie et le destin de la servante avait réveillé son sens bafoué de la justice. Elle se tourna vers son frère :

— À Paris, il y en avait une qui tenait un café avec son mari. Tiens : celui où t'es venu prendre l'apéro avec nous à ton retour en trente-sept. Cette bonne femme-là, rien à voir avec la pauvre Marie : neuf communistes qu'elle a vendus, tous fusillés par les Boches. Le frère d'une de ses victimes est venu avec un commando. Le gars de la bonne femme pleurait, il disait : « Tuez-moi, mais laissez ma femme tranquille. » Elle, c'était une autre paire de manches, elle gueulait sa haine des communistes, que si c'était à refaire, elle le referait. Elle avait peut-être peur qu'ils lui prennent son café. Celui qui leur en voulait le plus, à cause du frangin, a dit au patron : « On va tuer ta femme d'abord et on te tuera ensuite. » C'est ce qu'ils ont fait. Je passais juste à ce moment-là. La cervelle dégoulinait sur le trottoir, une grosse masse sanguinolente, avec des filaments. J'en avais des haut-le-cœur. Une concierge sortie sur son palier a dit : « Vous pourriez quand même foutre tout ça à l'égout. » J'ai continué mon chemin, complètement retournée. Elle, c'était une pas grand-chose, mais son homme faisait pitié à pleurer comme un gosse…

Les villageois autour de Marie-Louise avaient l'habitude des histoires horribles racontées le soir autour de la cheminée. On buvait du café bouillant arrosé de calvados et l'on exhumait les drames qui s'étaient déroulés dans la région. Certains récits, d'ailleurs les plus appréciés, relataient des faits vieux d'un demi-siècle. Un mystère plus grand devait entourer les histoires anciennes, les histoires du temps passé comme les appelait Marie-Louise. Le regard de celle-ci se porta sur son père. Assis dans un fauteuil, une couverture sur les genoux, il somnolait, bouche entrouverte, la tête renversée sur le dossier recouvert d'une courtepointe. De toute évidence, la vie en lui ne tenait plus qu'à un fil et pourtant il avait l'air aussi innocent qu'un nouveau-né. Il parlait peu, personne ne l'écoutait plus. Lorsque des bribes de phrases, les mêmes depuis des années, sur le départ de son frère ou l'Amérique, sortaient de sa bouche édentée, ses proches se détournaient, excepté Marie-Louise dont la compassion était inépuisable.

Une main sur les lèvres, Juliette réprima un bâillement. Elle annonça qu'elle montait se coucher et les autres ne tardèrent pas à l'imiter.

31

Le jour des funérailles, Solange, son fils et Marianne se présentèrent très tôt. La fermière servait son petit déjeuner à Julien qui, en retrait, examina les nouveaux venus. Depuis la disparition de Marie, l'enfant s'accrochait aux pas de la vieille femme. Il lui avait demandé où était sa mère et elle lui avait répondu : « Elle est au paradis, là où tu iras toi aussi un jour. » Julien, rassuré par le ton convaincu de la fermière, ne chercha pas à en savoir davantage sur cette demeure où l'attendait sa mère. Il ne réclama plus l'absente mais il cherchait parfois son apparition dans le ciel tout en paraissant sombrer dans un rêve éveillé.

Solange lui adressa la parole d'emblée.

— Eh bien, tu ne me reconnais pas, nous nous croisons parfois au village et tu connais aussi Éric, mon fils, vous avez presque le même âge, je l'ai amené pour que vous puissiez jouer ensemble.

À ces mots, Éric se cacha derrière sa mère, ce qui intéressa suffisamment Julien pour qu'il posât sa tartine beurrée sur son assiette et jetât un coup d'œil inquisiteur à la fermière. Celle-ci invita les visiteuses à s'asseoir, leur offrit une tasse de café puis entra sans plus tarder dans le vif du sujet. Les employés des pompes funèbres devaient procéder à la mise en bière d'ici une vingtaine de minutes, il fallait donc que madame Laribière emmenât l'enfant au plus vite. Elle expliqua à celui-ci qu'elle devait s'absenter, qu'il jouerait avec le petit Éric, qu'elle irait le reprendre plus tard, qu'il fallait bien obéir aux dames. Ce disant, elle se tourna vers Marianne que Julien dévisageait intensément. Embarrassée, la demoiselle déclara qu'il y avait de belles fleurs dans le jardin de Solange et qu'ils iraient les cueillir ensemble. Elle n'eut pas à en promettre davantage car dès lors il fut évident que l'enfant était prêt à suivre la belle dame au bout du monde. Il saisit la main tendue sous l'œil perplexe mais rassuré de la fermière qui raccompagna ses visiteurs jusqu'à la porte. Immobile sur le seuil, elle les regarda s'éloigner par un chemin transversal. La fraîcheur ensoleillée du jour l'emplissait de malaise.

Le fourgon funéraire déboucha sans tarder à l'angle de la ferme. Deux hommes à la mine composée en sortirent. Après un bref échange, la fermière les dirigea vers la chambre mortuaire où Camille avait veillé toute la nuit. Assoupi sur une chaise, il sursauta à leur entrée. La fermière avait revêtu Marie de la robe blanche, lavée et repassée, qu'elle portait le jour de sa mort. Elle avait natté et coiffé en couronne sa chevelure. Paupières closes, les mains jointes sur sa poitrine, elle semblait retenir contre son cœur un ultime secret. Camille, le visage crispé par des sanglots contenus, la contempla une dernière fois avant de quitter la pièce. Sur un signe, les deux employés procédèrent à la mise en bière. Ils soulevèrent avec des gestes précautionneux le corps dont les bras retombèrent à demi. Alors, la fermière remarqua un anneau d'or à l'annulaire de sa main gauche. Camille n'avait pu résister à la tentation de ces fiançailles d'outre-tombe. Elle ne ressentait rien à ce moment. L'intensité de son chagrin paralysait ses émotions. Elle vérifia que la tête reposait bien sur le coussin, lissa l'étoffe de sa robe, lui prit la main et la baisa. Les deux hommes laissèrent passer quelques secondes puis recouvrirent la dépouille du linceul. La fermière sortit précipitamment pour ne pas voir Marie disparaître à jamais.

En franchissant le seuil de cette demeure inconnue, Julien lâcha la main de Marianne, surpris par le mélange de soin et de désordre qui y régnait. La maison avait été rénovée, décorée et meublée par les beaux-parents de Solange qui espéraient ainsi juguler son laisser-aller. Des rideaux aux couleurs vives, des fauteuils de velours recouverts de coussins chatoyants, un immense tapis de laine épaisse, tout émerveilla l'enfant rustique qu'était Julien. Il n'avait jamais pénétré que dans des fermes ou des masures. Au-delà des confins de son village, le monde lui était parfaitement étranger. Mis en confiance par les manières décontractées de Marianne, toute timidité l'abandonna et il tendit la main vers d'étonnants bibelots. On le laissa agir à sa guise. Solange ne possédait à aucun degré l'inquiétude du propriétaire, quant à Marianne, son esprit voguait à mille lieues.

Elle était venue passer quelques jours chez son amie d'enfance. Elle devait prendre le car en tout début d'après-midi pour se rendre au chevet de son père hospitalisé. Elle le visitait rarement. En fait, une pudeur implacable la retenait de se montrer à celui que la maladie dégradait. Elle sentait qu'il lui en savait gré.

Le fils de la servante s'était approché, bouche bée, de l'image d'un jardin qui ployait sous des fleurs aux nuances douces, fondues. C'était la première fois qu'il voyait un tableau. D'une chambre à coucher, il était passé dans la pièce principale. Cet intérieur de campagne était l'unique vestige de la jeunesse de Solange et celle-ci fut émue par l'étonnement du petit paysan. À peine son foyer réintégré, Éric s'était attaché aux pas de Julien. En maître des lieux, il lui désignait chaque objet qui semblait retenir une attention toujours en décalage d'une seconde. Un cheval en bois à bascule les divertit un moment. Éric s'empressa de montrer comment le manœuvrer pour que ce fût amusant. Julien n'eut aucune difficulté à l'imiter. Il se balançait d'avant en arrière avec de plus en plus d'enthousiasme, lorsque le spectacle de Solange piquant un œuf avec une aiguille puis le gobant, les yeux clos et la tête à la renverse, diminua son intérêt au jeu. Il s'interrompit et, pour mieux la contempler, vint se poster devant la gobeuse d'œuf comme absente d'elle-même. Marianne sourit devant le regard ébahi de l'enfant. Accoutumée au comportement étrange de son amie, elle y voyait une façon de bayer aux corneilles tout en ayant l'air occupé, à moins que ce ne fût une manière de reprendre son souffle. Ou bien plus simplement aimait-elle les œufs. Marianne perçut chez Julien un léger effroi et lui tendit la main pour l'arracher à sa fascination. Éric avait profité de la désertion de son compagnon de jeux pour se faufiler dans sa chambre. En jetant la coquille, Solange parut recouvrer ses esprits. Plus rien dès lors ne troubla le ravissement de cette journée inattendue. Marianne entraîna l'enfant dans le jardin. Un grand espace herbu, dépourvu d'allée, s'étendait derrière la maison. Solange négligeait de faucher la pelouse mais s'appliquait à disséminer des roses à profusion, mélangées de marguerites et de rares pensées, au hasard de son inspiration. Une petite cabane en bois délabré, une marquise de fer forgé aux vitres brisées, une brouette renversée, divers instruments de jardinage jetés à terre, rompaient un peu l'harmonie du lieu. Mais Solange se souciait peu de rangement ; elle avait juste appris à aimer jardiner sous l'influence de sa belle-mère, sans renoncer pour autant à ses habitudes de semi souillon. Revêtue d'une longue jupe crottée, chaussée de vieilles espadrilles, elle s'accroupissait, l'air réfléchi, pour creuser la terre et semer les graines. Chaque jour, elle suivait le lent travail de l'éclosion et sentait petit à petit monter en elle un contentement en accord avec l'épanouissement progressif de la fleur. La longue stagnation qui s'ensuivait engourdissait de bien-être la jeune veuve. Et lorsque venait le temps du flétrissement, Solange abandonnait le jardinage et s'en retournait gober des œufs.

Marianne sectionna la tige d'une marguerite puis en effeuilla la corolle avec de menus gestes nerveux qui scandaient chaque arrachement. Julien observait le doux murmure plaintif de la demoiselle. Il était heureux. Elle ne fit pas grâce à un seul pétale et se rembrunit lorsque le dernier tomba. Alors, elle s'empourpra, choquée de sa frivolité. Depuis qu'elle avait appris que son père allait mourir, Marianne, délivrée de son propre poids, s'était surprise plusieurs fois à des conduites futiles. Ainsi s'était-elle offert une très jolie robe qu'elle avait d'ailleurs négligé de porter. Parfois, l'après-midi, lorsqu'elle rôdait d'une pièce à l'autre, désœuvrée, elle puisait sur les étagères de sa mère des disques de variété et s'attardait à les écouter afin de comprendre ce qui plaisait tant à ceux qu'elle avait côtoyés toute sa vie sans les voir et qu'elle allait quitter bientôt.

Comme Éric venait de resurgir, le fils de la servante lui proposa de le promener en brouette, ce qu'il agréa avec la plus vive gratitude. Marianne profita de cette diversion pour réintégrer la maison. Solange était accaparée par l'assaisonnement d'une salade de légumes. Ses cheveux, mollement relevés de peignes d'écaille, dégageaient ses traits altérés par de grands cernes et un air d'abandon qu'une couperose naissante accentuait. Marianne proposa de dresser la table. Elle alla dénicher la vaisselle dans un vieux buffet de noyer. Dans un tiroir, les couteaux et les fourchettes voisinaient avec les quittances et de vieilles photographies. Sur l'une d'elles, Michelle accueillait contre son épaule, avec la gravité qui sied à une aînée, la tête bouclée de sa cadette. Marianne n'avait plus revu la sévère jeune fille. Elle savait par Solange qu'elle avait ouvert un cabinet médical à Paris, qu'elle était toujours célibataire et militait sans désemparer. Un cliché plus récent la représentait, son neveu dans les bras, éclatante de droiture, de beauté blanche et blonde. Marianne referma le tiroir sans faire de commentaire.

Le couvert mis, la salade tournée, le poulet rôti, il ne resta plus qu'à appeler les enfants. Ils accoururent avec une joie d'affamés. C'était la première fois que Julien mangeait à une table autre que celle de Marie ou de la fermière. Installé à côté de Marianne, il oublia son compagnon qui se laissait dorloter par sa mère. Le partage de la volaille se fit sans contestation : les deux cuisses pour les enfants, les deux ailes pour les dames. Solange parla d'abondance. Un plat de fraises noyées de crème fraîche vint clore le déjeuner. Julien avait remarqué l'éloignement accru de sa voisine. Marianne, qui s'apprêtait à prendre le car de treize heures, ressentait la montée de l'angoisse. Elle ne put goûter au dessert. Rattrapé par sa propre appréhension, Julien la suivait des yeux.

Marianne ouvre une porte et disparaît dans un escalier pour resurgir chargée d'un sac de voyage. Elle a posé des lunettes aux verres sombres sur son beau visage. Julien s'imagine qu'elle ne peut plus les voir. Il a peur. Les yeux humides, la mère d'Éric demande à son amie si elle n'a rien oublié. L'enfant découvre que Marianne porte des souliers à talons hauts. Il n'a encore jamais vu une femme chaussée de cette manière, ni un homme d'ailleurs. Elle a changé de toilette et s'est vêtue d'une robe à carreaux noirs et rouges. Subjugué, il ne trouve rien à répondre quand elle lui adresse des paroles gentilles en se penchant pour un baiser d'adieu. Il la voit à travers un brouillard embrasser Éric, parler avec Solange. Les deux femmes se dirigent vers la porte. Julien bondit de sa chaise et se précipite vers celle qu'il va perdre. Il s'agrippe à sa robe et lui hurle de rester.

Elles tentent de le calmer avec des mots que ses propres cris assourdissent. Solange lui saisit les mains qu'elle tient serrées contre elle. Marianne s'échappe. La porte se referme. Repoussant sa geôlière d'un coup de pied, Julien se rue sur la poignée. Solange le rattrape au vol ; elle le maintient plus fermement. Il sanglote un long moment et finit par s'affaisser dans les bras de la jeune femme.

C'était l'été, la période des vacances, les plages étaient très fréquentées et Marianne restait à écrire ou à rêver dans sa chambre aux persiennes closes, ou bien s'asseyait à l'ombre du tilleul. Lorsque sa mère allait à la clinique, elle descendait dans le bureau de son père. L'idée de la mort la mettait dans un état second qui la préservait de la souffrance. Le monde qui, ces dernières années, avait perdu de sa magie, retrouvait ses mystères, sa grâce funeste et peut-être sa pureté. Marianne attendait.

32

L'été s'achevait dans la douceur d'un ciel encore bleu. La servante des Laloy était morte depuis deux mois et l'on parlait déjà moins d'elle au village. La fermière s'inquiétait pour les siens. Camille ne sortait plus qu'à la nuit tombante et passait ses journées à dormir. Il se faisait monter ses repas, mangeait peu, buvait beaucoup et refusait toute visite. Il ne daigna même pas descendre lorsque Solange revint chez eux accompagnée de son fils. Il avait pourtant toujours éprouvé de la sympathie à son égard et tenu à lui montrer qu'il était différent des rustres du coin tant par sa culture que par sa connaissance des usages. C'était une femme gracieuse comme Marie et il se souciait de lui faire bonne impression.

Julien rôdait des heures entières dans la ferme et les prés alentour. Il ne s'occupait à rien de précis, ramassait de-ci de-là une pierre, la lançait en l'air et s'écartait pour la voir retomber. Obstiné, il recommençait jusqu'à ce que, las de ce jeu sans surprise qui le tenait comme seules vous tiennent les manies, il montât dans la grange. Allongé dans le foin, il marmonnait ou sifflotait alors. Un après-midi, il poussa plus loin sa flânerie et se retrouva derrière la maison des Domont. Il la connaissait pour s'y être rendu avec la fermière à l'occasion d'un essayage chez la couturière. Il gardait en mémoire une grande chambre claire au sol jonché de morceaux de fil et de coupons de tissus multicolores.

Un vieillard somnolait sous un arbre, installé dans une chaise longue. Julien s'approcha à pas feutrés. L'homme ouvrit les yeux et tourna la tête.

— Qui es-tu ? J'ai l'ouïe fine et je t'ai entendu venir.

Son regard blanc d'aveugle fixait un endroit approximatif. L'enfant balbutia qu'il était Julien, le fils de Marie partie dans un autre pays. À ces mots, l'esprit monomane du vieillard divagua vers la seule histoire qui le captivât et qu'il se mit à dévider d'une voix douce, étonnée.

— On ne le comprenait pas, on le trouvait bizarre, moi aussi, je ne le comprenais pas, mais je l'aimais, on avait mendié notre pain ensemble. Il s'était attaché à une jeune fille qui le chérissait depuis toujours et puis, je ne sais pas ce qui s'est passé, il est devenu encore plus irritable. Irritable, je l'avais toujours connu. Un jour que l'on travaillait aux champs, il m'a dit : « Je ne me marierai pas, elle me fait trop de peine, ça me rend méchant, elle est trop aimante. » Il m'a dit : « Elle me rappelle notre mère qui n'a jamais su se défendre des brutalités du père et qui en est morte. » Il m'a dit : « Et le père aussi d'ailleurs, quelques années plus tard, pourquoi crois-tu qu'il a retourné son fusil contre lui après avoir épousé l'autre garce. Le mal qu'il lui avait fait, ce pouvoir qu'il avait sur elle, il n'avait pu l'oublier. » Il m'a dit : « Pour moi, c'est pareil, plus je l'aime, plus j'ai peur, c'est comme un vertige. » Je hochai la tête, il savait que je le comprenais mal mais il se confiait à moi tout de même. Il disait aussi qu'il n'aimait pas la modestie de leur amour, c'était un drôle de mot à lui. Et c'est pour échapper à la modestie qu'il est parti au loin, c'est aussi pour ça qu'il s'est entiché de la demoiselle du château, il la détestait tout en rêvant d'elle. Il m'expliquait : « Les filles du coin me dégoûtent ou me font de la peine, et celle que j'aime, je ne l'épouserai jamais, ce serait la fin de mon rêve. » Je ne lui posais pas de questions sur son rêve, je savais juste que nous n'en faisions pas partie. Un soir, il est venu me trouver à l'écurie et il m'a dit : « Je pars demain, j'embarque à Cherbourg. Tu iras la trouver, tu lui diras que je ne reviendrai pas. J'ai pas le cœur à le lui dire moi-même, je ne veux pas la voir pleurer. Je m'en vais et je ne suis pas sûr de l'oublier. » Bouleversé, je l'étais, mais je savais qu'il devait partir, qu'un malheur éclaterait s'il ne partait pas. Le lendemain, je suis allé trouver la jeune fille, j'étais embarrassé, je ne savais par où commencer. Muette, elle se doutait de ce que j'avais à lui annoncer. Elle n'a pas pleuré, au contraire, j'ai vu son visage se dessécher, c'est tout. Quelques mois plus tard, elle s'est mariée. Elle est morte l'année dernière après avoir élevé une ribambelle de gosses, mais qu'est-ce que cela prouve ? Mon frère avait une histoire dans la tête qui l'empêchait d'avancer, alors il rêvait de voyages. Il est parti, je l'ai oublié et puis, un jour, il est revenu me visiter dans mes ténèbres. Moi aussi, je me suis marié, j'ai élevé des enfants, j'ai travaillé dur, je me disais que lorsque je serai vieux, je me reposerai, je regarderai enfin le ciel mais je n'ai que du noir à regarder et, dans ce noir, lui et notre enfance frileuse. Je n'ai vécu que pour ma femme et mes enfants mais c'est terminé tout ça, je mourrai comme j'ai vécu enfant, en ne pensant qu'à lui. Moi qui voulais être sage pour deux. À quoi bon, hein, à quoi bon ? Que l'air est doux ! Je crois bien que ce serait un beau jour pour mourir, mais la mort ne veut pas de moi, elle veut juste que je me souvienne.

Ces derniers mots firent tressaillir Julien qui s'enfuit d'un bond après s'être longtemps accroché à la voix cassée de l'homme qui discourait d'un disparu, ses mains grelottantes agrippées à l'étoffe de son pantalon. Au milieu de sa course, l'enfant se ravisa et se dissimula derrière un fourré afin d'observer le vieillard dont la tête penchait pesamment sur son épaule.

33

Depuis hier, Pierre est de retour. Il n'ignore rien de son état. Il a dit à maman qu'il préférait mourir chez lui. Une infirmière prodiguera les soins indispensables à domicile. Une ambulance l'a déposé devant la grille. De ma fenêtre, je l'ai vu remonter l'allée. Il marchait lentement, à la manière d'un vieillard et maman lui a offert son bras. Il s'est abandonné. C'était la première fois depuis très longtemps que je voyais leurs corps se toucher. La nouvelle domestique, embauchée depuis quelques jours, leur a ouvert la porte.

Je suis descendue dans le jardin, derrière le tilleul, et là, immobile, j'ai regardé des heures durant le soleil monter dans le ciel. L'idée d'une fin imminente m'apaise. Je ne sais pas ce qui adviendra mais je ne retournerai pas travailler à Paris. Je donnerai ma démission à maître Girard qui n'y comprendra certainement rien. J'étais à ses yeux une employée modèle. Il nourrissait à mon égard des sentiments paternels. Il rêvait pour moi d'un beau mariage, sinon d'une belle carrière.

Je m'efforçais d'occuper mon esprit à des frivolités mais l'angoisse me rongeait. Le regard posé sur ma bague d'améthyste, cette fois, ne m'a pas réconfortée. Je n'ai pas le courage de grand-mère ni celui des autres qui font chaque jour les mêmes gestes afin que leur existence ne s'affaisse pas. À l'heure du déjeuner, la nouvelle domestique est venue me chercher. Mon cœur cognait en entrant dans la salle à manger. Assis en vis-à-vis de maman, il a tourné la tête quand je me suis arrêtée sur le seuil. Il m'a souri tristement, alors je me suis avancée et j'ai posé, pendant quelques instants, ma main sur son épaule. Maman s'est levée pour donner des instructions à la domestique. C'est une chose bien pitoyable qui nous arrive. Pendant le repas, contrairement à nos habitudes, maman et moi avons beaucoup parlé. Cette animation intentionnelle était vaine. Il nous écoutait d'un air patient sans rien ajouter. La servante lui apportait des plats auxquels il touchait à peine. J'ai raconté mon bref séjour chez Solange. Il a montré un début d'intérêt, mais a vite repris son air patient et mon bavardage s'est effiloché. Il n'a pu tenir jusqu'au bout. Il a dit qu'il avait besoin de repos. Maman a posé nerveusement sa tasse qui a tinté sur la soucoupe. Elle voulait l'accompagner mais il a refusé son aide. Elle s'est rassise en évitant mon regard. Nous savions le temps compté. Il y avait quelque chose de si nu dans cette réalité qu'elle m'a paru tragiquement belle, mais cet éblouissement n'a pas duré. Nous sommes restées toutes les deux à boire notre café. Nous n'avions plus rien à dire et le silence pesait. J'ai débarrassé la table et puis je suis sortie.

J'ai marché longtemps. Je m'obligeais à cette promenade méthodique. Monter et descendre les rues sans autre but que celui de sentir mes jambes en action et avoir l'esprit occupé par chacun de mes mouvements, alors que je n'aurais jamais été aussi disponible pour vivre ou mourir à ma guise. Je me souvenais de mes déambulations dans la ville d'autrefois, celle d'avant les bombardements. Elle avait été reconstruite en hâte et ne se ressemblait plus. Je pouvais comprendre Solange qui rechignait à y retourner. Je suis entrée dans le bureau de tabac pour acheter des cigarettes. Hélène Darban m'y précédait. Elle m'a regardée une seconde avec une vive curiosité, puis son visage s'est éteint et nous nous sommes saluées froidement. Au courant de son état, elle aurait sans doute aimé m'interroger. Mon air a dû l'en dissuader. La buraliste n'a pas eu le même tact et s'est cru obligée de prendre une tête de circonstance pour demander des nouvelles. Je lui ai répondu à demi-mot. Hélène, devant l'éventaire des journaux, prêtait l'oreille. Je comprends son désarroi. Il meurt à quelques centaines de mètres de chez elle et sa porte lui est fermée. Ses derniers jours appartiennent à d'autres.

Je me suis empressée de sortir. Son visage vieilli, marqué, son expression angoissée, ne m'ont pas échappé. À la maison, maman cousait dans le salon. Elle aussi était morne, je ne l'ai jamais connue autrement. Je suis montée directement dans ma chambre et me suis abrutie dans le sommeil.

Il a refusé de dîner. Moi, je me suis contentée d'avaler une tartine beurrée sur un coin de table avant d'aller lire jusqu'à ce que la nuit tombe. Les mots défilaient à distance comme le paysage depuis un train en marche, mais je me suis appliquée à continuer. Les ténèbres gagnaient la pièce. Le livre a fait un bruit sourd en heurtant le sol. Je suis demeurée de longues minutes à considérer l'obscurité, si terrifiée par l'idée du néant que j'ai dû me faire violence pour m'extraire du fauteuil.

J'ai erré longtemps dans les rues désertées. Au retour, il faisait nuit noire. J'ai contourné la maison par le jardin. La fenêtre de son bureau était éclairée. Je me suis approchée. Mon cœur battait. Il était assis sur le canapé, je le voyais de profil. Sa main gauche pendait par-dessus l'accoudoir et tenait un verre vide. J'avais honte de l'épier mais il s'agissait de nos derniers instants. Je n'avais encore jamais pensé à la mort. J'avais vécu jusque-là dans l'univers enchanté de ceux à qui l'on a jeté un sort. C'est bien fini, maintenant.

Il ne semblait ni désespéré ni effrayé, encore moins révolté de ce qui lui arrivait. Il a tourné la tête, maman est entrée et il a posé son verre. Elle s'est avancée vers lui. Je n'entendais pas ce qu'ils se disaient. Il lui a désigné le fauteuil où grand-mère s'asseyait. Elle s'est assise sur le rebord. Il ne semblait pas irrité par sa présence. Il l'écoutait même avec intérêt. Elle s'est relevée en hâte, il lui a souri et l'a suivie des yeux alors qu'elle s'éloignait. Elle a refermé la porte derrière elle. Aussitôt, il a jeté un coup d'œil sur son bracelet-montre. Après un moment, il s'est dirigé vers le téléphone, a paru hésiter encore avant de raccrocher. J'ai immédiatement pensé à Hélène Darban. Peut-être a-t-elle osé avec ma mère ce qu'elle semble avoir éludé avec moi. Pourquoi a-t-il reculé, la crainte du passé ou simplement l'heure tardive ? Alors, il s'est rapproché du canapé. Le moindre geste lui coûtait. J'étais si bouleversée que ma jalousie s'est évanouie. J'ai soupiré de soulagement lorsqu'il s'est enfin allongé.

Pourquoi maman se serait-elle faite la messagère de son ancienne rivale ? Aurait-elle désiré lui inspirer de la gratitude en retour ? N'importe, si j'ai bien interprété la scène, elle a été plus généreuse que moi. Et si cette initiative doit lui apporter un peu de consolation, bénie soit celle qui l'a prise !

Une chauve-souris est venue cogner contre la fenêtre à ce moment. J'ai juste eu le temps de le voir sursauter alors que je m'écartais. Il a éteint la lumière et je suis remontée dans ma chambre.

34

Il décline chaque jour, ne partage plus ses repas avec nous, néglige de prendre ses médicaments, n'observe aucune discipline, bien décidé à mourir comme il l'entend. L'infirmière qui vient le visiter deux fois par jour s'est plainte à maman de rencontrer si peu de compréhension chez un malade, de surcroît médecin.

Une idée germe en moi, elle rôde et son murmure me trouble. Je la domine encore mais je sais que si je ne m'en défends pas, elle chassera le reste. D'ailleurs, pourquoi la chasserais-je ? C'est tout de même pour m'en distraire que j'ai proposé à maman de l'accompagner au marché. J'avais envie de voir du monde. Je fais si rarement preuve de sociabilité qu'elle aurait pu s'en étonner. Comme chaque lundi, les alentours de la place étaient envahis de charrettes à bras, de carrioles tirées par des chevaux. La foule se pressait déjà devant les étals bien que nous ne fussions qu'en tout début d'après-midi. J'ai reconnu, dans la cohue, madame Laloy, la fermière qui nous ravitaillait pendant la guerre. Elle est venue me saluer très chaleureusement. Nous avons échangé quelques mots sur la vie du village. Son fils Camille l'accompagnait, un ours mal léché à la chevelure hirsute, qui m'a jeté un regard hostile. Son allure tranchait au milieu de ce petit monde affairé qui affluait chaque semaine de plusieurs kilomètres à la ronde. Ces cris, ces pantomimes, toute cette animation joviale m'ont vite étourdie. Je n'ai jamais aimé la promiscuité.

Maman picorait à gauche, à droite, le visage soucieux. Je me suis avisée que je la dérangeais. Elle n'avait pas besoin de mon aide et encore moins de ma présence. Ce jour de marché était une habitude, un plaisir simple qui lui appartenait depuis des années. J'ai prétendu avoir à faire plus loin et me suis engagée dans une allée transversale. Je suis tombée nez à nez sur Michelle qui a paru très surprise de me voir, surtout lestée d'un sac à provisions. Je ne sais pas laquelle a entraîné l'autre vers le café. Nous nous sommes attablées dans le fond de la salle remplie de fermiers, de maquignons qui échangeaient des nouvelles à voix forte. Notre présence devait leur paraître insolite. Ils essayaient de nous identifier et chuchotaient leurs impressions. Parmi eux, accoudé au comptoir, un de mes anciens compagnons de jeux sirotait une bière. Un sac garni de victuailles au bout du bras, il prenait tout son temps avant de réintégrer ses pénates. Depuis l'époque où nous nous étions perdus de vue, il avait pris le temps de se marier et de procréer deux ou trois enfants. Nous avons échangé un bref regard. Il a eu l'air assez gêné. Une expression douceâtre empâtait son visage.

Michelle parlait en inclinant un peu la tête vers moi, toujours aussi embarrassée par sa longue taille qui lui donnait pourtant belle allure. Quand elle se redressait, elle gardait quelques secondes son buste raidi, puis se penchait de nouveau comme pour s'excuser. Nous avons commandé chacune une bolée de cidre. Elle milite toujours au parti communiste, avait une liaison avec un collègue médecin qu'elle hésite à épouser à cause de ses réticences à l'égard de la maternité. Je n'ai pas éprouvé le besoin d'abonder dans son sens. Il m'importe d'observer désormais une neutralité sans faille. J'étais néanmoins étonnée de ses confidences.

Michelle était vraiment belle et je ne sais quoi d'elle m'évoquait ma grand-mère. Elle m'a regardée. À force d'insistance, le bleu de ses yeux s'est voilé.

— J'ai passé quelques jours chez Solange, elle m'a appris ta visite. Elle en paraissait enchantée. Ton amitié lui est précieuse. La mort de Simon l'a brisée et je crains toujours qu'elle ne s'abandonne complètement.

Ne sachant guère ce qu'elle pensait vraiment de sa sœur, j'eus l'impression de marcher sur des œufs en lui répondant :

— Je crois qu'elle a trouvé une sorte d'équilibre, peut-être même la paix. D'une certaine manière, son malheur lui tient compagnie. Elle a certainement de beaux souvenirs. Que sait-on d'une vie qui avance ou qui offre les apparences de la réussite ?

J'avais dit ces mots avec un détachement qui ne m'appartenait pas. Il me semblait avoir franchi une ligne. Michelle fronça les sourcils :

— Tu ne la plains donc pas ?

— Solange s'arrange avec sa vie. Elle revendique sa retraite.

— Pourtant, si Simon avait vécu…

Elle hésitait à parler davantage. Je lui ai proposé une autre bolée. Elle avait comme moi tout son temps. La salle ne désemplissait pas. Mon ancienne connaissance s'était éclipsée. La conversation était au point mort lorsque Michelle s'est débondée hors de propos :

— Je sais que je ne suis que trop portée à vouloir que demain justifie aujourd'hui, que les choses mènent quelque part, mais quand je prends conscience que demain se change en aujourd'hui et que ce quelque part se dérobe, le découragement me prend. Bien sûr, rendre le monde plus juste, c'est une chose que je ne remets pas en question, mais il n'empêche que cette course en avant me paraît certains jours bien aride.

Sa bonne volonté m'ennuyait un peu. Seule la sympathie m'a retenue de partir. Ce questionnement n'était pas de pure rhétorique, chez elle, mais j'étais aux antipodes de son esprit de sérieux. Je ne me suis jamais demandé si les choses avaient un sens. Elles étaient là et leur présence suffisait à m'envoûter. J'ai répondu au hasard :

— On peut être chez soi dans l'ordre, le désordre, le progrès et même la régression.

Je n'étais pas très fière de ma réplique : des idées générales. Mais comment faire comprendre à cette jeune femme à l'esprit clair et au caractère modeste et tourmenté que j'avais vécu au mieux avec la partialité de mon cœur ?

Michelle a dû sentir mon embarras et c'est avec beaucoup de fermeté qu'elle a enchaîné :

— Pour moi, le réapprentissage serait difficile, d'autant que les raisons ne me semblent plus convaincantes, alors je continue sur ma lancée. Adolescente, je lisais et me cultivais énormément, cela me paraissait impossible que toute cette activité ne mène pas quelque part. Depuis quelque temps je sais que rien ne m'attend au bout du chemin, surtout pas le royaume de l'esprit ! Faute de mieux, je persiste à engranger, par manie plus que par passion, en admettant que cela ait jamais été une passion…

Elle laissa errer son regard sur la salle. Les hommes parlaient sans répit, le monde pour eux semblait sans failles. Elle reprit une gorgée de cidre. Je fis un effort :

— Dans ces conditions, comment vis-tu tes activités de militante ?

— Ce n'est pas tout à fait la même chose, l'injustice m'écœure alors je milite, mais parfois le doute m'effleure. Et si, d'aventure, un monde juste me décevait, non parce qu'il serait juste mais parce que la justice ne suffirait pas à lui donner un sens ? Si une société juste n'était guère plus que le degré zéro, la moindre des choses ? Le spectacle de

certains justiciers me gêne parfois, je me demande jusqu'à quel point la justice les intéresse. Peut-être te moques-tu de moi, n'empêche que cette crise que je traverse me travaille. Alors voilà : je vis une parfaite contradiction, je milite pour des lendemains meilleurs et je ne prends même pas la peine d'accroître la génération future de crainte que tout cela ne vaille pas le coup.

Je ne reconnaissais pas dans de tels scrupules ma sourde hostilité à l'égard des choses de la nature. J'avais pu vivre au jour le jour, assurée contre l'éphémère puisqu'il était mon éternité. Pourtant, il allait mourir. J'ai terminé hâtivement mon verre. Je la sentais déçue du mince réconfort que je lui apportais. J'ai eu envie de lui presser la main mais j'ai craint qu'elle ne prenne cet élan pour de la condescendance. Je ne doutais pas de la sincérité de son désarroi mais je n'ai jamais vraiment appartenu au monde des autres et je ne peux aider ceux qui s'y débattent.

J'aurais aimé pouvoir lui faire des confidences pour la remercier de sa confiance mais que lui raconter ? La rumeur publique l'avait assurément renseignée. Elle a senti mon embarras et s'est levée. Sur le trottoir, nous nous sommes spontanément embrassées. Pour moi, c'était un adieu. Je l'ai longtemps suivie des yeux alors qu'elle remontait la rue principale. L'idée m'est venue de courir après elle pour lui dire que je les aimais beaucoup, elle et sa sœur, qu'elles avaient été mes seules vraies amies mais j'ai imaginé son étonnement et suis restée clouée devant la devanture de la fleuriste. Un passant m'a bousculée sans s'excuser. Sur le chemin du retour, j'ai pensé avec tristesse que je ne connaîtrai jamais la fin de l'histoire des demoiselles Lamaury.

35

Ce matin, à l'aube, sortie en larmes d'un rêve, je suis demeurée longtemps à contempler mon bonheur d'autrefois. Je devais avoir cinq ans et portais la robe offerte pour mon anniversaire. Lui était de nouveau jeune, un peu mélancolique, mais ses yeux s'illuminaient lorsqu'il me faisait tournoyer dans ses bras. Le rêve n'a pas duré. Son intensité même m'a réveillée. Ce fut l'espace d'un instant la plus insolite des joies. De légers bruissements dans la chambre m'ont ramenée sur terre. Je me suis dirigée en somnambule vers la croisée. Là, j'ai écouté dans le jour naissant le pépiement des oiseaux, ravie par les timidités de l'aube.

L'idée qui germe en moi depuis plusieurs jours se confond avec l'appel du vide, depuis cette nuit où le cercle magique s'est recomposé, celui où tout naît et meurt dans un même élan et où il suffit d'esquisser un geste pour mimer le mystère. Il ne supporte plus la sollicitude et a congédié l'infirmière scandalisée. Maman s'occupe de lui sans aucun commentaire. Je n'ai pas peur de la mort, elle m'a suivie partout. Nous nous sommes apprivoisées l'une l'autre. Elle était l'envers de mon amour, de mes actes, de mes jeux. Aujourd'hui, elle s'impose à moi comme une urgence. Grand-mère m'approuverait. J'ai toujours, comme elle, fait ce que j'avais à faire.

Vers dix heures, je suis descendue au jardin. Maman s'y prélassait, la mine abattue. Je me suis installée dans un fauteuil assez loin d'elle car je la sens toujours mal à l'aise en ma compagnie. Nous allons l'abandonner à une solitude totale et certainement définitive. Elle a perdu mon père depuis longtemps. Je crois que mon cœur ne lui a jamais été acquis. Nous regrettera-t-elle ou sera-t-elle délivrée, qui sait ? Quel âge a-t-elle, réellement ? Ses cheveux ont blanchi en quelques mois. J'ai songé que ma vie aurait été tout autre si je l'avais aimée. En aurait-elle été satisfaite ? Il n'est pas sûr que mon affection eût triomphé de cette sombre humeur jamais dissipée. Du moins, son existence n'aurait-elle pas été ce total dénuement. Il est trop tard pour m'en excuser, je ne sais pas parler aux autres.

Sans mot dire, je me suis promenée dans le jardin. J'ai regardé les fleurs, les arbres, les oiseaux, tout ce que j'aurais pu aimer. Quelle austérité quand j'y pense ! Je me suis souvenue de la gifle donnée à Solange dans ce jardin et comme j'en avais été bouleversée après coup. Pour me consoler, papa m'avait portée dans mon lit. Je m'étais accrochée à lui. Il me semblait si fort. Je me suis souvenue de Simon qui me snobait ostensiblement. J'aimais le narguer et je pense qu'il m'aurait volontiers battue s'il n'avait été un jeune homme bien élevé. Et tous les autres ont resurgi dans une ronde de la mémoire : Solange, sa fragile épouse, sa mère, la charmante madame Laribière, la belle Hélène Darban qui avait aimé mon père. Celle-là semblait avoir renoncé aux tourments amoureux pour se vouer à son fils qui tourne mal. Je suis remontée dans ma chambre. J'aurais voulu pouvoir dormir mais les souvenirs me cernent de toutes parts. Enfant, j'avais entendu ma mère parler à mots couverts de mon grand-père mort d'une balle perdue lors d'une arrestation. J'avais enregistré la nouvelle tout en continuant à tourner les pages d'un livre. Ce que je venais d'apprendre s'était dissous dans le récit que je lisais. Cet homme ne m'était rien. Mais parfois, alors que j'étais occupée à lire ou à écrire, une image apparaissait en filigrane dans le tissu de mes pensées, un homme sans visage qui s'effondrait dans une rue et aussitôt se désagrégeait sous le flux de mes préoccupations.

Immobile sur mon lit, j'admets volontiers que ma mort ne soit rien de plus pour ceux qui m'ont connue qu'une image flottante, comme l'est pour moi celle de mon grand-père. La mort, on la prend de loin pour un événement, et je m'étonne de cette nuit des temps, ce néant qui va m'engloutir. Je dois me secouer. Il ne faut à aucun prix que je fléchisse.

Ce soir, je lui proposerai une promenade en voiture. Ma proposition sera si extravagante qu'il ne pourra pas ne pas la comprendre. Je suivrai le chemin qui mène aux falaises. Je roulerai lentement. Alors, je lui prendrai la main. Ce sera mon premier geste affectueux depuis le temps déjà lointain où j'étais une petite fille effrayée par notre amour. Ce sera aussi le dernier geste. Je vais mettre de l'ordre dans mes affaires, écrire un mot. Je lègue ma bibliothèque à Michelle, excepté les contes de Perrault qui reviendront à Julien. J'aimerais que Solange hérite de ma discothèque. Le reste, mère en fera ce que bon lui semble.

Je referme ce journal pour la dernière fois. Un autre adieu. Cet après-midi, maman doit s'absenter, j'en profiterai pour l'enterrer au pied du tilleul.

36

La femme de ménage se présenta vers sept heures trente. Elle alla dans la cuisine afin de se préparer un café mais son attention fut retenue par un bruit de pas dans le salon. C'était inhabituel et elle s'y rendit immédiatement. Lucile se précipita vers elle pour lui apprendre, d'une voix agitée, que son mari et sa fille n'étaient nulle part dans la maison. Elle se souvenait avoir entendu dans son demi-sommeil le ronronnement d'un moteur mais elle n'y avait accordé aucune importance. Au milieu de la nuit, elle s'était réveillée en sursaut avec le sentiment d'un grand désordre. Le réveil marquait trois heures vingt. Elle s'était levée.

— Je suis descendue dans le bureau ; il n'y était pas et le lit n'était pas défait. Je suis montée, espérant le trouver chez Marianne. Il est au plus mal et je me disais qu'il était allé chercher du réconfort auprès de notre fille, mais aucune lumière ne filtrait sous la porte. Ni elle ni lui n'étaient dans la chambre. C'est alors que je me suis rappelée le bruit du moteur, mais est-il possible qu'ils soient allés se promener ? Il se déplace avec tant de difficultés. Depuis, je déambule comme une folle d'une pièce à l'autre.

La femme de ménage, qui savait de quoi était capable Marianne, se contenta de hocher la tête. Devait-elle suggérer à sa patronne d'appeler la police ? Elle en était là de ses réflexions quand la sonnerie du téléphone retentit.

Lucile s'approcha avec crainte de l'appareil. Ses mains tremblaient. Après quelques mots confus d'acquiescement, elle reposa lentement le combiné et s'affala sur un fauteuil. Son interlocuteur lui avait juste parlé d'un accident, mais elle sut tout de suite qu'ils étaient morts.

Elle laissa la femme de ménage ouvrir aux policiers. Ensuite, tout se passa très vite. L'un d'eux lui apprit qu'un promeneur avait remarqué une voiture en bas d'une falaise. Le numéro d'immatriculation étant lisible, il avait été possible d'identifier rapidement le passager. On ne savait rien avec précision de la jeune femme qui était à bord.

— Il s'agit de ma fille, avait déclaré Lucile d'une voix soudainement ferme.

Elle accepta d'accompagner les policiers à la morgue, abandonnant la femme de ménage à ses perplexités.

37

Après avoir passé une première semaine de vacances chez sa sœur, Michelle s'était installée chez ses parents. Elle devait reprendre son travail à Paris dans une quinzaine, mais était toujours aussi lasse malgré les grasses matinées, les journées oisives et les veillées familiales écourtées. Vivre dans le désœuvrement ne lui réussissait pas et elle se morfondait à contempler, des heures durant, le néant des jours inemployés. Madame Lamaury l'examinait avec inquiétude. Sa fille cadette lui causait assez de soucis. Voilà que l'aînée en rajoutait, immobile à longueur de journée, l'air absent. Ce n'était pas la première fois que le découragement paralysait Michelle, mais elle n'avait encore jamais ressenti aussi fort le sentiment de vacuité qui frappait d'inertie jusqu'au mouvement de ses pensées. Sur une chaise longue, oublieuse des routines, elle s'abandonnait à la prostration. À l'heure des repas, madame Lamaury venait la rappeler à l'ordre. Alors, elle se levait docilement et la suivait.

Michelle feuilletait une revue dans la cour lorsque sa mère vint lui apprendre le décès de Pierre Vuillard et de sa fille. La nouvelle s'était répandue dans la ville en fin de matinée.

— C'est tout de même une drôle d'idée que d'aller faire un tour en voiture, la nuit, quand on est malade comme il l'était. Sûrement une idée de Marianne, elle n'en a jamais fait d'autres…

Michelle laissait sa mère épancher son indignation. Accident, suicide ? On ne savait rien avec certitude. La morosité silencieuse de Lucile ne laissait espérer aucune lumière.

Le soir des funérailles, Michelle raccompagna sa sœur au village. Solange s'était arrachée à sa retraite pour suivre le cortège composé de quelques amis du couple, de collègues, de notables, d'anciens patients de Pierre, de curieux. Jacques et Madeleine Laribière entouraient Lucile qui avançait, les yeux fixes, sans prêter attention à personne. Dans les derniers rangs, Solange reconnut madame Darban bouffie, décomposée. Il fallut quelques secondes à Hélène pour identifier la veuve de Simon. Elles se saluèrent d'un signe de tête. La libraire avait acheté en hâte une tenue de deuil dont Solange s'était affublée avec indifférence. Celle-ci avançait, accrochée au bras de sa sœur. D'anciennes camarades la dévisagèrent, étonnées de son délabrement. Solange avait cru que ne pas assister aux obsèques eût été une offense à la mémoire de son amie, aussi s'était-elle déplacée, cependant elle sentait monter l'angoisse à l'idée de ne pouvoir tenir jusqu'à la fin de la cérémonie. Autrefois sa souffrance l'avait éloignée du monde. Elle avait puisé dans sa solitude une sorte d'équilibre menacé à cet instant par tous ces gens. Elle redoutait de s'affoler, de perdre pied, et s'efforçait de se concentrer sur chacun de ses pas. Elle en oubliait Marianne. Pourtant, lorsque Michelle lui avait appris sa mort, elle avait éclaté en sanglots, de conserve avec son petit garçon. Dans la soirée, Michelle avait confié ce dernier à la fermière. Ensuite, elle s'était occupée de tout. Sous l'œil égaré de sa sœur, elle avait préparé le repas, dressé le couvert, fait un peu de nettoyage. Après tous ces jours de détresse, elle trouvait une sorte de consolation dans les gestes simples du dévouement. La nuit, les deux sœurs, couchées côte à côte, évoquèrent à mi-voix des images de l'enfance.

— Tu te souviens, c'était sur la plage, Marianne nous racontait que son père allait la racheter à sa mère et qu'ainsi, elle serait sauvée. Nous nous efforcions de comprendre ce qu'elle voulait bien dire par là. Tu discutais, tu disais que jamais les mamans n'achetaient leurs bébés, que c'était dans la terre des jardins qu'on les trouvait et qu'il ne fallait pas payer pour les en extraire.

— Oui, c'est vrai, je me souviens, j'ai d'ailleurs vite renoncé à discuter, elle était si entêtée.

— En grandissant, elle a perdu cette obstination, mais elle avait des principes. Si elle me donnait rendez-vous à deux heures trente, elle n'arrivait pas à trente-cinq, c'était comme un devoir, une drôle de manie.

— Je l'ai croisée il y a quelques jours au marché, elle a paru très contente de me voir, mais elle s'est vite reprise, elle avait son air grande dame, elle me répondait comme à contrecœur, et pourtant je la sentais plutôt en sympathie. Entre nous cela n'a jamais vraiment marché, elle se sentait davantage à l'aise avec toi…

Solange n'écoutait plus sa sœur, elle rêvait aux jours anciens, aux courses dans le parc, aux querelles quand il s'agissait de décider qui avait gagné, à leurs confidences de jeunes filles, et prenait peu à peu conscience de la disparition de son amie. Et bien qu'elle sût déjà que les souvenirs finissent un jour par tenir lieu de présence, elle souffrait de savoir qu'elle ne la reverrait jamais plus. La lumière de la lune s'infiltrait à travers les fentes des volets, donnant à la pièce un air de mystérieuse sérénité. Solange frissonna à la pensée que, son aînée partie, il lui faudrait de nouveau retrouver sa solitude, sans le plaisir des visites épisodiques de Marianne.

Malgré la diversion, ce réconfort paradoxal des épanchements, Michelle n'avait jamais été plus désorientée. D'avoir renoué avec les faits et gestes de l'existence l'avait arrachée, du moins pour un temps, aux nébulosités de l'avenir. Elle continuerait sur sa lancée, elle n'avait pas le choix. Couchée sur le dos, elle s'imposa de tenir ses paupières closes afin que le sommeil l'annihilât au plus vite. Cependant mille pensées l'agressaient tandis que sa sœur se tournait et se retournait dans le grand lit. Michelle, découragée, se releva. Elle alla poser une bouilloire de fonte sur la cuisinière. Depuis la fenêtre, le jardin à l'abandon perdait son aspect mélancolique dans l'obscurité. Elle laissa infuser les feuilles de tilleul dans deux bols. Le plateau en main, elle regagna la chambre où Solange avait enfin trouvé le sommeil.

38

À l'issue des obsèques, les Laribière invitèrent Lucile Vuillard chez eux mais elle refusa net. Elle avait hâte de réintégrer sa demeure. Une fois dans sa chambre, elle se débarrassa de ses habits de deuil et, chaussée de mules, enfila un peignoir. Ses gestes vifs ne trahissaient aucune nervosité. Elle descendit s'installer dans un fauteuil du salon. Les persiennes, closes depuis plusieurs jours, préservaient la fraîcheur de la pièce. Lucile se reposait, laissant vagabonder ses pensées.

À la grande stupeur des premiers instants, trompée par le souci des apparences, avait succédé l'activité fébrile précédant les funérailles. Elle avait effectué les démarches indispensables, refusant avec hauteur toute main tendue. Lucile avait tout de suite compris qu'il s'agissait d'un suicide, mais était-il possible que son époux eût consenti à cette folie ? Elle vivait un drame depuis si longtemps que son dénouement ne la laissait pas désemparée. Le pire avait enfin eu lieu et elle en éprouvait presque du soulagement. Elle s'en sortirait, il lui suffirait d'être patiente, de ne pas s'abandonner à des conduites inconsidérées. Le lendemain pour elle n'était guère plus affligeant que du vivant de Pierre et de Marianne. Ce sentiment de délivrance, elle l'avait ressenti au sortir de la morgue, après la vision des cadavres mutilés, côte à côte. L'obscénité de leur nudité réunie dans la mort lui avait été odieuse. Elle ne voulait plus y penser.

Lucile se carra dans son fauteuil. Elle revoyait le défilé funèbre, l'expression fermée des gens qui ne manquaient certainement pas de faire des conjectures. Quant à elle, jamais un mot ne sortirait de sa bouche. Leurs existences n'avaient été que trop exposées. Elle faisait siennes les paroles de ce condamné à mort qui, tourné vers la foule, s'était écrié : « N'avouez jamais ! » Aux funérailles, la présence d'Hélène Darban, dont le visage décomposé avouait un chagrin sans retenue, l'avait choquée, mais l'épouse du procureur n'avait jamais honte et Lucile ne lui en voulait plus depuis des années. Quelques jours avant le drame, elles s'étaient rencontrées dans une rue où Hélène Darban n'avait aucune raison de se trouver. Lucile, déconcertée, l'avait saluée d'une simple inclination de tête. Après des années sans le moindre échange, l'autre l'avait abordée pour s'enquérir de l'état de Pierre. Ses yeux noirs la scrutaient. Lucile n'avait pas tiré avantage de la situation, elle-même en proie à la confusion et à la mélancolie. Elle lui avait répondu qu'il était au plus mal, qu'il n'y avait plus d'espoir. Hélène le savait mais n'en avait pas moins accusé le coup, hagarde sur le trottoir, n'esquissant ni un geste ni un mot pour prendre congé. Elle paraissait attendre du secours. Lucile l'avait quittée assez abruptement après lui avoir dit : « Je ferai part à Pierre que vous vous êtes inquiétée de sa santé, je suis sûre qu'il en sera touché. »

Lucile se leva pour voir l'heure à l'horloge du vestibule, revint dans le salon, se servit un verre de porto et se réinstalla dans le fauteuil. Elle lampa à petites gorgées le liquide ambré. Devant la sécheresse de ses souvenirs, elle s'efforçait d'imaginer ce que pouvait être une mémoire radieuse et son ignorance la déroutait. Grands dieux ! Pourquoi, par quelle folie était-elle restée, alors que Pierre aurait accueilli leur séparation comme une bénédiction ? Au lieu de cela, elle l'avait menacé d'aller vivre dans un pays lointain avec sa fille. Il s'était sacrifié et Marianne n'avait pas attendu sa seizième année pour le décevoir. Pourquoi s'être immolée à cette tristesse quotidienne ? Ces deux êtres ne lui étaient plus rien depuis des années. Elle avait appris furtivement à vivre pour elle. Elle s'était persuadée que fuir l'adversité n'apporte pas forcément le bonheur. Elle n'avait donc rien bousculé. Et elle devait reconnaître qu'elle se sentait forte aujourd'hui.

Lucile se servit un autre verre. Puisque tout était perdu, rien ne pourrait plus l'affaiblir. Elle revit Hélène, bouleversée au bras du procureur, et reposa sèchement son verre vide sur le guéridon. Elle savait que cette femme souffrait d'avoir perdu le bonheur, alors qu'elle-même avait souffert de ne l'avoir jamais connu. Était-ce cette absence qui la rendait si légère ? La fatigue eut bientôt raison des perplexités de Lucile, accoutumée ni à l'alcool ni à l'introspection. Elle monta se coucher, titubante, vaguement envieuse de la félicité perdue d'une autre.

39

Lucile Vuillard porta le deuil trois mois, pas un jour de plus. Le matin où elle quitta ses habits noirs, elle se campa devant son miroir et s'observa attentivement afin de juger ce qu'elle pouvait faire d'elle. Ses cheveux, coiffés en bandeaux réguliers et grisonnants, éteignaient l'expression de son visage amaigri bien au-delà de ce qu'on attendait d'une veuve. Prise d'une inspiration, elle alla composer le numéro de téléphone de Madeleine afin de lui demander celui de sa coiffeuse. L'épouse de l'avocat, qui pouvait à l'occasion faire preuve de tact, le lui donna sans poser de questions.

À l'appel de madame Vuillard, la patronne du salon ne put tout à fait dissimuler sa surprise avant de lui proposer un rendez-vous en fin de journée.

Installée sur un siège à pivot, Lucile contemplait dans la glace le reflet de sa chevelure qui tombait par lourdes mèches sur le carrelage. Il lui semblait commettre un sacrilège et son cœur battait plus rapidement qu'à l'accoutumée, mais son regard ne perdait rien de la chute inexorable. La coupe terminée, la coiffeuse rejeta en arrière les cheveux et disposa des bigoudis. Lucile éludait toutes ses entrées en matière pour engager la conversation. À l'issue des opérations, elle examina avec un étonnement satisfait sa nouvelle tête encadrée de boucles. Un petit sourire en coin, elle écouta la coiffeuse la féliciter de son aspect rajeuni et lui conseiller pour une prochaine fois un rinçage qui aviverait son éclat. Elle la remercia, paya et prit congé de façon fort laconique, la laissant méditer sur ces bizarreries de vieille pimbêche.

Sa nouvelle coiffure et la surprise teintée de désapprobation qu'elle suscitait dans le voisinage n'occupèrent pas longtemps Lucile. Il lui fallait trouver autre chose et au plus vite si elle ne voulait pas que le sentiment du vide la décomposât. Elle continua néanmoins à se rendre chez sa coiffeuse une fois par semaine afin de préserver ses nouveaux repères. Son instinct lui dictait de ne rien rétrocéder. Être une mère et une épouse avait représenté sa place sur terre. Une superstition confuse lui avait soufflé que, si elle s'éloignait, le pire s'abattrait. Le pire était advenu et rien, pour elle, n'avait eu lieu. Comment se pénétrer d'une telle monstruosité ? Il n'existait pas d'autre mot. Si naguère, on lui avait parlé d'une attitude semblable, elle aurait ressenti la plus patente, la plus incrédule des indignations. Les deux protagonistes de son existence n'étaient plus, et avec eux ses raisons de souffrir et conséquemment de vivre. Elle ne souffrait plus vraiment mais il lui fallait apprivoiser cet immense désert.

Lucile Vuillard fréquenta plus assidûment la librairie. Auparavant, elle lisait peu et plutôt des magazines et des romans faciles. Un temps, elle avait bien essayé, pour damer le pion à Hélène, de se mettre à la littérature sérieuse mais son esprit n'avait pas suivi. Elle se sentait par trop désarçonnée pour ne pas dire choquée par les personnages qui peuplaient les romans réputés des années folles. De toute manière, la littérature ne pouvait que la divertir, secours bien anodin.

Derrière sa caisse, madame Lamaury entoure sa malheureuse cliente d'un silence respectueux. Cependant, elle ne lui trouve pas l'air particulièrement triste pour une personne qui a connu un tel drame. Lucile parcourt les rayons du regard avec une réelle curiosité. La libraire intervient avec mille précautions pour lui signaler le nouveau best-seller. Lucile prend le volume, le feuillette, fait la moue, dit qu'elle préférerait quelque chose de moins insipide. Froissée, la libraire lui recommande un récit qu'elle a vite refermé pour n'y rien comprendre. Lucile ne se laisse pas tenter à cause du titre insolite et se rabat sur une intrigue selon ses goûts. Pensive, madame Lamaury la regarde s'éloigner ; décidément elle ne s'habitue guère à sa nouvelle coiffure.

De retour chez elle, Lucile se rend dans le salon où la femme de ménage passe l'aspirateur. Après quelques instructions, elle grimpe dans sa chambre. Allongée, elle parcourt une vingtaine de pages du roman. Elle est bien trop nerveuse, et ces histoires compliquées mais édifiantes ne lui sont plus nécessaires.

Une impulsion la soulève. Elle gagne la chambre de Marianne où elle n'a guère mis les pieds ces dernières années. Depuis sa mort, elle n'y sera entrée qu'une fois, pour sa dernière toilette : c'est au hasard qu'elle avait choisi un tailleur bleu marine, un chemisier blanc de soie fine, avant de quitter l'endroit en hâte. Elle ressent aujourd'hui une intense curiosité pour les lectures de sa fille. De nombreuses étagères tapissent un mur. Elle s'en approche et épluche chaque titre. Les romans voisinent avec les recueils de poésie et les écrits divers. Elle remarque des noms qu'elle ignorait. Probablement des auteurs modernes. Elle tend la main vers une édition ancienne des moralistes français du XVIIe siècle ; ces auteurs qui l'ennuyaient tant en classe. Si elle en croit les annotations en marge, sa fille se passionnait pour eux. Lucile médite sur une phrase soulignée. Elle la répète plusieurs fois à mi-voix : « Le soleil ni la mort ne peuvent se regarder fixement. » Le livre semble s'être refermé de lui-même. Lucile, troublée, le repose sans chercher à en savoir davantage. Elle s'en tiendra aux romans. Elle s'empare des *Illusions perdues* d'Honoré de Balzac, se ravise et opte pour *Un prêtre marié* de Jules Barbey d'Aurevilly, un auteur de la région qui avait, d'après la savante Hélène, défendu la cause des Chouans.

Prise de crainte, elle se fige sur le seuil de la porte et, confuse de n'y avoir pas songé plus tôt, elle s'approche du bureau où gît un sachet d'encens, dépose son livre sur le bois verni, ouvre le tiroir. La lettre qui lui est destinée est posée bien en évidence. Lucile finit par la décacheter, la gorge sèche. La calligraphie ne trahit aucun trouble. Elle commence à lire :

Ma chère mère,

Il m'est étrange, même au moment de te faire mes adieux, de t'appeler « mère » car tu sais que j'ai toujours témoigné d'une grande réticence pour ce mot, même pour celui plus familier de « maman ». Je pense ne pas te peiner, du moins, je l'espère, car j'ai remarqué chez toi depuis plusieurs années un détachement à mon égard qui m'est plutôt sympathique. Tu as une fois pour toutes décidé de ne plus t'empoisonner l'existence à cause de moi et tu as mille fois raison. Nos logiques affectives ne se sont jamais accordées. L'autre jour, au marché, ma compagnie t'embarrassait. Tu voulais vivre seule ces moments rares où nous sommes tout simplement heureux d'exister. Ton époux agonisait, et toi tu voulais respirer à pleins poumons l'air de la belle saison. Tu regardais les étalages avec un plaisir grave, à la manière des badauds, plaisante engeance qui se laisse captiver par des riens. Tu es sur le chemin de la paix que je t'ai, par mon inqualifiable conduite, trop longtemps interdit. Je vais mourir et les camps me paraissent moins tranchés, non que les choses de la vie se confondent à cette heure, mais leurs différences se profilent au loin. Je ne renie rien et n'ai aucun regret. Cependant j'ai du mal à comprendre d'où m'est venue une telle énergie. Je pense à toi avec étonnement, je ne sais à peu près rien de ta personne, la petite fille, l'adolescente que tu as été, je ne les connais pas. Qu'en demeure-t-il ? Tu as dû longtemps t'accrocher à elles mais maintenant j'imagine qu'elles se sont éclipsées sur la pointe des pieds pour finir par se désagréger sans résistance. Je voudrais que tu acceptes notre disparition, comme nous l'envisageons, sans drame. Il s'agit d'une mort parfaitement décente quoi que l'on en dira.

J'aimerais par ailleurs que tu visites ma bibliothèque et que tu gardes les ouvrages qui te plairont. Tu partageras les autres entre Michelle et Solange, en tenant compte du fait que celle-ci est sensible et celle-là plus intellectuelle (les Contes de Perrault *sont pour Julien, le petit orphelin qu'a recueilli madame Laloy, et tu trouveras des bandes dessinées pour le fils de Solange). Demande à Solange de puiser dans ma garde-robe, nous faisons la même taille. N'oublie pas que je veux être enterrée avec la bague d'améthyste de grand-mère que je n'ai plus quittée depuis des années. Il est certainement absurde de projeter outre-tombe ce goût de l'ordre qui aurait pu faire de moi une ménagère redoutable, mais il me convient de savoir que toutes ces petites choses qui m'ont accompagnée n'iront pas à vau-l'eau. Que la sécheresse de ces dernières lignes ne t'abuse ni ne te peine, te demander ces services est une marque de confiance.*

Je te remercie de tout cœur. Adieu.

Marianne

Lucile garda les yeux rivés sur la signature, la tête vide. Il lui fallut quelques minutes pour recouvrer son sang-froid, puis elle relut plus attentivement la lettre parcourue d'une traite. Quand elle l'eut achevée, elle la glissa dans le secrétaire et réfléchit à toutes les démarches qu'il lui fallait accomplir. Ensuite, elle quitterait la ville pour un long séjour dans un pays lointain. Elle possédait assez d'argent. Elle pourrait d'ailleurs louer la maison qui ne se transformerait pas en caveau de famille. Des étrangers s'assiéraient à sa table, coucheraient dans son lit, fermeraient et ouvriraient ses fenêtres. Un jeune couple heureux qui peut-être y mettrait au monde un premier enfant. Ce dernier apprendrait à marcher sur le parquet de chêne et les tapis moelleux sous le regard de ses parents qui riraient de ses cabrioles, et la maison s'épanouirait, guérirait par ce bonheur tout simple. Pendant ce temps, Lucile Vuillard vagabonderait dans les pays lointains.

Elle se présenta dans une auto-école. Les cours ne se déroulèrent pas sans difficulté. Elle manquait de confiance et rata deux fois l'examen. Le jour où elle se retrouva avec son permis en poche, elle défaillit presque d'allégresse. Enfin les clés du monde lui étaient offertes. Elle avait déjà négocié l'achat d'une voiture, autrement dit vendu la peau de l'ours. Elle n'eut plus qu'à en prendre possession. Lucile célébra cette victoire en roulant longtemps sur les routes.

Au crépuscule, elle atteignit Caen où elle s'enquit du restaurant le plus huppé de la ville. Elle était vêtue d'une robe de toile trop modeste pour un lieu réputé pour son élégance mais elle n'en tint pas compte. Aujourd'hui, la chance lui souriait. Le maître d'hôtel hésita. Devant son aplomb, il la dirigea vers une table un peu à l'écart. Le plaisir rosissait les joues de Lucile, éclaircissait son teint. Elle commanda les mets les plus délicats arrosés de champagne, bouda le dessert. Elle s'amusait comme une enfant de sa virée solitaire dans ce lieu fréquenté par des couples moroses. Son comportement un peu folâtre intriguait la clientèle. Son vis-à-vis, un monsieur âgé, lui souriait continuellement, insoucieux de son épouse dont Lucile ne voyait que le dos corpulent et un chignon argenté très chic. Surprise d'inspirer de l'intérêt à un homme, même chenu, elle feignit superbement de l'ignorer, se lassa vite de ce jeu et reprit ses aises, jouissant à nouveau de ce qui lui advenait. Encore quelques semaines, le temps du bouclage, et adieu la compagnie ! Elle partirait sur les routes sans prodiguer d'adieux à quiconque, sauf aux Lamaury, et peut-être aux Laribière. L'avocat l'énervait tant ! Elle se leva avec brusquerie, régla l'addition sans la détailler, salua d'un bref signe de tête le maître d'hôtel et s'en fut sous le regard désolé de son soupirant. La brise nocturne la dégrisa presque aussitôt et elle se mit en quête d'un gîte pour la nuit.

Les jours suivants se passèrent en démarches immobilières et bancaires. Elle ne connaissait pratiquement rien du monde et décida que l'Italie serait la première étape de son voyage. Ensuite, il serait toujours temps d'aviser, l'imprévu faisait partie de ses plans. Quitter sa demeure, son unique vieille compagne, pour l'inconnu, la rendait davantage vulnérable mais elle n'avait pas le choix.

La veille de son départ, elle demeura longtemps assise sous le tilleul, à rêver et à se souvenir. Près de vingt ans s'étaient écoulés depuis son retour au pays de son enfance. Elle revit avec une sorte d'incrédulité ses espérances d'alors. Un foyer aurait pu naître, une chaumière comme dans les contes. En ce doux soir de mai, Lucile était lasse comme une convalescente. Elle avait joué avec son cher frère au pied de cet arbre, écouté Pierre lui raconter l'histoire de cette tante enfuie. À l'époque, ce récit avait provoqué en elle une émotion pénible et elle avait détesté l'audace de cette jeune fille. Paule ne lui en avait jamais soufflé mot, trop fière pour cela. Les premières ombres commençaient à flotter dans le ciel quand elle se décida à rentrer. Le lendemain, à l'heure pâle et frileuse, Lucile se tourna une dernière fois vers la maison, le parc, le tilleul, puis elle prit la route et disparut dans la nature.

40

C'étaient les premiers jours que Marie-Louise Domont passait au village depuis que son père, au printemps, avait été hospitalisé. Elle ne s'était jamais complètement sentie à l'aise dans sa famille et pour se faire accepter travaillait du matin au soir. Maintenant que son père n'était plus là, elle doutait un peu que quelqu'un fût satisfait de sa présence.

Son frère et sa sœur vaquaient à leurs occupations toute la journée tandis que sa mère vivait au ralenti sans souci d'elle. Marie-Louise l'avait toujours connue froide et capricieuse. Elle n'avait pas oublié son accueil lors de son retour sous le toit familial alors qu'elle comptait à peine treize ans. La Grande Guerre venait d'être déclarée et la fillette, tout excitée, avait rendu son tablier à la patronne chez qui elle travaillait comme bonne à tout faire. Elle avait repris le chemin de la maison en chantant, guillerette à l'idée des retrouvailles. Mais il lui avait fallu déchanter quand, le seuil de la maison franchi, elle s'était écriée : « Maman, maman ! C'est la guerre, je peux revenir vivre à la maison ! », et que sa mère sans même prendre la peine de l'embrasser, lui avait répondu : « Faut que tu t'en retournes, on ne peut plus te garder. T'es en âge de gagner ta vie. » Marie-Louise avait ravalé ses larmes et refait le chemin en sens inverse, sans être allée voir son père qui travaillait sur la voie ferrée. Au contraire de sa mère, il lui était toujours apparu comme un homme impartial et dévoué, d'humeur égale. Il avait supporté sa cécité sans se plaindre et c'était pour Marie-Louise un crève-cœur de l'avoir vu, inerte, sur son lit d'hôpital. Le docteur avait laissé entendre que l'issue serait brève et Marie-Louise admit que dans son état d'égarement ce put être pour lui une délivrance.

Marie-Louise Domont jeta un coup d'œil sur la pendule : l'épicerie était certainement ouverte. Elle décida d'y faire un saut. L'heure du café approchait et elle venait de se rendre compte qu'elle n'avait plus de biscuits. Elle passa devant le chantier où son mari accomplissait des travaux de terrassement. Un pied sur la pioche, il sortit de sa poche un mouchoir et s'épongea le front. Pendant ses jours de congé, quand il aurait le temps, son frère leur construirait une maison pour leur retraite.

C'était le premier jour sans pluie depuis qu'elle était au village et les enfants en profitaient pour jouer aux billes devant l'église, sur la place de terre battue. Marie-Louise reconnut Julien. Debout, il surveillait le jeu des gamins qui mesuraient avec des tiges de graminée sauvage, accroupis, la distance entre le trou et les billes. Marie-Louise poussa la porte de la boutique. L'épicière servait madame Laloy qui s'illumina quand elle reconnut la Parisienne.

— Alors, vous voilà de retour au pays.

— On est arrivés dimanche, sans notre Juliette. Elle se paie du bon temps depuis qu'elle a été reçue au concours des grandes écoles. Elle a bien raison, avec tout le mal qu'elle s'est donné.

La fermière aurait aimé que cela eût tourné aussi bien

pour Marie et son fils. Elles sortirent ensemble de la boutique. Marie-Louise l'invita à prendre le café. Julien, accouru dans leur sillage, observait les gestes saccadés de la commère et se recroquevillait un peu à chacun de ses éclats de voix. La fermière avait elle aussi des manières bourrues mais sans nervosité. Arrivé à demeure, la bonne dame s'empressa de lui servir un bol de lait chaud qu'il but à petites gorgées. Il refusa de goûter aux biscuits. Susceptible, elle ne le ménagea pas.

— C'est peut-être que tu n'aimes pas mes gâteaux ?

La fermière vola au secours de son protégé.

— Ce gosse n'est pas gourmand, c'est dans sa nature. Il ne réclame jamais ni bonbons, ni rien, ça doit tenir de famille. C'est pas comme Camille qui n'est jamais content de ce qu'on lui offre. Ces dernières années, il a d'autres soucis en tête, n'empêche que c'est toute une affaire de le nourrir à son goût.

Marie-Louise qui n'appréciait que ses propres histoires interrompit son invitée. Celle-ci ne s'en formalisa pas d'autant qu'elle avait épuisé la question.

— Ma fille Juliette, c'est autre chose, elle est toujours contente de ce qu'on lui met dans son assiette, c'est dans sa nature d'être contente. À l'école elle aimait tout ce qu'on lui apprenait, sans trier, rien ne l'ennuyait.

Elle parut un instant absorbée par ses propos puis ajouta comme pour elle-même : « J'aurais bien aimé avoir sa facilité de caractère, pas nareuse pour deux sous. »

Le souvenir de sa servante traversa un instant la fermière. Celle-là aussi était passée au travers de toutes les contrariétés. Marie-Louise enchaînait déjà sur le triste sort de son père, puis voulut savoir ce que devenait madame Vuillard. Muette jusque-là, sa sœur connaissait par ses clientes les potins de la ville :

— Elle ne donne aucune nouvelle à personne, on ne sait même pas si elle va revenir. Elle a congédié sa domestique qui travaille désormais pour la libraire…

Prise de court, mais toujours en pépie, elle poursuivit dans son élan :

— Elle, c'est sa fille Solange qui lui donne de l'inquiétude. Cette pauvre jeune femme se laisse trop aller. Impossible de la faire s'habiller correctement. Elle traîne en savates, avec ses ourlets qui pendent, ses cheveux dans la figure… Au printemps, elle est venue me voir pour que je lui fasse une robe. Elle devait recevoir de la famille. J'avais un mal fou à lui prendre ses mesures tant elle est molle et se tient n'importe comment. C'est comme si elle n'avait plus de muscles. Son pauvre gosse a l'air aussi mal en point qu'elle…

Julien, qui ne manqua pas de reconnaître Éric dans ce portrait, regarda avec sérieux la couturière tandis que la fermière hochait la tête. Marie-Louise profita du silence pour en revenir aux Vuillard. Sa sœur n'avait pas suffisamment satisfait sa curiosité. Elle espérait que madame Laloy eût peut-être glané, les jours de marché, des informations complémentaires mais la fermière ne laissait pas traîner ses oreilles. Aussi lui fallut-il renoncer à en savoir davantage. La conversation se poursuivit cahin-caha jusqu'au moment où Marie-Louise exhuma un événement qui s'était déroulé dans un village voisin, juste avant la guerre. Les chemins de traverse de la mémoire avaient ressuscité cette anecdote qui divertissait toujours la galerie, bien qu'un fond de gêne embarrassât autant le diseur que les allocutaires.

— Pour sûr, quand la justice a été avisée que le fermier avait des relations avec ses filles et qu'on l'a arrêté, fallait voir comment les filles allaient lui porter des gâteries en prison, et fallait voir la mère, la grosse

Élodie, qui engueulait le juge en lui lançant : « On aura tout vu ! Si un père n'a plus de droits sur ses filles, où on va ! » Le pauvre juge, à ce qu'il paraît, disait à qui voulait bien l'entendre : « Mais qu'est-ce qu'on attend de moi, au juste, qu'est-ce qu'on attend de moi, puisque tout le monde semble content dans cette affaire ? » Et c'est vrai qu'il n'y comprenait rien à ces gens pas plus civilisés que leurs cochons. Alors que lui, fallait voir comme il était bien appris !

On riait. Après tout, ils étaient drôles ces gens pour qui rien n'est jamais un problème : on travaille, on mange, on boit, et puis on va tous se coucher dans le même lit. Personne ici n'aurait voulu de ça chez soi, cependant il n'était pas interdit de rire du voisin.

Marie-Louise insistait pour que l'on reprît des biscuits mais la satiété vient vite avec l'âge. Et puis Julien montrait des signes d'impatience.

41

Réveillé en sursaut, Jacques Laribière assomma d'un geste machinal le réveille-matin, se leva à contrecœur et se dirigea vers la salle de bains, les paupières bouffies de sommeil. Il avait mal dormi et commençait, à son habitude, la journée tristement. Il secoua la tête avant de s'ébrouer sous la douche. Il se rasa avec soin, s'habilla en hâte et, dans le vestibule, enfila son pardessus et son chapeau. Il se baissa pour ramasser son porte-documents qui traînait sur un coffre et sortit en coup de vent. L'air frais assombrit davantage son humeur. Il s'installa dans sa voiture garée devant la grille, mit le moteur en marche, écouta quelques secondes son vrombissement et démarra. Pour parvenir à son bureau, il passa devant la propriété où habitaient autrefois les Vuillard. Accoutumé depuis presque une année à la vue des persiennes closes, sa surprise fut grande lorsqu'il vit que celles du premier étage étaient ouvertes. L'agence aurait-elle loué une nouvelle fois la maison ? Les anciens locataires, une famille nombreuse, étaient partis au bout de quelques mois, le père ayant été nommé aux colonies. Il pensait à Lucile avec compassion depuis qu'elle avait perdu sa fille et son époux, et se demandait comment elle vivait ce drame. Un beau matin, elle avait disparu et cette liberté d'oiseau sur la branche l'avait ému tandis que les langues allaient bon train. Depuis, il l'accompagnait en rêve dans ses voyages.

L'avocat prenait quotidiennement le petit déjeuner dans un bistrot proche de son cabinet. Il s'installait à une petite table près de la fenêtre et parcourait les grands titres de son journal. Ce matin-là, il resta debout derrière le comptoir. Il espérait que la conversation roulerait sur quelque événement inédit mais les habitués avalaient leur café sans mot dire. La dernière gorgée absorbée, il se hasarda à signaler au patron la présence possible de madame Vuillard au pays. Le bistrotier ne marqua pas d'étonnement. Après tout, elle ne faisait rien de plus que revenir chez elle, cette femme-là.

— Elle ne m'a jamais adressé la parole. Ce n'est pas le style à fréquenter des gens au-dessous de sa condition, elle n'est pas comme votre dame qui a toujours un mot gentil pour tout le monde. À propos, comment va madame Laribière ? Ça fait déjà un bout de temps que je ne l'ai pas croisée.

L'avocat ne laissa rien paraître de son ennui.

— Vous savez, elle n'est pas du genre à aller mal, son goût pour l'horticulture s'est accentué et elle ne sort pratiquement plus de son jardin.

Le patron approuva d'un « hum, hum ! » et Jacques Laribière, ne trouvant plus rien à dire, s'esquiva.

L'été s'épanouissait à peine et les jours où il rentrait directement de son bureau, il trouvait Madeleine alanguie sur une chaise longue, savourant les derniers rayons du soleil. Elle couvait du regard ses plates-bandes, insoucieuse des brindilles accrochées à ses cheveux, et s'abîmait dans la contemplation du règne végétal. Il y avait à coup sûr de l'égarement en elle. L'avocat accomplit en deux temps trois mouvements le chemin qui le séparait de son lieu de travail. L'ascenseur était en panne et il dut monter à pied les trois étages. Sur le palier, il chercha avec des gestes confus les clés dans sa serviette.

Le cabinet comprenait une entrée spacieuse qui desservait à droite le bureau meublé en noyer et tapissé de dossiers et de livres juridiques, à gauche une salle d'attente meublée de tableaux modernes et de fauteuils en cuir havane. Il se plaisait dans ce lieu austère et s'y attardait parfois le soir. Avocat réputé dans la région, on venait le consulter de loin. Ce matin, il avait rendez-vous avec un gros fermier pour une affaire d'héritage. Son client n'allait pas tarder à se présenter, mais il prit le temps d'allumer sa première cigarette de la journée. Sollicité par des volets rabattus, il songea à Lucile, au drame des Vuillard. Aux funérailles de Pierre et Marianne, du père et de la fille. Curieuse jeune femme. Elle ne possédait aucun des traits de sa mère et semblait être née de son père seul. Lucile, en tête de cortège, avançait à pas lents, avec une expression à la fois déterminée et lointaine. D'un élan, il lui avait tendu le bras. Elle s'y était appuyée sans lui témoigner le moindre signe de gratitude.

L'avocat regardait se dissiper les volutes de fumée de

sa cigarette quand il entendit la sonnerie de la porte palière.

En début d'après-midi, après la visite du fermier, d'autres dossiers et un déjeuner sur le pouce, il se rendit au tribunal où il devait plaider pour une dame qui demandait le divorce parce que son époux s'était mis à courir la gueuse après dix ans de félicité conjugale. Le ci-devant était navré mais la dame demeurait inébranlable.

Au sortir de la cour de justice, l'avocat consulta sa montre. Il n'avait plus de rendez-vous et la journée était encore belle, avec un grand ciel et une atmosphère légère, limpide, une journée où il est facile d'oublier qui l'on est pour s'abandonner au simple bien-être. Il pensa à son fils et des larmes douces-amères lui montèrent aux yeux. Il n'avait pas le sentiment de le trahir mais plutôt l'illusion de le retrouver dans un bonheur qu'ils n'avaient pas partagé lorsque Simon était de ce monde.

Il prit la direction de la mer avec l'intention de rouler le long de la côte. On n'était que fin juin et les estivants se comptaient encore sur les doigts. Les autres, les amoureux de la plage, ceux qui ne perdent pas un rayon de soleil et ne négligent pas un moment de farniente, étaient du pays. Une femme se promenait sur la jetée. Comme il conduisait lentement, il remarqua qu'elle portait des cheveux mi-longs, châtain clair, une robe de toile claire, sans manches. Sa peau était hâlée. Elle n'était pas jeune mais possédait un je-ne-sais-quoi de juvénile. Ce fut elle qui s'arrêta à sa hauteur et le dévisagea avec un air sérieux qui excluait toute équivoque. Il lui rendit son regard et, seulement alors, la reconnut. Il stoppa net, n'en croyant pas ses yeux. C'était cette allure nouvelle qui l'avait trompé. Elle lui sourit du bout des lèvres. Quelques secondes sans voix, il s'arracha à sa stupeur et sortit de sa voiture.

— Bonjour madame Vuillard ! Vous voilà donc revenue. Comme vous nous avez manqué !

Lucile, qui supportait difficilement la cordialité, fronça les sourcils. Elle ne pouvait deviner à quel point il était sincère.

— Mon voyage ne m'a pas fait oublier comme la Normandie est belle et fraîche.

Il n'osa pas lui dire qu'elle lui paraissait en pleine forme, rajeunie. Il ne l'avait pas revue depuis les obsèques et découvrait le sacrifice des bandeaux. La nouvelle couleur de ses cheveux éclairait son teint. Il était enchanté et voulait voir un signe dans cette rencontre.

— J'avais remarqué vos volets ouverts, mais je n'ai pas osé me présenter chez vous.

— Savez-vous que vous êtes la première personne à qui je parle depuis mon retour ? Je suis revenue il y a deux jours dans la nuit et c'est aujourd'hui seulement que j'ai mis le nez dehors. Le temps est magnifique et...

Elle se détendait petit à petit et ne montrait plus cette morgue craintive qui autrefois l'éloignait des autres. Il reprit sa phrase au dernier mot :

— Et c'est la première vraie belle journée de la saison... Voulez-vous que je vous raccompagne ?

— C'est très gentil mais ma voiture est garée un peu plus bas, j'allais justement la rejoindre quand je vous ai aperçu.

Lucile trouvait l'avocat lui aussi mieux que jadis. Elle n'imaginait pas le contentement qu'il éprouvait de leur rencontre.

— Eh bien, dit-il, bon retour ! Je passe parfois sur ce littoral en fin d'après-midi, j'aurai peut-être la joie de vous revoir.

— Je reverrai madame Laribière avec plaisir.

Au moment de le quitter, elle eut un geste qui lui rappela ses manières d'autrefois : elle lui tendit la main d'un mouvement brusque. Il prit dans la sienne ses longs doigts et remarqua que ses ongles étaient laqués de rose pâle. Il la regarda s'éloigner dans le rétroviseur et trompa son émotion en engageant sa vitesse pour rejoindre la pointe de la côte ; puis il fit demi-tour après avoir marqué une pause. Il se sentait à la fois heureux et agité et voulait se retrouver au calme chez lui.

Il fut surpris de ne pas apercevoir Madeleine à travers la grille. L'air était doux et le feuillage palpitait, bercé par la brise, et pourtant elle n'était pas dans son jardin. Il se dirigea vers la cuisine, ne la vit pas davantage et revint dans le vestibule où il appela tourné vers l'étage. Aucune voix ne répondit. Il haussa les épaules, vaguement inquiet. Tandis qu'il se servait un whisky, il entendit le bruit du portail qui s'ouvrait et se refermait, puis des pas sur le gravier. Rassuré, il descendit au-devant d'elle. Madeleine, habillée d'une jupe à gros pois rouges et verts, d'un corsage jaune vif, et chaussée d'une paire d'espadrilles marron, lui souriait. Depuis toujours sa tenue vestimentaire affichait la gaieté de son caractère mais elle avait développé ces dernières années une excentricité qui l'exposait aux quolibets. Il n'empêche, elle allait son chemin, indifférente aux sourires narquois, peut-être tout simplement inconsciente. Lorsqu'elle se rendait, dans une toilette extravagante, au cimetière, elle inondait la tombe de son fils de fleurs aux couleurs disparates. Peu importait le bon goût, elle voulait lui offrir à profusion des couleurs, toutes les couleurs du monde.

— Figure-toi que Solange m'a téléphoné cet après-midi, elle ne semblait pas tellement en forme, alors j'ai pris le car pour la voir et hop ! Nous sommes restées toutes les deux à nous reposer au soleil.

« Se reposer de quoi, grand Dieu ! » pensa-t-il. Elles avaient chacune une femme de ménage et Madeleine respirait la santé. Cependant, il respecta une fois de plus la quiétude de leur communauté et ne fit pas de commentaire. Du moins s'enquit-il d'Éric.

— Oh, c'est difficile de savoir, il parle à peine. Sauf pour son goûter qu'il s'est mis à réclamer à cor et à cri.

Évidemment, conclut-il, ce n'était pas Solange qui pouvait apporter à son fils une éducation équilibrée. L'enfant se développait au gré de ses convoitises et de ses craintes. Fasciné par les garçons de son âge, il leur obéissait sans jamais chercher à imposer ses propres désirs qui d'ailleurs s'évanouissaient en leur présence.

Il proposa à Madeleine de l'emmener au restaurant. Il était radieux ce soir et, réflexion faite, plutôt que se retirer dans son bureau, il préférait donner du champ à son alacrité. Dans la voiture, ils parlèrent de Lucile. Madeleine avait été informée de son retour par un commerçant. Pierre lui apprit qu'il l'avait croisée, méconnaissable, habillée gaiement.

— Tu dis qu'elle avait l'air gai ?

— Elle n'avait pas l'air triste en tout cas.

Madeleine Laribière se souvint des jours et des mois qui avaient suivi la mort de Simon. Elle ne voyait plus ni n'entendait personne. Le monde avait atteint cette transparence autorisant, d'un instant à l'autre, la résurrection de son fils. Et puis le monde s'était recomposé petit à petit. Elle n'était pas malheureuse, elle n'y avait jamais été malheureuse et pourtant elle n'était pas sûre d'y être tout à fait chez elle.

L'avocat, qui avait deviné Madeleine, se vit envahir par la même sombre méditation.

— Si tu veux, nous l'inviterons à dîner.
— Oui, bien sûr, avec les Lamaury. Nous verrons un peu plus tard…
Ce soir-là, ils se sentirent presque unis par des pensées convergentes dont ils ne parlèrent d'aucune façon.

42

Les derniers jours de juin furent bruineux. Jacques Laribière, irrité contre le temps, admit son peu de chance de croiser une nouvelle fois Lucile lors d'une promenade en bord de mer. Il se sentait vieilli. Les quelques maîtresses qui avaient jalonné sa vie étaient des femmes pleines d'aplomb qui l'avaient mis à l'aise d'emblée. L'objectif était simple : s'approprier un homme pourvu d'une bonne situation, le goût du plaisir et l'amour venant bien après. Que cet homme fût marié importait peu : il était notoire que Jacques Laribière l'était mal. Cependant ses maîtresses déchantaient assez vite, l'avocat n'éprouvant guère le besoin de quitter une épouse qu'il n'aimait plus pour une femme qu'il n'aimait pas.

Jacques s'impatientait derrière son pare-brise. Le ciel nuageux ne lui laissait aucun espoir. Il ne voulait pas rentrer et n'avait aucune envie de rejoindre ses amis, des messieurs qui, comme lui, aimaient à déserter le domicile conjugal. Sur un coup de tête, pour tromper son énervement, il décida de rouler au hasard. Il se retrouva vite sur la route menant à la pointe de la côte. Il se gara à quelques mètres de la plage et s'engagea sur la jetée. Il parcourut des yeux l'étendue déserte et fut à peine étonné de distinguer une silhouette solitaire. Elle allait d'une allure nonchalante puis s'arrêtait, contemplait la mer et repartait d'un pas plus rapide pour obliquer plus loin et reprendre un rythme lent. Il se rapprocha. Il s'agissait bien d'elle. Il hésitait à se manifester mais craignit vite d'être surpris en train de l'épier. Il descendit les degrés qui menaient à la grève. Il n'éprouvait plus rien que l'espoir de ne pas déplaire. Il la rattrapa alors qu'elle se retournait. « Encore lui ! » pensa-t-elle et son visage se ferma. Il la salua, un peu gêné. Elle comprit alors qu'il ne se trouvait pas sur son chemin par hasard : il la recherchait, c'était évident, et si inattendu. Elle n'eut d'ailleurs pas le temps de réfléchir car il parlait d'abondance pour dissiper son trouble et justifier sa présence. Incrédule, elle l'écoutait avec une relative indulgence mais sans pour autant l'aider. L'avocat ne se laissa pas décourager par sa réserve. Il la connaissait. Lucile accepta finalement de le suivre dans un café du littoral. Elle ne savait pas si un entretien prolongé l'ennuierait, néanmoins elle se sentait disponible. Un vent précurseur de pluie s'était levé. Ils se hâtèrent vers l'estaminet en contrebas de la petite place.

Laribière poussa la porte, cédant le pas à Lucile qui se dirigea vers le fond de la salle. Il la suivit, rassuré de la voir si détendue. Elle ôta son imperméable, découvrant des bras dénudés. Il aurait souhaité qu'elle défît aussi le foulard qui dissimulait sa chevelure éclatante. Elle était moins plaisante que l'autre fois et ses traits fatigués accusaient son âge. Ils commandèrent un apéritif. Lui, tout à l'heure si volubile, ne trouvait plus rien à dire. Elle le sentit désorienté et esquissa un sourire. Il en fut ému. Dans son souvenir, Lucile n'était guère prodigue en amabilités. Même jeune fille, bien qu'attrayante, elle décourageait les soupirants par un je-ne-sais-quoi de hautain qui n'invitait guère au défi. Son mariage avait jeté un voile sur sa grâce et il fallut ce drame pour qu'il la retrouvât. Depuis son retour, maintes connaissances lui avaient adressé la parole avec le sérieux dû à une femme marquée par le destin. Elle avait fui ces fâcheux qui attendaient d'elle un rôle de composition et savait gré à l'avocat de ne pas affecter une mine de circonstance.

— Vous êtes restée bien longtemps loin de nous.

— Oui, à l'époque, il me fallait absolument quitter ces lieux. Je suis partie un peu au hasard. Ailleurs, on devient personne et c'est extraordinaire de n'être plus au centre de sa vie. Je crois avoir été trop longtemps pour moi et pour les autres une source d'embarras.

Elle avait parlé sans s'inquiéter de ce qu'il y avait d'intime dans ses propos. L'avocat les reçut comme une marque de confiance.

— J'ai été vraiment très heureux en découvrant que votre maison donnait de nouveau des signes de vie.

— Imaginez que je ne connaissais du monde que l'Italie et l'Angleterre, alors je suis allée en Afrique du Nord et en Turquie et même aux Indes, comme on disait avant l'indépendance. Au début, j'ai terriblement souffert de la chaleur…

— Lequel de ces pays avez-vous préféré ?

— Les Indes, bien sûr.

Elle ôta son foulard dans un geste large.

— Pourquoi bien sûr ?

Un sourire en coin, elle secoua ses boucles aplaties par la compression de l'étoffe.

— Je ne sais trop, peut-être parce que j'ai failli m'y perdre. L'Algérie, la Tunisie sont très belles, mais il paraît que nous y sommes encore chez nous et je n'avais pas envie d'être chez moi. À l'étranger, je choisissais les hôtels les plus exotiques pour oublier nos traditions. Ils n'étaient pas toujours confortables mais m'apportaient ce que je voulais. J'aimerais beaucoup transformer mon intérieur. Tous ces tableaux, ces bibelots, ces meubles vieux de plusieurs générations, c'est déprimant…

Ses traits, trop délicats, se flétrissaient au moindre mouvement, mais il aimait ses grands yeux sombres qui avaient perdu leur acuité inquiète.

Il proposa à Lucile de commander une autre consommation mais elle refusa en invoquant l'heure. Lui n'avait pas envie de la quitter. Il eut le désir d'être ailleurs avec cette femme neuve et fut à deux doigts de le lui dire. Il imagina sa surprise devant un tel aveu et ne sut que bafouiller :

— Maintenant que vous voilà de retour, j'espère que notre compagnie ne va pas vous paraître ennuyeuse.

Dans le geste qu'elle fit pour remettre son foulard, elle découvrit une chair un peu fragile sous les bras qui lui fit détourner les yeux. Il l'aida à enfiler son imperméable. Il se sentait très triste et se jeta à l'eau :

— J'aimerais beaucoup prolonger ce moment, me permettez-vous, Lucile, de vous inviter à dîner ?

— Mais l'on ne vous attend pas ?

Elle avait légèrement froncé les sourcils.

— Oui et non, si vous acceptez mon invitation, je n'aurai qu'à passer un coup de fil.

— Direz-vous à Madeleine que vous passez la soirée avec moi ?

Elle avait posé cette question avec une bonne foi qui le laissa une seconde interloqué.

— Non, bien sûr, je lui dirai que je suis avec des amis. Elle se soucie en fait assez peu de ma vie. Ce petit mensonge ne sera que le respect d'une convenance. Je serais vraiment très heureux de passer la soirée avec vous. Je ne pense plus qu'à vous depuis votre retour. Pouvez-vous me comprendre ?

Elle ne lui répondit pas mais le regarda droit dans les yeux, et il comprit qu'elle ne se déroberait pas.

43

Comme l'avait très bien perçu Marianne, Solange s'était installée dans le désastre tranquille qui suit d'ordinaire les tragédies. La détresse, le sentiment d'abandon, la certitude de l'irrémédiable, l'émotivité à fleur de peau avaient cédé la place à une paisible mélancolie. Elle n'avait jamais été très énergique et, hormis coudre et tricoter, ne manifestait de goût pour rien en particulier. Jeune fille oisive hier, elle avait perdu aujourd'hui jusqu'au désir de s'habiller et conséquemment celui de fouiller dans sa boîte à couture. La robe couleur du temps ne hantait plus ses rêveries. Lorsqu'elles vivaient sous le même toit, Michelle avait bien tenté de l'initier aux lectures sérieuses mais, excepté les ouvrages des programmes scolaires, Solange n'ouvrait jamais que la presse dite féminine qu'elle puisait à foison dans la librairie. Ne voyant plus de promesses nulle part, elle avait même renoncé à cette distraction et passait ses journées dans l'indifférence, laissant le désordre s'accumuler autour d'elle. Le matin, elle traînait au lit pendant qu'Éric reconquérait ses jouets éparpillés aux quatre coins de la maison. Prenant garde de ne pas la réveiller, l'enfant attendait qu'elle fût levée pour se livrer aux jeux turbulents : ce n'est guère la crainte qui le motivait, mais le désir de protéger le bien-être de cette douce compagne toujours un peu lasse. Dans cette attente, il ouvrait le placard sous l'évier, prenait quelques biscuits et les grignotait sagement. Quand, aux environs de dix heures, Solange réapparaissait avec de tendres embrassades, dans les senteurs de café et de lait chaud, leur vie à deux reprenait son cours. Il était heureux.

Après avoir remué un semblant de vaisselle, elle lavait et habillait Éric, l'aspergeait d'eau de lavande puis le renvoyait à ses jeux, un baiser sur le front, en lui rappelant qu'il était son cher trésor. Ensuite, Solange faisait un brin de toilette, elle piquait de petits peignes dans sa chevelure rebelle. Elle avait définitivement enterré la jeune fille coquette et accomplissait machinalement les gestes qui autrefois possédaient la valeur d'un rite. Elle voulait des tenues confortables pour déambuler dans son jardin et revêtait son corps de robes amples aux couleurs sombres, gainait ses jambes de gros bas l'hiver et les laissait nues aux beaux jours. Ses apprêts terminés, elle retournait dans la salle commune, allumait la radio, s'asseyait et attendait la femme de ménage. Lorsqu'elle était ainsi prostrée, Éric s'abstenait soigneusement de la déranger. La mère Vignolle arrivait à onze heures pile chaque matin, sauf le dimanche. L'exactitude était sa seule qualité patente, mais Solange appréciait sa compagnie et se préoccupait fort peu de compétence ménagère.

Une grande horloge qui ne fonctionnait plus depuis belle lurette trônait dans la pièce principale, Solange l'avait toujours connue paralysée. La première fois que la mère Vignolle s'était présentée dans cette maison en deuil, elle avait fait du regard un rapide tour d'horizon sans se départir de son bon sourire. Il y avait du pain sur la planche. Marquant un temps d'arrêt sur la belle comtoise au coffrage de chêne massif, elle s'était offerte pour la réparer, toute affaire cessante. Solange, indifférente, avait accepté. Alors la paysanne s'était attelée à la tâche, avait échoué après maints efforts, ne s'était pas découragée, était repartie à zéro, pour enfin déclarer forfait. Elle avait présenté ses excuses à Solange, mais c'est tout autre chose qu'elle avait en tête.

— Voyez-vous madame, je ne pourrais pas vivre sans savoir l'heure, je ne dis pas ça pour vous être désagréable car chacun voit midi à sa porte, mais moi je ne pourrais vraiment pas. Cela me serait égal d'être perdue dans un pays, je ne dis pas que si quelqu'un m'enlevait en hélicoptère et me lâchait en pleine forêt vierge je ne serais pas embêtée, mais n'allons pas chercher midi à quatorze heures, et d'abord qui serait assez mal intentionné pour me faire une méchanceté pareille ?

Elle avait paru un instant perdre le fil de son discours mais s'était reprise illico devant une Solange passablement ébaubie.

— Y a pas à dire, ne pas savoir l'heure, ça m'ennuierait beaucoup, imaginez que toutes les horloges, tous les réveils s'arrêtent en même temps, bien que je ne voie pas pourquoi une pareille chose se produirait, mais imaginons tout de même, eh bien on serait bigrement dans de beaux draps…

Son visage s'était rembruni pendant qu'elle observait quelques secondes de silence. Elle avait examiné sa montre et annoncé qu'il était midi vingt. Solange l'invita alors à s'asseoir afin qu'elle prît un verre de cidre, l'heure du ménage étant passée. Rien ne pressait, elle reviendrait demain à la même heure. La mère Vignolle accepta le cidre de bon cœur mais refusa catégoriquement d'être payée.

— Ah non ! Ma petite dame, si j'avais réparé l'horloge, je ne dis pas, mais là je n'ai par le fait rien fait, on verra ça demain. Je commencerai par les carreaux qui ont besoin d'un sacré coup d'éponge…

Soudain debout, elle était sortie de la maison comme une tornade. Épuisée par ce remue-ménage, Solange s'était reposée quelques minutes avant de préparer le repas. Éric, alors âgé d'un an à peine, traînait sur le sol. La mère Vignolle revint le lendemain et les jours suivants pendant des mois et des années. Elle mettait son orgueil à n'être jamais malade et ne désertait son poste que deux semaines par an à l'occasion d'un séjour familial dans les Ardennes. Solange s'était prise à attendre avec impatience sa femme de ménage. Comme celle-ci bavardait beaucoup et que son travail s'en ressentait, Solange y remédiait en exécutant elle-même certaines tâches. Elle avait pourtant toujours eu en horreur les travaux ménagers. Ses mains étaient restées délicates, précieuses, aptes seulement aux travaux d'aiguille, malhabiles aux besognes grossières. Dans ces conditions, le linge sale s'amoncelait, les plinthes s'encrassaient, le carrelage ne luisait jamais tout à fait, et les placards se trouvaient dans un désordre indescriptible. La mère Vignolle avait fort à dire. Elle n'avait mis au monde que trois enfants mais l'aîné comptait déjà à son actif deux ou trois cambriolages. Il avait fêté sa majorité en prison. Le cadet qui était trisomique ne lui donnait pas particulièrement de souci. Quant à la benjamine, une adorable blondinette, elle avait disparu à Paris. On la soupçonnait de faire le trottoir. Ce cœur dénué de fiel parlait de sa progéniture sans gêne, avec même une pointe de fierté.

—Je les laisse vivre leur vie, y a rien d'autre à faire, vous ne croyez pas madame Solange ? C'est pas si facile que ça de changer le cours des choses et c'est bien pareil pour les caractères. Jamais personne n'empêchera la pluie de tomber ou le soleil de briller quand il en a envie et c'est bien mieux comme ça car j'en connais qui s'arrangeraient pour qu'il ne brille que pour eux.

Solange n'avait guère d'opinion sur l'humanité et se

contentait de hocher la tête. Surprise par le malheur, elle ne s'en était pas relevée, alors que cette femme, aguerrie très jeune et qui n'avait jamais rien espéré, recevait les coups du sort avec impassibilité.

— Faudrait peut-être que j'encaustique votre buffet, il est tout pâlot.

Solange se mit en quête de la boîte de cire. Où pouvait-elle l'avoir rangée ? Elle descendit à tout hasard dans le cellier, fouilla un peu partout, et finit par la dénicher sur le garde-manger. Elle la remonta gaiement et commença d'encaustiquer le meuble en noyer en prenant garde de ne pas déborder sur les ferrures, tandis que la bonne femme, qui achevait son coup de balai, riait de la voir si sérieuse.

— Vous fatiguez pas, madame Solange, c'est moi qui vais frotter pour qu'il reluise ce sacré buffet qui doit pas dater d'hier ! Les meubles, c'est pas comme nous, plus ils sont vieux plus ils sont beaux, pas étonnant qu'on les paie si cher.

Elle ôta le chiffon des mains languides de sa patronne bien aise de pouvoir se rasseoir et astiqua le bois avec tant de vigueur qu'il brilla bientôt comme miroir au soleil. Faufilé entre les bancs et les chaises déplacés pendant la séance de balayage, Éric partit à rire et à taper des mains lorsqu'il vit les femmes se réjouir.

— Voilà ce qui me plaît dans la vie, rendre une chose plus propre, plus brillante, alors je me sens utile. Chez moi, parfois, je laisse la saleté s'accumuler rien que pour voir la différence quand j'aurai remis de l'ordre dans tout ça.

C'était une manière de voir les choses que ne partageait certes pas Solange mais la sympathie s'accommode de ces menues différences. Sur ces entrefaites, elle alla gober un œuf. Cette manie étonnait toujours autant la mère Vignolle qui pourtant en avait vu d'autres.

Lorsque celle-ci partait vers midi et demi, Solange et son fils déjeunaient. Le repas était vite expédié, chacun en laissant la moitié dans son assiette. Solange veillait pourtant à ce qu'Éric goûtât à tous les mets. Il n'avait pas bonne mine et n'était pour ainsi dire jamais gai. Il pleurait sans rime ni raison. Toute la journée, il se traînait d'un jouet à l'autre, s'endormant parfois à même le sol. Si le temps était clément, il lui arrivait de se rendre sur la place de l'église. Les enfants du village le plus souvent l'ignoraient. Il tournait autour d'eux. Il leur souriait timidement, espérant une invitation à entrer dans leurs jeux. Mais trop jeune encore et peu dégourdi, il n'aurait été qu'une source d'embarras pour ceux qui s'en donnaient à cœur joie. Dépité, il s'en retournait chez sa mère, laissant passer plusieurs jours avant de tenter de nouveau sa chance.

Éric n'était pas le seul enfant solitaire du village. Mais alors que lui ne rêvait que d'être enfin accepté, Julien gardait obstinément ses distances. À l'occasion, ce dernier participait à certaines expéditions, juste derrière la maison qu'il avait habitée dans une autre vie avec sa mère. Lorsque les petits villageois voulaient se livrer à des jeux clandestins, ils se rendaient en bande dans le bois où l'ombre se confondait avec le mystère. Mille et un périls les y guettaient. Ils s'y aventuraient peu sûrs d'en ressortir vivants, redoutant à chaque pas de rencontrer le sortilège qui les rendrait captifs, mais allant toujours de l'avant, bien résolus à conjurer le mauvais sort.

Éric ce jour-là déambulait, l'âme en peine, sur la place où tous les gamins étaient réunis. Un grand échalas qui faisait figure de chef proposa une équipée au bois aussitôt acclamée. La présence de Julien donna de la hardiesse au fils de Solange qui s'essoufflait à trottiner derrière eux. Dans le bois, ils gesticulèrent autour de la hutte construite lors d'une ancienne expédition. Leur enthousiasme fusait en criailleries et ce manque de cohérence allait dégénérer lorsque l'échalas prit la parole :

— Hier soir, mes parents parlaient de la guerre et de tout ce qui s'est passé avec les Américains. Il y en a un qui a fait du mal à une femme qui venait d'accoucher, alors ses chefs l'ont condamné à être pendu dans ce bois.

Perplexe, il ajouta : « Il paraît qu'il pleurait. »

Les autres l'écoutaient avec l'intérêt que l'on prête d'ordinaire aux rumeurs macabres. Le fils Colet, un garçon aux cheveux ras et à la mine cramoisie, s'écria :

— Et si on jouait au soldat américain pendu ?

Le meneur sourcilla, il aurait préféré que son histoire ne tournât pas à la farce, mais les autres s'embrasaient déjà. Il fit remarquer tout de même :

— Vous savez même pas comment ça s'est passé ni qui était là quand on l'a pendu. Vous voulez jouer et vous ne savez même pas comment vous y prendre !

Un maigrelet dit qu'il devait y avoir au moins le soldat et le bourreau. Les autres joueraient les juges ou les spectateurs. Plusieurs se proposèrent pour le rôle du bourreau. Certains hésitaient : était-il mieux d'agir ou de regarder ? Le maigrelet réclama d'un ton si péremptoire le rôle du bourreau qu'on le lui accorda. Ceux qui briguaient aussi cet honneur se rabattirent sur la fonction de juge, certes moins prestigieuse mais non moins énigmatique. Adossé à un arbre, Julien contemplait ces préparatifs. On s'avisa de l'absence du soldat américain dans la distribution. Par fierté, par superstition, aucun gamin ne voulait incarner cet inquiétant personnage. Après quelques minutes d'incertitude, on se tourna vers Éric. Le fils Colet lui demanda tout à trac :

— Tu ne veux pas, toi ? Ça t'irait bien, t'aurais juste qu'à te laisser faire.

Éric rougit de plaisir et de confusion mais il ne sut que répondre car il ne comprenait pas ce que l'on doit faire quand on se laisse faire. Était-ce difficile ? Il craignait de n'être pas à la hauteur. On ne tint pas compte de son embarras. Pour une fois qu'il pouvait être utile. L'échalas lui parla doucement :

— On te dira où te mettre, comment te tenir, c'est simple, y a pas mieux comme rôle, même un idiot pourrait s'en sortir.

Ces paroles rassurèrent Éric qui acquiesça d'un signe de tête. On n'en espérait pas davantage. Au milieu de l'agitation, Colet poussa jovialement l'enfant vers un arbre. Une polémique s'éleva : pourquoi cet arbre plutôt qu'un de ceux qui bordaient le champ, un peu plus loin. La troupe s'enfonça dans le bois le long d'une haie vive. Leur chef fermait la marche, juste derrière Éric. Il ne s'agissait pas de le perdre en route. Le cœur battant, celui-là chercha des yeux Julien mais l'orphelin avait déguerpi. Éric le ressentit comme un abandon. Il songea un instant à prendre ses jambes à son cou, mais sa timidité et une légère excitation le contraignirent à ne pas fuir. Ses camarades l'avaient choisi et il devait se soumettre. Il rêvait depuis si longtemps de faire partie du groupe. On l'en chasserait définitivement s'il refusait d'obéir. Ses idoles n'étaient ni sa mère, ni madame Vignolle, ni les adultes en général, mais les autres enfants qui savaient si bien employer leur temps.

Un beau noisetier surplombait la haie et l'on oublia quelques minutes le but de l'expédition afin de piller l'arbre. Le fils Colet s'ébattit dans les branches en poussant le cri de Tarzan. Certains l'imitèrent. On n'était plus sûr d'avoir envie de jouer à pendre qui que ce soit.

Éric était déçu, il ne savait plus que faire de lui. Il n'osait pas tendre la main pour cueillir une noisette et attendait que l'on se souvînt de sa personne. Le maigrelet rappela à leur devoir les justiciers mais le cœur n'y était plus. On s'aperçut avec soulagement que nul ne disposait d'une ficelle et encore moins d'une corde et le supplice fut ajourné.

Dans un élan d'audace, Éric proposa ses lacets. On s'esclaffa et des quolibets fusèrent :

— Tu crois peut-être que le soldat a été pendu avec ses lacets, ça se voit bien que tu n'y connais rien.

Dans le champ, une vieille ramassait de l'herbe pour ses lapins. Elle était de toute manière un témoin gênant. Éric reconnut la « vieille sorcière », une pauvresse qui lui caressait la joue quand elle le croisait au village. Elle lui inspirait une sainte horreur tant son sourire édenté, son nez plongeant et son fichu noir posé sur une broussaille grisonnante l'apparentaient à une jeteuse de sorts. Éric n'était d'ailleurs pas le seul à s'en effrayer : à son approche, les enfants s'égaillèrent comme une volée de moineaux. Leur chef ne put les retenir. Au loin, la paysanne le salua de la main. Désappointé, il lui répondit d'un signe de tête.

Éric réintégra d'un pas traînant sa maison alors que sur la place ses camarades organisaient un nouveau jeu auquel nul n'avait eut l'idée de le convier. Assise dans le fauteuil disposé sous l'horloge enfin réparée, Solange à ce moment feuilletait un journal. Du linge séché encombrait la table. Elle en avait repassé la moitié et s'était accordé un répit avant d'achever la besogne. Elle se jeta en priorité sur les faits divers qu'elle lut d'une traite puis, par acquit de conscience, parcourut calmement les pages politique. Une photographie représentait le président de la République lors d'un gala. Elle se demanda, avec un pincement au cœur, ce que Simon aurait pensé du gouvernement actuel. Éric s'était assis, pensif, sur le banc qui longeait la table. Sa mère repoussa dans un coin le linge en désordre, apporta la corbeille de pain coupé en tranches, un pot de gelée aux groseilles et une petite cuillère.

— Tu n'as pas l'air dans ton assiette, serais-tu malade ?

Éric fit un geste de dénégation. Elle toucha son front, doutant qu'il eût de la fièvre avec une peau aussi fraîche.

— Alors pourquoi as-tu cette mine de chien battu ? Attends, tu vas en mettre partout.

Elle étala la confiture sur toute la surface de la tartine. Éric la mangea sans que le mouvement de ses maxillaires ne modifiât son expression apathique.

— Eh bien, qu'as-tu à la fin, les autres enfants t'ont embêté ?

Il regarda intensément sa mère qui débarrassait la table. Elle comprit qu'elle avait visé juste et ne sut que répondre à cet appel muet. Son fils manquait de défenses et admirait n'importe quel galopin. Le consoler eût été une confirmation de cette faiblesse. Elle l'exhorta sans conviction à ne pas se laisser mener par le bout du nez avant de se remettre mollement à l'ouvrage. Tandis que sa dextre, serrée sur le manche du fer, allait et venait, elle s'effarait que son enfant eût si peu hérité du caractère de son père. Son éloignement, sa détresse d'alors l'avaient-ils à ce point marqué ? Comment cela se serait-il passé entre eux si Simon avait vécu ?

Éric se leva d'un bond, sous le regard étonné de sa mère. Il venait de se souvenir d'une vieille corde abandonnée dans le hangar, au fond du jardin. Elle traînait sur le sol depuis des années sans que personne se fût jamais soucié de la ramasser. Elle était sale, humide, effilochée, aussi répugnante qu'un serpent mort, mais Éric s'accroupit, l'enroula et la glissa sans difficulté dans la large poche de son sarrau. De retour à la cuisine, sa mère lui demanda de ranger dans l'armoire de chêne torchons, gants et serviettes repassés.

Éric eut l'air songeur toute la soirée. Les jours qui suivirent, son manque d'entrain accru tourmentait Solange. Il se repliait dans le silence, l'œil morne, et semblait au supplice dès qu'elle le questionnait. Il n'osait plus rejoindre ses camarades sur la place et demeurait des heures à tourner en rond dans sa chambre encombrée de jouets.

La mère Vignolle ne lui épargnait pas les réprimandes :

— Faut que tu te secoues ! La vie viendra pas te prendre par la main pour te conduire où tu veux, elle a d'autres chats à fouetter. Mon fils, à ton âge, je ne savais jamais où le trouver, il était toujours parti par monts et par vaux à faire des bêtises. Combien de fois je l'ai mené à l'école à coups de balai...

La perspective de la proche rentrée des classes l'emplissait d'appréhension. Il n'avait appris à lire qu'en fin d'année scolaire. Au début, il était si effrayé par la promiscuité des autres enfants qu'il n'osait pas se dévêtir. La maîtresse, une débutante pétrie de bonne volonté, l'engageait avec mansuétude à retirer sa casquette, sa veste ou son manteau. Il s'apprivoisa petit à petit mais demeura méfiant à l'égard de la lecture et de l'écriture. Seuls les jeux de cubes pour apprendre à compter le rassuraient et il s'initia au calcul sans difficulté. L'entendement in extremis de la combinaison des lettres de l'alphabet lui avait valu la satisfaction reconnaissante de l'institutrice et de sa mère.

Solange avait repris espoir. Pendant quelques jours

elle s'était levée plus tôt, avait chantonné en cuisinant et ri avec sa femme de ménage heureuse de la voir si enjouée. La mère Vignolle n'en avait pas connu beaucoup des patronnes toujours contentes du travail qui lui tendaient un gros billet pour la payer en lui disant de garder la monnaie. Qui donc avait prétendu qu'une patronne devait se faire craindre pour être obéie ? Eh bien elle, elle ne craignait pas du tout la sienne, c'était pire, elle ne pensait qu'à lui faire plaisir. Ainsi, le jour où elle avait décidé de mettre de l'ordre dans le cellier, elle avait retroussé ses manches. Alors, madame Solange, contrariée de la voir travailler à bras raccourcis, s'y était mise elle aussi. Du coup, devant une telle bonne action, elle avait redoublé ses efforts. Fallait voir le travail abattu à elles deux. C'était à celle qui en ferait le plus. À la fin, elles s'étaient envoyé un petit verre de calva, juste de quoi se remettre, et puis Solange avait proposé à la mère Vignolle tout en sueur de prendre un bain. Ça devint vite une habitude : après avoir bien trimé, la mère Vignolle profitait de la salle de bains refaite à neuf. On imagine sans mal que dans ces conditions, la bonne femme appréciait grandement son employeuse.

Un jeudi, dans la tiédeur du jour, Éric serre la corde dans sa poche et se sent fort de la possession de ce trésor. L'enfant est sûr de trouver la bande au complet. Quand il parvient aux abords de la place, il ralentit son pas, tâte le terrain, ignore comment s'approcher de ces garçons dont il sait juste qu'ils sont plus bavards, moins effarouchés que lui. Une partie de billes que se disputent les plus ardents touche à sa fin. Le cri de la victoire retentit et les perdants oublient sur-le-champ leur défaite après avoir défendu férocement leurs droits.

Le cœur battant, Éric s'avance. Il s'arrête au milieu de la mêlée. On le remarque. Il ébauche un sourire. Le fils Colet lui jette :

— Voilà un moment qu'on t'avait pas vu. Je me demande à quoi tu passes tes journées. Tu dois la fatiguer, ta mère, à être toujours dans ses jupons.

Éric ne se rebiffe nullement : il propose au contraire de jouer au soldat américain. Il sort la corde de sa poche, devinant que sa vue va emporter l'adhésion de la bande. Il s'y agrippe comme à une alliée. Le fils Colet s'en empare. Éric se laisse dépouiller par crainte de tout gâcher. L'excitation, la curiosité se partagent le cœur du groupe qui entoure le jeune paysan.

— Y a pas à dire, c'est une vraie corde, pas de la ficelle à colis. Où que tu l'as trouvée ?

Éric ravale sa salive avant de répondre avec importance :

— Dans mon hangar. C'est plein de vieux trucs, madame Vignolle n'y va jamais nettoyer et moi j'y vais jouer avec Julien.

Ses compagnons ne l'écoutent pas et tirent sur la corde en poussant des cris menaçants. Éric cesse net de parler. Le maigrelet le jauge avec gravité avant de s'adresser aux autres :

— On n'a qu'à aller au bois tout de suite, ce n'est pas encore l'heure où la vieille sorcière ramasse de l'herbe.

44

Installée dans son salon fraîchement repeint, Lucile a du mal à se concentrer sur son livre. Elle attend que la sonnerie du téléphone retentisse dans la solitude silencieuse de sa demeure. Jacques Laribière lui a annoncé son retour aujourd'hui. Ses deux semaines de vacances à l'étranger ne semblaient pas avoir amélioré ses relations avec Madeleine. Depuis qu'elle est rentrée, l'avocat a tout de suite rempli son univers. Il la visitait plusieurs fois par semaine, l'emmenait au restaurant, au spectacle. Ils ne se préoccupaient ni l'un ni l'autre d'être reconnus, ayant passé l'âge où réputation et réussite se confondent en un même souci. Ils étaient simplement heureux d'être ensemble et mêlaient leurs confidences dans une sorte d'ébriété juvénile.

— Madeleine n'a pas été une consolation lors de la mort de Simon. Elle voguait d'un nuage à l'autre. Sa légèreté me pèse, mais grands dieux ! n'ai-je rien d'autre à faire qu'à vous importuner avec mes plaintes alors que je vous aime tellement !

Lucile s'était penchée vers lui. Le front plissé, elle avait tendu sa main.

— Vous ne m'importunez pas, je suis votre amie et j'ai souffert il y a bien longtemps mais moi j'ai fomenté mon malheur pendant des années, tout comme ma fille a fomenté le sien. J'avais même la coquetterie de croire que ma souffrance me rendait intéressante. Une mère est une bien étrange créature, elle ne se pose jamais la question de savoir si son enfant l'aime ou pas, cela va de soi pour elle. Elle se sent responsable au-delà de la réciprocité.

Jacques Laribière a laissé errer sa pensée puis a conclu :

— J'imagine que cette opiniâtreté est peut-être une des sauvegardes de l'humanité.

— Dans mon cas, elle fut un désastre.

Il ne pouvait parler aussi crûment de ses relations avec son fils et son petit-fils. Un remords le tenaillait. Il avait découvert Simon trop tard. Il n'était pas intervenu dans son éducation et comme Madeleine laissait faire… Tout semblait suivre son cours et puis voilà. Lorsque Éric était né, l'avocat, au cœur de son deuil, avait ignoré son petit-fils, ne veillant qu'à son bien-être matériel. Après que Solange se fut installée au village, les Laribière et les Lamaury lui rendaient visite le dimanche. Les messieurs et Madeleine s'étaient acclimatés assez vite à l'abandon qui régnait dans la maison mais madame Lamaury houspillait sa fille. L'avocat, lui, se désolait davantage de l'air perdu d'Éric, incapable cependant d'y remédier. Il aurait fallu l'arracher à sa mère ce qui justement était impossible. À mille lieues de ces préoccupations, Solange s'accommodait de son enfant comme de sa vie parmi les paysans.

— Voyez-vous, disait Jacques à la veuve du médecin, ce gosse me désole, j'aimerais assister à ses progrès, les encourager, rattraper le fait que je suis passé à côté de ceux de mon fils, mais il me semble qu'il n'y a rien à faire. Le petit Éric vit sur la pointe des pieds avec une mère qui a renoncé à tout avenir, tout désir…

Lucile ressent désagréablement le poids du silence. Elle se verse un whisky dans un grand verre. Elle a pris l'habitude de consommer de l'alcool pendant son voyage et l'a entretenue dans la compagnie de l'avocat. Ce matin, elle a croisé Hélène Darban. Elles ont échangé quelques mots. Une légère gêne subsiste entre elles. Elle apprécie qu'Hélène ne la dévisage pas avec curiosité comme tant d'autres depuis son retour. Pour madame Darban, les choses de la vie ont toujours été de soi. À cinquante ans à peine, ses cheveux sont gris. Elle ne songe plus à les teindre. Son visage s'est creusé autour des yeux et aux commissures des lèvres ; son teint s'est terni. Cependant, elle affiche ce qu'elle est devenue avec la même tranquillité qu'autrefois sa radieuse beauté.

Lucile écarquille les yeux. Elle s'était assoupie. Le réveil indique neuf heures passées de quelques minutes. La sonnerie du téléphone n'a toujours pas retenti. Tout à l'heure, la voix de Jacques lui demandera la permission de venir lui rendre visite. Elle admet se plaire dans son nouveau décor. Elle a transformé le salon en se débarrassant de quelques meubles anciens. Elle songe aussi à refaire sa chambre. Elle ne touchera pas à celle de Marianne ni au bureau de Pierre qui demeureront comme des pièces de musée.

45

Camille n'a pas desserré les dents de la matinée. À midi, il s'est attablé dans l'attente que sa mère le serve. Julien, assis vis-à-vis de lui, se tait, replié sur lui-même. Pour éviter les rancœurs, la fermière sert son fils en priorité mais veille à ce que Julien ait les meilleurs morceaux. Camille mange distraitement, sans se presser. Avec les années, il est devenu indifférent à la nourriture. Les dernières bouchées avalées, il repousse son assiette. Elle lui demande s'il veut un café. Il secoue la tête et se lève. À peine a-t-il passé le seuil de la porte que l'enfant respire plus librement. L'ogre morose lui a appris à ne jamais se trouver sur son chemin et, quand les circonstances les réunissent, à se faire oublier. Fort de la leçon, Julien ne transgresse jamais la règle, même devant la fermière. Il sent qu'elle ne tient pas à heurter son fils de front. Après tout Julien n'est pas de son sang. La vie pourrait bien le lui reprendre. La voilà qui va tirer du buffet une grande boîte carrée, en fer, avec de jolis motifs représentant des scènes champêtres. Elle l'ouvre et la pose sur la table.

— Tiens, je l'ai achetée ce matin, ce sont tes biscuits préférés.

Il contemple, dessinée sur le couvercle, la bergère souriante entourée de ses moutons, avant de plonger la main dans la boîte.

— Je les garde pour tout à l'heure dans le bois, dit-il en glissant quelques gâteaux dans sa poche.

En route, il espère ne pas croiser ses camarades occasionnels. Les frondaisons l'attirent depuis les temps lointains où sa mère et lui s'y réfugiaient afin d'éviter les villageois. Entre l'instant où il entre dans la paix de l'ombre et celui où il en sort, Julien ne saurait rapporter qu'un fond d'oubli. Peut-être un jour rencontrera-t-il ce soldat dont sa mère lui parlait certaines nuits, dans la touffeur du lit. Mais ce n'est pas encore aujourd'hui que l'enchantement se produira.

Il se sent triste. Dans quelques jours, il retournera en classe. Il ne déteste pas l'école. La maîtresse est plutôt gentille avec lui. Il marche jusqu'à la prairie, sort du bois, contemple un instant l'espace découvert où paissent quelques vaches. Le contraste entre l'obscurité frissonnante du bois et la clarté paisible du champ le fait tressaillir. Il aperçoit au loin la sorcière qui court sur ses vieilles jambes, l'air épouvanté.

Il rebrousse chemin, inquiet, et gagne le layon. A-t-elle croisé le soldat ? Il marche sur un fil, fasciné par la zone d'ombre qui se profile à quelques mètres. Il aimerait s'y fondre mais, à chaque pas, la nuit recule. Il finit par se lasser et fait demi-tour, du côté de la lumière. Peut-être, s'il se montre patient, parviendra-t-il un jour à rattraper le secret des ténèbres.

46

Les Laribière s'étaient présentés chez Solange en milieu d'après-midi, en compagnie de madame Vuillard. Ils se réunissaient parfois le dimanche pour une partie de campagne. Souvent, ils partaient ensemble jusqu'à la mer. Aujourd'hui, Solange les avait pressés : ils étaient tous invités chez Marie-Louise pour fêter le mariage de sa fille.

En réalité, les noces avaient déjà été célébrées à Paris, dans la plus stricte intimité. Juliette avait épousé un polytechnicien, un fils de famille, et Marie-Louise et son époux s'étaient sentis importuns dans ce milieu. Aussi avaient-ils décidé de donner une fête au village avant le départ du jeune couple en lune de miel.

Solange n'avait pas oublié d'apporter son cadeau. Prévenu au dernier moment, l'avocat se contenta d'acheter une bouteille de champagne à l'épicerie du village qui avait le mérite d'être toujours ouverte. Juliette, aux anges, les accueillit avec un grand éclat de rire. Elle était maintenant une jeune femme magnifique, sûre d'elle, au bras d'un homme que tout le monde s'accordait à trouver charmant. Solange salua la couturière, le maçon, de proches cousins inconnus d'elle. La mère de la mariée avait eu la bonne idée d'installer les tréteaux à l'abri de la chaleur, dans le sous-sol de sa maison tout juste terminée. Le décor était rudimentaire mais on y circulait à l'aise et on y pourrait danser. Elle avait disposé une jolie nappe brodée, les victuailles abondaient. Ses dons culinaires étant limités, elle avait passé commande chez un traiteur de la ville. Sur la prière de sa fille, Marie-Louise avait invité Solange et lorsque cette dernière lui apprit, bien désolée, qu'elle devait justement recevoir ce jour-là ses beaux-parents, elle n'avait pas hésité à élargir l'invitation. L'avocat et son épouse étaient à ses yeux des gens simples, abordables. En revanche, la présence de madame Vuillard la déconcerta quelque peu.

Les Laribière et Lucile étaient devenus inséparables. L'avocat ne pouvait plus se passer de sa nouvelle amie. Il l'adorait tout simplement. Elle était sa confidente, sa conseillère, sa joie. Il aimait la voir chaque jour mais supportait mal d'abandonner Madeleine, non que celle-ci parût souffrir de son sort. Toutefois, il aurait voulu que tout le monde profitât de son bonheur. Il avait donc demandé à Lucile si elle ne voyait pas d'inconvénient à rencontrer parfois Madeleine au restaurant, au spectacle. Son épouse serait d'accord, elle ne s'étonnait jamais de rien. Lucile, que rien ne choquait plus, avait compris ses raisons. Elle s'était tout de même inquiétée de savoir si Madeleine se doutait de la nature de leur relation. Il lui avait répondu :

— Tout est possible avec elle, mais je peux vous assurer que cela lui passe complètement au-dessus de la tête.

Comme il l'avait prévu, Madeleine prit beaucoup de plaisir à ces sorties où son mari se mettait en quatre pour le plaisir de ces dames. Il arriva que Lucile contracte une mauvaise grippe. Laribière l'engagea à prendre une infirmière à domicile. Lorsque Madeleine l'apprit, elle proposa à sa nouvelle amie, qui en fut très touchée, de lui prodiguer des soins. Lucile guérit rapidement et Madeleine déclara à son conjoint :

— Vois-tu, j'aime beaucoup Lucile et je trouve que nous n'avons jamais été aussi bien mariés que depuis qu'elle est notre amie à tous les deux.

Tant de générosité candide avait ému l'avocat. Qui donc était cette femme qu'il connaissait depuis plus de trente ans et dont il se souvenait avoir été amoureux dans une autre vie ? Une petite fille qui mendiait à son entourage des sourires et encore des sourires, autrement dit de la bienveillance, et passait au travers du reste. À ce propos, un événement de son adolescence lui revint en mémoire. Il était assis dans un square de La Rochelle, furieux contre sa mère qui l'avait encore importuné avec un sermon. Une fillette s'était campée en face de lui, les bras croisés dans le dos, et avait commencé à lui sourire, tout d'abord timidement puis avec davantage d'audace. Par pure malveillance, il était demeuré impassible. La petite fille insistait dans une sorte de désespoir. Alors quelque chose céda en lui et il avait souri à son tour. Du coup, la fillette s'était illuminée et tout avait ri en elle, sa bouche, ses yeux, ses fossettes, puis elle s'était enfuie en poussant un cri d'allégresse. Madeleine n'était pas différente, il devait le savoir confusément lorsqu'il l'avait demandée en mariage.

On se mit à déboucher des bouteilles. Un peu essoufflée, la fermière se présenta avec Julien. Elle excusa Camille qui ne pouvait venir à cause d'une légère indisposition. Personne ne le regretta, d'autant que personne ne s'était attendu à le voir. Éric, qui jusque-là s'était tenu aux côtés de sa mère, alla se coller dans l'ombre de Julien. Il avait en tête l'expédition du petit bois. Sur la route, la bande des enfants avait aperçu un épouvantail oublié dans les chaumes. « C'est lui qu'on va pendre ! » s'était écrié le fils Colet, et les autres en chœur à la suite. Il avait eu beau rappeler que c'était sa corde, c'est ainsi qu'on l'avait une fois encore exclu du jeu.

L'avocat n'avait pas quitté son petit-fils des yeux. Il lui rappelait terriblement Simon enfant. Depuis combien de jours, de semaines, de mois avait-il évoqué son fils autrement qu'avec le doux sentiment de la nostalgie ? Simon l'habitait désormais à la manière d'un membre fantôme qui ne le ferait plus souffrir. Le temps – onze années déjà –, l'usure du deuil, le bonheur de connaître Lucile avaient suffi pour que le chagrin s'éloigne sur la pointe des pieds, comme un hôte encombrant. Voilà, pensa-t-il, non sans amertume, ce qu'il y a de terrible avec nous autres, c'est que même la tragédie n'est pas une valeur sûre. Pourtant, comme il aurait donné cher pour que Simon fût avec eux dans ce moment de liesse élémentaire. Des larmes lui montèrent aux yeux, mais ce n'était pas le moment de pleurer.

On mangeait et buvait de bon cœur, et, tandis que Madeleine conversait gaiement avec la fermière, Lucile échangeait des propos timides avec Marie-Louise. Juliette installa l'électrophone à proximité d'une prise de courant. Elle passa en revue une pile de quarante-cinq tours, écarta Paul Anka et d'autres chanteurs à la mode, et déposa finalement sur le plateau un disque de valses anciennes. Son époux l'enlaça et ils commencèrent à tournoyer lentement puis de plus en plus vite. Une cousine, rose et rieuse, grisée par le champagne et la musique, leva sa flûte en direction du couple et cria presque : « À votre premier enfant ! »

TABLE DES PRINCIPAUX PERSONNAGES

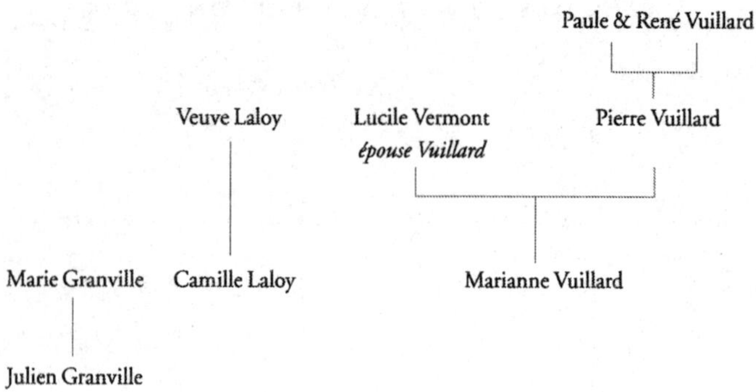
Paule & René Vuillard
Veuve Laloy
Lucile Vermont
épouse Vuillard
Pierre Vuillard
Marie Granville
Camille Laloy
Marianne Vuillard
Julien Granville

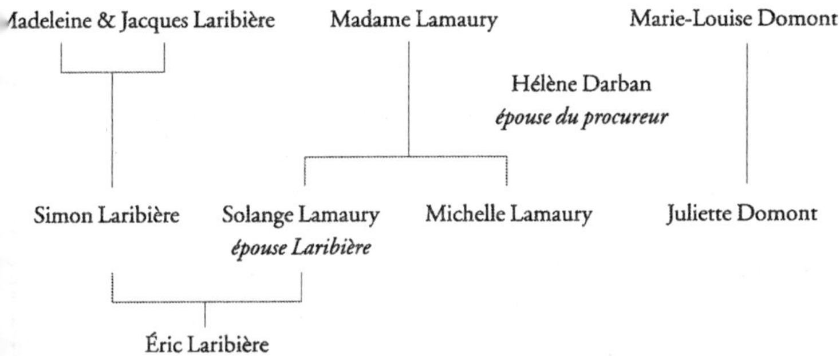
Madeleine & Jacques Laribière
Madame Lamaury
Marie-Louise Domont
Hélène Darban
épouse du procureur
Simon Laribière
Solange Lamaury
épouse Laribière
Michelle Lamaury
Juliette Domont
Éric Laribière

Couverture créée par David Pearson à partir d'une création originale de Lara Harwood et imprimée chez Floch à Mayenne ¶ Texte composé et mis en page par les Ateliers Graphiques de l'Ardoisière à Bègles ¶ Reproduit et achevé d'imprimer en mai 2021 par Normandie Roto Impression S.A.S. à Lonrai pour le compte des éditions Zulma à Veules-les-Roses ¶ ISBN : 979-10-387-0042-0 ¶ ISSN : 2267-1803 ¶ Dépôt légal : juin 2021 ¶ N° d'imprimeur : 2102083 ¶ Imprimé en France ¶